Father and Teacher

我九十六岁了，写不了很多，

但是我想表达我对这本书

能在中国出版的喜悦，

想到中国读者能在我有生之年读到这本回忆录，

我万分感激。

埃兹拉·庞德曾经说过：

如果我们能读同样的书，我们就是兄弟了。

玛丽·德·拉赫维尔茨

慎重

庞德——父亲和师长

〔意〕玛丽·德·拉赫维尔茨 著 〔英〕凯岚 译

GUANGXI NORMAL UNIVERSITY PRESS
广西师范大学出版社
·桂林·

音乐会节目单拼图

莫迪尔，1925 年 11 月

和父亲于盖斯，1927 年

给莫迪尔一把小提琴，1927 年

与妈妈和玛吉特在一起，盖斯，1928 年

爸爸和莫迪尔，盖斯，1928 年

母亲奥尔加·拉奇，1928 年

与爷爷荷马和父亲埃兹拉·庞德，1929 年

雅各布和乔安娜·马彻

科奇塔米奇（穿着提洛尔服装的稻草人）

威尼斯，1935 年

女牧羊人，1936 年

拉奇耶德别墅，佛罗伦萨，1937 年

60 号，圣安布罗乔

在圣安布罗乔，1941 年

布鲁伦堡

妈妈和兰根汉姆太太，1935 年

萨马一家

在布鲁伦堡和家人在一起，1959 年

和父亲、母亲一起，盖斯，1960 年

路易斯，沃尔特，父亲、母亲，盖斯，1960 年

埃兹拉·庞德和他的外孙

序一
从瞬间抵达真实的大师

吉狄马加

就 20 世纪西方现代主义文学和艺术而言，毫无疑问，埃兹拉·庞德都是一个符号性的人物。他既是意象派诗歌运动的重要代表人物，同时还是后来兴起于西方并产生了广泛影响的后期象征主义诗歌的领军人物。更让人需要像谜一样去琢磨的还有作为一个人的复杂性，这其中最令人瞩目的是他在新的英语诗歌的写作实践中，强调如何用意象更加鲜明、准确、含蓄、隐晦和高度凝练地来呈现诗的核心和本质，并通过诗人对外部世界的瞬间感受，去更真实地获得人类思想情感与客观之物相碰撞所产生的结晶。从 20 世纪文艺思潮流变的角度来看，由他倡导的旨在改变19 世纪维多利亚时代诗歌保守范式的革新运动及其主张，不仅深度改变了英美诗歌沉寂酸腐的停滞局面，而且将这一创新的思想扩展到了更为广泛的艺术领域。在欧美现代主义思潮的形成和发展过程中，戏剧、雕塑、音乐和绘画也无不浸润着这位庞然大物的精神氤氲。

　　埃兹拉·庞德从一开始就不仅仅只想成为一个诗歌王国的解放者和叛逆之人，有很长一段时间，尤其是在第二次世界大战时期，他还试图用自己的理论和行为去改造社会，从他当时投入的政治和公共生活的历史记录来审视，其思想的复杂、矛盾、纠葛和多侧面更是莫衷一是。他质疑资本主义在道德和现实中的合理性，认为是物质主义和所谓的现代工业文明腐化了人类的心灵，反对禁锢一切思想的检查制度，号召人们从根本上挑战西方正统文化的统治，鼓吹并主张由强人扮演的"救世主"来领导这个世界。当然，让他的形象变得四分五裂的还有，他终其一生也没有对自己的反犹思想做过清算，更没有在任何一个公开场合检讨过为什么支持墨索里尼的法西斯国家的治国政策。我们知道正是由于阿奇博尔德·麦克利什、罗伯特·弗罗斯特、欧内斯特·海明威等人的呼吁和游说，美国联邦区法院才最终撤销了对他叛国罪的起诉。尤其是在当下，当我们回顾中西方诗歌交流的历史，我们也才会更为客观和高度地来评价埃兹拉·庞德的巨大作用。正因为有1915年他翻译的中国诗歌和日本俳句，东方诗歌中融入了主观感受的客观物象的呈现，才以"意象"的玄妙、多义和模糊，为西方意象派诗歌的兴起确立了最为根本的原则性主张，这一点对于我们所有人都是一个启示。一切伟大的创新都不是凭空产生的，而对所参照的不同国家和民族艺术传统的借鉴，更为重要的是能敏感、精准、义无反顾、宿命般地在一个最佳的时机，捕捉到被其内容和形式所隐藏的真实，特别是对当代中国汉语诗歌的写作，如何更好地高水平借鉴外来诗歌的影响，这无疑也给我们树立了光辉的榜样。

以上我说了这么多，也只是我对埃兹拉·庞德的一点粗略的认识。我曾多次阅读过他已经被翻译成汉语的《比萨诗章》，这是他《诗章》中的一个部分。但更让我感动的是当我阅读《慎重：庞德——父亲和师长》这本充满了亲情和挚爱的书时，我才真正看见了一个有血有肉情感丰沛的庞德。他不是被千人重复过的概念中的最卓越的匠人，不是在众人的争议中非白即黑的怪物，更不是媒体和学界从伦理与精神失常的双重判断中所得出的不同的结论。

感谢玛丽·德·拉赫维尔茨，是您作为埃兹拉·庞德的女儿无可辩驳地为我们和这个世界留下了一本珍贵的心灵之书、精神之书。我相信您在书的前言中引用过的埃兹拉·庞德的那句话："如果我们能读同样的书，我们就是兄弟了。"我要告诉您，我已经读过了，希望您也能尽快看到这本被印制成中文的书。

2021 年 7 月 8 日

序二

阿多尼斯 [①]

1

白色并非永远是白色，黑色也并非绝对的黑色。一个关于身份的问题由此而生：什么是黑？什么是白？或者：一切黑色都是黑吗？一切白色都是白吗？进而产生的问题是：什么是虚假？为什么有人以此为业，乐而不疲？

埃兹拉·庞德的作品，通过各种各样的方式，暗示了这些看似简单、实则复杂的问题，尤其是其中关于人的生命和归属、关于自由及其边际、关于政治和权利的问题。

2

在这一针对存在发出质疑的天际里，庞德的诗学观不仅关注写作本身，而且关注写作的境遇和关系，关注写作的能量、动态

[①] 阿里·阿赫迈德·萨义德·阿斯巴尔（1930—），笔名阿多尼斯，叙利亚当代著名诗人。

和轨迹。而这一切，恰恰浓缩在人类历史中，也让文明具有了创造性的人文维度。创造性的能量，能够消弭并超越一切虚假。而真正的创作，必然是纵深意义上的，这并非体现在形式上，而是体现为存在的本质。

3

因此，诗歌无非是二者其一：要么是纵向的，在超越和前瞻中重塑世界；要么是横向的，仅仅作叙述和再现，因而在某种程度上，仅仅是重复前人的创造。

如果不是持续地革新，诗歌便没有立足之地，也没有存在的价值。这种持续革新，意味着持续不断地批判和质疑，体现在对人和存在的观念上，以及对表达、理解和审美的方式上。

我们都知道，庞德在这方面做出了开创性贡献。

4

意识形态的成见，就其深层结构而言，无异于另一种形式的宗教。在此应该提出的问题是：那些把大地和人只视为通往天空之桥梁的人们，怎么能被称为"诗人"？无论他们眼里的天空，是从上界降临还是从下界升起的。

5

如果诗歌是一种光芒四射的能量，那么，意象便是诗的居室。意象并非思想，但它是关系的焦点所在，想象力从中闪耀出光辉——想象力体现在写作中，也体现在阅读中，体现为意念和欲望、激动和疑问。意象，是蓄满能量的火山，是奔涌不绝的源流。

6

如此，我们就能理解，庞德的诗是一种实验性诗歌，它似曾相识又迥然不同。如此，我们就会发现，他的诗在随着神话飞翔的瞬间，又在紧握现实的绳索。我们还会发现，深邃的思想和密集的象征，在他的诗中是一对双胞胎，身着的是同一件衣裳：熠熠生辉的写作，犹如历史内部的又一段历史。

7

正如庞德所言，他试图"书写天堂"。

这种尝试，虽然有过起伏，但依然占据着诗歌语言的中心。可以确定的是，庞德成功地做到了"让风言说"，正如他自己所言。

读者将会在这本书中看到，庞德提出的各种问题，以一种独一无二的轨迹呈现；尤其应该注意，写作者是"作为女儿的时间"，书写了这部经典——"作为父亲的时间"。

（薛庆国 译）

目　录

第一章　001

第二章　033

第三章　065

第四章　109

第五章　161

第六章　197

第七章　231

第八章　263

结　尾　303

译后记　349

Chapter1

第一章

"如果你这么写，以前也是这么想的，成，就这样吧。"这是荷马对他儿子写的《两个世纪的回顾》的评论。

多年来，我一直拒斥着一个声音："把它写下来，写下来！"——想来我不可能得到《轻率》的作者[①]的评论，这样想使我要讲的故事变得无趣，也减弱了我讲故事的欲望。现在这一切都太迟了。

"太迟了。"那个声音说道。然而，当我乘坐飞机越过赤道的时候，我发现，高耸的乞力马扎罗山——无论是从飞机的高度俯视还是在清晨从酷热的平原上瞥见——它的神秘庄严都无法与科荣山（Plan de Corones）[②]相媲美。在我的脑海里，我一下子觉得我似乎有一个完美的角度从一切的初始来回忆往事。

上述句子中所固有的偏见和矛盾在几种现实之间形成对比。

---

① 庞德在 1925 年写了回忆录《轻率》。
② 位于意大利博尔扎诺马雷贝。

而有些人则会在这样的对比中获得乐趣。

＊　＊　＊

对比的乐趣：科荣山和贝－乐考夫山（Beit-lerkofl）[1]是我儿时的"大力士"之柱。这些山的形状在这四十多年来已经为我所熟知。我爬过这些山，也曾在山脚下漫步，但我依然无法准确说出从南面看去这些山的布局和山背后的样子。从北面看去，这两座山相互环绕着，像是两个肩并肩的巨人。

科荣山上满是绿色、赤褐色和白色，在春天里还能看到些斑痕，它像一座蹲在地上的铜像，头部狭长，无发，双面，头顶被贝－乐考夫山劈开了一道裂痕。

它们脚下的土地平静地栖息着一个蛋形的山谷，像布朗库西[2]的卵形一样完美，圆润而疏远。盖斯（Gais）在山谷中心，如世界初始的孕育之地。那里连光都几乎是固体般，像是大洪水后一切的根与开始。

＊　＊　＊

根据口头传说，在远古时代，洪水泛滥，除了一位与山羊一起生活的老妇人外，所有人都死了。从开始下雨的那天起，有只聪明而训练有素的山羊每天都能自己回到厩里，并能在没有被水

---

① 位于意大利圣马蒂诺。
② 罗马尼亚雕刻艺术家。

淹没的高处吃草。

那位老妇人的名字叫阿加莎。她看着天上的乌云，非常担心。她呼喊着她的山羊："高尔斯，高尔斯。"山羊咩咩地回应了她并继续向上走去，它说："来，逮住我吧。"阿加莎跟着它。大雨下了三天三夜。他们互相呼喊回应，直到阿加莎说起话来像山羊一样，山羊则像阿加莎一样"高尔斯，高尔斯"地回应。

在这期间，阿尔河的河水一直上涨，高过了山谷中的屋顶，高过了尖塔，高过了山腰上的房屋。

当山羊到达山顶的草绿色凹痕时，雨停了，彩虹出现了，天地重归安宁。在阿加莎累得喘不过气来，还"咩咩"呼唤着赶上了山羊的时候，眼前的情形使她震惊：这只山羊生出了两个孩子，看起来像人，有着浓密的毛发，但没有尾巴，像人一样大喊大叫。山羊这时恢复了山羊的声音，阿加莎也重新获得了说话的能力，但她的视力没能恢复，这是因为如果她看到那两个小孩子在干什么，她一定不会喜欢他们。那两个孩子一个是男孩，另一个是女孩。

山羊允许他们喝自己的奶，而阿加莎则教给他们一个独居的老太婆所知道的一切。他们在一块凸出的岩石下为自己建造了一个家，学会了如何通过气味判断植物能否食用，他们主要以甜蕨根和酸苜蓿为食。

在那些日子里，阿加莎穿着到脚踝的衬裤、三层的衬裙，外面还套着一条宽围裙。阿加莎把孩子们裹在围裙里，后来她脱掉了她的第一件衬裙，将它从中间撕开，系在了身前。孩子们现在能站直了。几年过去了，她不得不脱掉她的第二件衬裙；这件衣服附有一件上衣，所以她把衬裙从腰部撕开，将男孩的腿伸入袖子，衣服能盖到男孩的膝盖上，很紧。这件衣服是用她的黑色天鹅绒头带束紧的。她的头发变得稀薄而蓬乱。

然后有一天山羊死了，因为山羊比女人早死，阿加莎教会男孩如何剥山羊皮并将其晾干，以及如何将山羊肉切下来。她还教女孩如何烤肉。烤肉可以吃很长时间，但阿加莎却变得越来越虚弱，她说："在我忘记一切之前，你们要记好，我的房子位于河边一片叫山姆的草地上，河的对岸有一座教堂，你们必须新建一座桥才能过去。如果所有的动物和其他人一样都死了，记住在贝－乐考夫山和科荣山脚下，在圣迈克尔日会有集会，你们会在那里找到你们需要的一切。留好这些羊皮用来交换，采集植物和蘑菇，烘干它们，记好它们的用处。"她一边说着，一边把孩子们拉到她身边，这是她心爱的山羊的孩子们，他们长得又高又壮，之前的衣服已经穿不上了。她脱掉最后一件衬裙，女孩却几乎穿不上了。她犹豫了一下，然后说道："转过身去，我把我的裤子扔给你们之后你就跑下山，千万别回头看。"孩子们照做了，但过了一会儿，这个男孩抓住了一只野兔，他想，这只兔子可以陪在母亲身边。他转过身来，发现那个瞎眼的老太太赤身裸体地坐在草地上。他知道他不应该这样看着她。

他悄悄地把那只还活着的野兔扔到她腿上之后就跑掉了。也许是她被自己腿上那个毛茸茸的东西吓到了，也许是她意识到自己的山羊孩子看到了她的裸体，阿加莎变成了一块石头。人们仍然可以在山峰的一侧看到这块乳白色半透明的石像。它是树林边界的重要地标，被称为阿加莎石。

因此，盖斯人的一些习俗可以用他们的起源来解释。他们认为，赤身裸体是最大的罪恶和耻辱。孩子们必须被包裹在襁褓里。小孩子们在长大之前都要穿着连衣裙。在白天，从清晨的弥撒到傍晚的祈祷，这期间都要求人们像虔诚的老处女一般自律。但在夜晚，这些约束就被抛弃了。如果根据盖斯人中非婚生子女的数量来判断，他们图腾的动物本能也许比阿加莎老处女的精神遗产更强大。情人在晚上可以从窗户进屋。如果没有人在窗外向女孩求爱，那说明这个女孩是不值得追求的。但是一切都需要谨慎，否则男孩女孩都会变成山羊。

野兔被认为是邪恶的、棘手的动物。包括牧师在内的每一个人，都相信草药的力量。

* * *

"真是的，他们还希望我做什么呢？五个人看着你第一次喝奶，好像在责怪我没有直接把奶喂给你一样。如果我直接把奶给你，你就学不会控制喝奶速度。还有就是钱的事，因为你来自上层社会。在给你喂食的前后，他们给你称了体重。三名医生和一个接生婆围在我的床边，他们都穿着白大褂，戴着白手套。但是，我自己的丈夫却不得不离开房间。只有你的父亲很好，总是问我有没有什么需要，他笑着，一个绅士——非常有礼貌。"这位受过良好教育的绅士脸上露出酒窝，笑眯眯地、温柔地看着这个年轻妇女。他那双浅灰色的眼睛里显示出一种智慧，一种帮助事物成长的爱。他也能够理解那种时不时显露出的依稀的怨恨是从何而来。

是什么样的力量可以让这个妇女通过一个简单的剖宫产手术就生下她的小男孩？没人能帮她，她不过是一个健康但贫穷的农民，与她的精神力量相比，她的身体是那么瘦小。她的胎儿太大了，以至于在她的子宫里缺氧了。科学可能会有所解释。她生下了一个青紫色的婴儿①。她的力量和情感随着她的乳汁一起，从她的身体传递到那个皮包骨头的瘦弱的婴儿全身。城市的女士们从来不会考虑自己肚子里的小东西，她们只会想着如何让自己看上去苗条美丽。她说，当时我像一只饥饿的小鸟一样，想吃东西。我们彼此都需要对方。

* * *

然后，她的丈夫乔吉尔来了。他是一个善良的人。在给他的婴儿取名叫杰克布·乔吉尔后，他哭着埋葬了他。这个婴儿还没来得及受洗。接着他要把他的妻子带回家。已经七月了，他们要趁着阳光正好的时候，把玉米和干草铺到堆场上去。

---

① 因先天性心脏损害而在出生时皮肤发青。

他妻子的乳汁被送去检测，他难道不能等上几天么？他当然不能——有人会帮他付医疗费——但是他还有两头母牛要喂，动物们可不能等，家里那匹母马脾气不好，它只喝他和他妻子喂的水。

他妻子说服了他，只有她有能力说服自己的丈夫把她一个人留在这里。"那位太太希望我待一个月，她一定是疯了。再过几天，他们就会看到婴儿长胖了。如果他们想让她活下去，他们必须让我把她带回家。"

"我家在赫特里赫特——那个破地方。""我告诉他们可以先去看看我家的房子，但是他们说房子怎么样没关系。他们会派人开车带我回家。医生说他们是富人，他们付得起钱。"

妈妈①是个意志坚定的年轻姑娘，她总是在照顾别人的孩子。她说这是因为她在十四岁时失去了自己的父母。我这里有七个兄弟，最大的一个十六岁。他们都很勇敢，他们都活下来了，也挽救了农场。最大的男孩，农场的继承者，后来被迫卖掉了农场，但没卖出多少钱，为十年来无偿在农场工作的每个人都分到了一点钱。

克洛卡·汉和萨马·乔吉尔结婚了。没有人能阻止她。她的财产从十七头奶牛减少到两头奶牛。她不得不搬进一间又脏又乱、屋顶漏水，还住着一群饥肠辘辘的亲戚的屋子。但不到两年，

---

① 在整部书中，玛丽的养母被称为"妈妈"，她的生母奥尔加·拉齐被称为"母亲"。玛丽的养父被称为"爸爸"，庞德被称为"父亲"。

她就把这一切收拾得井井有条。他们一家也变得受人尊敬。

在过去的四十年里，萨马养育了十七个孩子：除了几周就死了的第二个孩子汉斯尔外，养活了所有人。我是唯一一个她用母乳养大的。她的最后一个孩子的大脑永久受损，他的智力将永远停留在孩童时期。其余的孩子现在都长大成人走他们自己的路了。他们的基因不会很好，因为其中九个孩子是被小贩、流浪汉、乞丐和妓女抛弃的流浪儿，剩下的或是丧偶，或是身患重病的亲戚们的孩子。

我的一奶同胞兄弟现在是一个放荡的流浪汉，靠着给屠夫当伙计勉强度日。妈妈说，他的祖母应该为此负责，因为当他刚到上学年龄的时候，他的祖母就把他从她身边带走了，希望他能给她养老。随着第一个月工资的发放——法西斯政权为私生子提供了补贴（老人们说这会导致腐败），他的母亲在没有透露父亲姓名的情况下消失了。通常在这种情况下，会有一个意大利警察被处罚。几年后，警察通知"原籍地"，汉斯尔的母亲被发现死在罗马郊区的一个地下室。一个被勒死的农村妓女。她上了头条。报道看起来很熟悉："人类兄弟姐妹们……"

玛格丽特，我们称她为玛吉特，是我们中年纪最大的。在妈妈结婚之前，一个科纳人希望妈妈能帮忙照顾这个女孩几个小时，她要去砍一些编篮子的柳枝。善良的妈妈没有怀疑什么，但那个科纳人母亲再也没有回来。妈妈的兄弟们很生气，让她去报警。但那时警察都是意大利人，妈妈并不相信他们。玛吉特是一个可爱的小女孩，可惜有这样一个带她在路边乞讨的母亲。科纳人居无定所，他们所有的财物都在他们的推车里，甚至他们经常连推车都没有。夏天，他们在河边扎营，砍伐柳树，制作篮子出售，再把赚来的钱用来买酒。和她微薄的嫁妆一道，妈妈也带上了玛吉特，不过她的丈夫并不介意。

午夜时分是耶路撒冷的黎明
盘旋在大力神柱之上。

那两个美国人的出现让盖斯震惊了，一位服饰华美的女神从一辆黑色的轿车上走了下来。农民们停下了自己堆放干草的动作，而那些在路上的人则将他们的推车和马匹停靠在篱笆边上，看着那个黑色的怪物掀起一片尘土。

这一切是那样令人惊奇。爸爸脱下帽子，疑惑地和那个帮助那在不停指唤的娇小女士从车里出来的高大的金发男士握手。男士的妻子抱着一个用白色毯子包着的娃娃从车里出来。"不错。"那位先生对低矮的木板房间、黑色的拱形厨房和入口处的马厩发表了评论，"空气不错。"有着纯净的干草和粪便的气味。榆树下的河流传来水声。当玛吉特被带进来时，他看起来很开心。"我不能保证她会像玛吉特一样健康漂亮，但我会竭尽全力。不过那可能不是几个月的问题，你们必须把她留在这里几年。"这应该是妈妈在说话。"他在桌子上放了一张五百里拉的钞票。这是前两个月的付款，额外的一百里拉是礼物。被他的行为吓到了，我看起来很震惊。他问道，这不够吗？我以为医生已经解释了，他说没事。"他又一次和爸爸妈妈握手，笑眯眯地看着玛格丽特说：健康，粗壮，他的女孩也一样会长得很结实。他们说他们会在两个月后再来，之后他们就坐着黑色的轿车离开了。这两个陌生人的名字很奇怪，他们用一种奇怪的语气说话。五百里拉引发了很大的震动，这是他们以前从未见过的一大笔钱。尽管在南提洛尔被划分给意大利之后，法定货币就被换成了意大利里拉，但这种货币仍然有些新奇。

"你可能永远不会再见到他们了。"爸爸对贵族的不信任与妈妈对神圣普罗维登斯的信任一样不可动摇。"即便如此，看看那些钱，这是来自天堂的礼物。"还有，一个孩子代替了自己的孩子。那两个陌生人的样子一直出现在她的脑海里。如果两个月后他们又回来把这孩子带走怎么办？那个女孩必须要变得强壮，她的脸色要红润。她的奶和良好的空气都可以做到这一点。这里的空气一直不错。

她为自己的孩子准备了一辆大柳条婴儿车，有着漂亮的软垫，又深又安全，不过推在路上却不很利落。她和她的七个兄弟在室内使用这辆婴儿车，在外面从未用过。她找到一辆古老的婴儿车，并将其重新涂上了闪亮的棕色。这是一辆完美的婴儿车，适合任何道路，结合了人力车和轿车的特点，由实木组成，有两个大的尖刺轮子和一个可拆卸的车顶。

＊　＊　＊

就像让·谷克多问过："他们是黑人还是像我们一样？"村里人问道："他们说你有一个美国婴儿，她是黑人，还是像我们一样的白人？"即使是村里那个最冷漠和最难以接近的人——教会理事，也对此感到好奇，在妈妈来回走路时拦住她询问这件事。我怀疑在那一刻，她希望我是黑人，因为这会让他很吃惊，并使他感到满足。直到1919年他成了村里的老师。学校里只有一位老师、一本书、一块黑板，没有其他多余的东西。他教授阅读、写作、算术，还有作为心灵指导的教义课。战争结束后，为了表示对老教师的尊重，教堂选举他为教会理事和风琴师。这是他唯一一次在街上拦住一个女人并表现出自己的好奇心。在这件事之后，有一件更重要的事：巴切尔兄弟中的一个，迈克尔，尝试前往美国。直到1925年，山谷中的人们才知道有人乘船远航了。

＊　＊　＊

在夏天结束的时候，那两个陌生人在没有任何预兆的情况下回到了这里。这是繁忙的收获季节，山上的冷空气即将降临山谷。他们来的日子正是烘焙的时候，这是整个季节里最忙碌的一天。每两到三个月我们在普斯特塔尔的农场里烘焙一次面包。农场有带长木架的面包房，保持烘焙时的通风和干燥。我们的黑色拱形厨房里有两个鸡笼作为餐桌和泔水桶，正当中有一个巨大的面包烤箱，每次可以工作七个小时。爸爸从半夜就开始做准备。

清晨当妈妈将盖子从木桶上取下时，整个房子都充满了发酵面团的味道。制作面包很困难，这需要反复练习。妈妈的双手像蝴蝶一样抛甩着面团，动作轻快，显得非常专业；爸爸则用一根长木桨把揉好的面团推进烤箱。对于那些可以帮上忙的孩子们来说，这是美好的一天。但是年龄小的孩子们做不了什么，被抛在一边，再小的就更被忽视了。这也是为什么那两个陌生人来的时候发现我身上又脏又乱地坐在婴儿车里。那位女士皱了皱眉头。妈妈脸红了，"在此之前她一直都是干干净净的。"爸爸耸了耸肩说道："你要不要尝一个面包？"那位男士则对一切表示理解。

> 地球是所有人的护士……
>
> 面包是生计的基础……
>
> 小麦是人民的汗水……
>
> …………
>
> 用华服装饰他们，
>
> 用美食喂养他们，
>
> 最终他们不得不卖掉自己的土地。

陌生人离开了，妈妈承诺第二天会带我去他们在镇上住的旅店。妈妈很少去镇上。她不得不跨过富丽堂皇的酒店的门槛，这让她非常担心。那天她精心打扮了一番。从盖斯到布鲁内克①的

———————————

① 布鲁内克（Bruneck），意大利波尔扎诺自治省的一个市镇。

一个小时路程令人愉悦。一路上她一定推着婴儿车走得特别快，一边哼唱着曲调，一边和我说话，她的声音里有兴奋、畏惧、骄傲和对未来的希望。我最初的记忆是她边唱着歌边和我说话，向我倾诉，仿佛我是小耶稣一般。

她是怎么把婴儿车拿上父亲照片里那黑暗狭窄的楼梯的？还是他把车叫到了酒店？细节不详，但照片证明我是一个健康快乐的宝宝。母亲感到很满意，妈妈在下午晚些时候把婴儿带回家，一张面额巨大的支票又被她放在了胸口，生计又不用担心了。

那两位陌生人第二天就离开了，不知道去了什么地方。

你想一下，那里有多远？

巴黎到底有多远？很多年之后才知道这个问题的答案。威尼斯，拉帕洛[①]，罗马？比巴黎都稍近一些。

无论走到哪里，她都会有音乐陪伴……以二十年代的风格，他们的风格："先生和女士邀请……"

所有的事情都有始有终。

至于你说假装，啊，那可能要花上几代人的时间才能结束假装开始的事情，真有点绝望。

我们的时代开始于一种强烈的情感。

我们的时代？为了艺术吗？我们寻求实现某种欲望……

---

① 拉帕洛是意大利热那亚省的一个小镇，坐落于菲诺港与基亚瓦里之间。当地气候温和，小镇的大部分坐落于平地之上。大部分住宅建于山间以阻挡强烈的北风。

在混乱中有一件事是确定的：我，他们想要我这个孩子。其余的部分则是音乐和诗歌。

这位年轻的小提琴手站在诗人的椅子旁边，演奏着《费加罗的婚礼》里的咏叹调。不，这不是画中的乐土。他们穿戴整齐去了天堂，在那里即便是天使也会有情绪上的变化，有时也会悲伤。

* * *

从现在开始，即便是最一丝不苟的传记作家也会报道在布达佩斯举行的一场音乐会，在维也纳的一场演出，去法兰克福、沃格尔、萨尔茨堡的一次旅行，也许旅程会中断，在布鲁内克停留上几个小时或几天。

在酒店的阳台上，父亲和母亲端庄地坐在柳条椅上。在他们脚下一个装水的碗里，我养了几只胖胖的小鹅，它们在碗里左右摇摆地漂浮着。在我面前，摇晃的鞋子看起来光滑闪亮，我很想摸一摸。"喂！"母亲在门口警告我。是的，我不能触摸先生和女士的鞋子，而且我还必须称呼他们为"尊父"和"尊母"。

母亲把一顶巨大的酒椰叶制成的帽子放到了我的头上，把我的耳朵都挡住了。它遮住了我的眼睛，我感觉就像头上顶了一捆玉米一样，妈妈曾让我在田地里的叶子下爬走，这样就不会被太阳晒到。

此外，我生活中的一切和这个国家普通的孩子并没有什么区别：喝水，吃饭，睡觉……当下雪的时候，我的婴儿车被换成一个雪橇，我记得它是碧绿色的，上面盖着一块蓬松的白色熊皮。

他们叫我萨马·莫迪尔（Sama Moidile），我像其他孩子一样长大，天生喜爱绵羊、牛和马匹，喜欢吃饺子和熏肉，喜欢听歌和故事，喜欢广场上清新的空气。至于艺术，两张褪了色的绿色印刷品上的故事，为我提供了许多关于冒险甚至犯罪的危险和可能。画上画的是提洛尔的两大热门主题——偷猎者和民歌里的英雄。人们今天依旧可以在许多旧旅馆找到这样的印刷画。我花了很多年的时间把记忆里故事的碎片拼接到一起。一个男人戴着绿色的帽子，肩上扛着一把枪，站在那里。一位固执的、笨拙的、高大的猎人，睁大着一双反抗的眼睛向前看，他的双手背在身后，他穿的铆钉低帮鞋、羊毛紧身裤和他裸露的膝盖都加深了别人的印象。他的妻子跪在一旁，紧紧抱着他的腿。在一边，一个穿着长裙光着脚的女孩抱着一个小男孩。这是既成事实还是一种警告？这张画让我们去猜测。他身边的形象更具体：一次北极熊捕猎。一头巨大的白熊咬着一个摔倒的男人的喉咙。一群吵闹又无能的男人举着斧头和枪围在一边。那个男人被杀了吗？他们杀掉了那头熊吗？我最早对舒适的印象就来自一张白色的熊皮。在风雪里我去猎熊，剥掉熊皮，把它捆紧，我担心我会不小心弄丢它，如果那样我就不得不再去猎一头熊了。这张熊皮会来自哪里呢？巴黎的一个高级商店？

"我会看到一头熊吗？"我问斯坦因小姐。

* * *

我的好奇心十足，妈妈在白天讲的那些故事的细节在夜晚由男人们的闲谈来补全。爸爸则只是出门去放松自己，再抽上几口烟。妈妈对此的抗议并没有什么效果。她喜欢热闹，访客的到来会让她很开心。访客到来的时候，妈妈能够主导聊天的节奏，而爸爸却很紧张，就连吐口水的次数都比平时更多。爸爸对政治比较感兴趣，希望能了解最新的消息。而妈妈则喜欢古老的神话传说。爸爸的妹妹，是一个被称为特欧特的人，她是二十二个侄女和侄子的教母，将来也会包括玛吉特和我自己。她嫁给一个抽烟、酗酒、有一头牛作为财产的农夫利欧。他订了每周的报纸，她则靠着把旧布缝成鞋的手艺支付报纸的钱。她每天都工作到很晚，需要有一个温暖的房间让她的手指保持柔软，避免面粉和水制成的胶水变硬。同时，她还必须集中注意力，一句话都不能说。他们的房子在道路旁边，是社区的中心位置，本是一个理想的聚会场所，一个吸引悠闲人的地方。

日出而作，日落而息。

在妈妈看来，我在晚上的祷告中只会乱喊乱叫。当我看到爸爸把他的烟斗放在口袋里，我会站在板凳上然后跳到他弯着的背上。他会表示抗议，但从不会掰开我紧紧搂在他脖子上的胳膊。妈妈会感到不满，但是她知道如果他带着我一起出去，就会早回家。我经常在回家的路上就睡着了。但是几个小时后，我就醒了过来。等到第二天，我会在镜子前做怪动作，试着把唾沫吐得尽可能远，或者用大拇指擤鼻涕。

在冬天，休闲是一种奢侈品，整个世界银装素裹，农民只能聚集在炉子周围。我坐在桌后，在姑姑特欧特的旁边看着他们，姑姑把小布鞋剪成小块，再把小块扔到桌下，或者放到我身边。提洛尔的炉子是拱形的，用白色的灰泥制成，周围摆满了长凳。炉子上面用四根柱子撑起了一张宽板凳，炉子中间的横杆可以用来晾袜子和尿布。利欧总是躺在炉子周围的凳子上，每隔一段时间，他会从其他人头顶上扔出来一个黑色的凝块，落进差不多二十五英尺 [①] 外的门口处的木箱里，发出一声闷响，其他人也时不时地把烟斗里的烟草渣往木箱里扔，但他们的技术远不如利欧。

除了屋外的鸽子，其余人都曾在1914—1918年的战争中与意大利作战。时至今日，他们依旧希望能再有一位恺撒大帝来率领他们。每日新闻和闲聊八卦汇集到一起，往往导向了对战争的追忆。这些故事往往充斥着奸诈，令人不寒而栗。利欧曾在救护队服役过。他像熊一样强壮有力，可以举起任何重物，但他不善于开枪。他口中的故事充斥着关于断肢和搜刮尸体的细节，或者更糟。他声称，他只留下了他手上这枚戒指。当时他捡起一条毯子，一只白色的手翻落在地上。他认为这只断手应该曾经属于一名军官。他用唾沫润滑了一下，把戒指从断手上取了下来，然后

[①] 一英尺等于约零点三米。——编者注

把这只手扔进了沟里。每当我想起这只断手，都感到很不舒服。

爸爸曾是个英雄，但他总是被骗。当他谈到这场战争时，一切都像一个笑话。在战争中电话线被切断了，他被要求顶着敌人的炮火穿越战场去传递消息。一颗子弹击中了他的左手，但他继续向前跑。他遇到了另一名士兵，便兴奋地把他的任务告诉了这个士兵。这名士兵跑得更快。在快要晕倒的时候，爸爸到达了指挥部，当他希望能因他的勇敢而受到称赞时，却被叱喝："出去——快撤。"原来，在此之前，这个消息就已经传过来了。他非但没能得到奖励，反而被送进了医院。这一切都是个骗局。幸运的是，在卡波雷托的战斗中，他再次受伤，因为伤势过重，他不需要再上前线战斗了。

一位作家在描写卡波雷托战斗时将战争的失败归咎于意大利缺乏易于诞生军官的资产阶级。在年轻的我看来，德国的胜利归功于恺撒利亚格·雅各布·马彻（Kaiseriager Jakob Marcher）和像他一样的年轻农民们，他们像魔鬼一样战斗，一边辱骂意大利的逃兵，一边朝他们扔手榴弹。

卡波雷托，格拉帕山，罗弗莱托，帕苏比奥，从元帅到士兵，这些饱含荣耀的地方被人反复提及，不管过去曾经发生了什么，它们都已深深铭刻在我的脑海里。而在普林恩的关于他去罗马的故事中，奇怪地出现了"地下墓穴"这个词。

普林恩·汉斯非常会讲故事。村里人都知道他容易轻信别人，他采蜜时运气特好，他的骂人方式富有想象力。他是一个小农，靠着他的牛犁地耕种。他的妻子帮着他一起耕地，如果出现任何问题——也经常发生问题，他会跪在犁沟中间，高声地咒骂："以七位圣洁的殉道者和路西法的名义，我恳求你，从燃烧的地狱之火中崛起，我那头笨牛真混蛋，我那老婆也是笨牛混蛋，但她是一个最好的妻子。"

意大利人试图从武力和文化上征服提洛尔人。报名参加意大利语夜校课程的人可以免费前往罗马游玩。普林恩很聪明，他学会了大约六个意大利语单词，就和其他几个人一起出发去罗马面见教皇。是我听得太入迷，还是他说话太啰唆，以至于讲了这么久？事实上，我只有在他讲到"他们说现在要带我去看一看地下墓穴"的时候才听清他们在讲什么。更多的时候，我是被一阵笑声吵醒，因为这个故事已经被讲过很多次，每个人都知道故事接下来是什么。"我们爬到楼上。我之前说过我们是在地下的。楼上的窗户关着，有一种奇怪的气味。一个女人坐在我的膝盖上，她的衣服很短，我可以看到她的肚脐。当我反应过来的时候，我边骂边跑掉了。那些恶魔想引诱我在圣城灭亡。"

* * *

接下来我听到妈妈靠在床边低声祈祷："圣洁的天使守护着我……祈祷生活快乐，祈祷风调雨顺，阿门。"晚祷时，妈妈向我的守护天使祈祷，乞求贞节不失。

毋庸置疑，我仅有的能听懂、知道和掌握的语言是提洛尔语。

更确切地说，是 Puschtrerisch（一种提洛尔的方言）。因此，我的祖父荷马，被称为"欧里庇得斯……那个曾经拥有健全意识的天真的男人"被带到盖斯时，我们无法交流。他已经知道我的存在，他们希望能听听他的意见。一个野孩子应该被带入文明社会么？他的看法是："这并不好。她还太小了，承受不起如此大的环境变化。"他补充说，人们可以尝试着用缓慢的方式来适应环境，比如短暂的旅行，但无论如何不能把我和我的妈妈分开。我们都很爱这位富有智慧的老人。

祖父的到来让一切变得平稳。人们搞不清父亲母亲是什么人，但是有一个不知道从哪里冒出来的祖父意味着这一切是有来由的。他第一次来时留下一个纪念品，他给了我一个漂亮的洋娃娃，它有精美的粉色脸颊，我管它叫罗丝尔。那双黑色的眼睛一开一闭，是她来自异国的标志。在此之前我认识的人的眼睛都是绿色、灰色或蓝色的。我们一家三代人的照片是马林纳在布鲁内克拍摄的。

通过他的儿子把他的话翻译成德语和肢体语言，祖父向爸爸讲述了他以往作为农民耕种时的故事。那时他在威斯康星州，那里也很冷。他把威斯康星州和普斯特塔尔之间进行了比较。祖父和爸爸都很喜欢对方，修剪过的长角牛的故事被选入爸爸在休闲聚会时的表演节目单："长角牛的故事……"是的，我的祖父就是这么告诉他的。

爸爸原本也想尝试一下。但是对于一个领主来说，也许尝试剪掉一百头奶牛的角并不困难，它们可能会生产更多的牛奶并且占用更少的空间。但是，如果你只有两头奶牛，你最好用常识。

*　*　*

爸爸妈妈好奇地向他提出了一些问题："威尼斯的房子属于她，如果我没理解错，那所房子是她父亲买给她的。我不知道她为什么不给房子外墙刷漆，从外面看起来这所房子平平无奇，但三层楼房子的里面相当漂亮，有这样壁炉的房子现在不多了。"

他们把我放在一把深蓝色的扶手椅上，椅子上有坐垫，上面还铺着豹皮。妈妈坐在一张黑色大桌子后面的一张深蓝的扶手椅上，她看上去端庄美丽，像个女王一样看着我；又温柔飘逸，像个女神一样看着父亲。

父亲坐在一张靠墙的深蓝色板凳上。墙壁是亮黄色的，有画着彩绘的赭石柱子，头顶的灯像一颗玻璃星星一样闪亮。底楼是餐厅。我最喜欢的是母亲在楼上的房间，房间里没有壁炉，门上挂着漂亮极了的衣服。门背后有一面镜子，正对着一张特大号的珍珠灰色天鹅绒沙发。在长而低的书柜上放着两双奇怪的鞋子，一双是草鞋，另一双则是黑色的木鞋，后来我才知道这些是日本的鞋子。门上挂的衣服也是和服，而在同一张架子上摆着的镶嵌着宝石的银色小鸟是邓南遮[①]送给她的礼物。对我来说，所有

① 加布里埃尔·邓南遮（Gabriele d'Annunzio，原名 Gaetano Rapagnetta。1863年3月12日—1938年3月1日），意大利诗人、记者、小说家、戏剧家和冒险者。他常被视作贝尼托·墨索里尼的先驱者，在政治上颇受争议。主要作品有《玫瑰三部曲》。

这一切都像绸缎披风、头饰、覆盖骨头的环，以及我们村教堂中圣人的头骨一样，让我崇拜。

从楼梯通往顶层房间的墙壁铺满了一块灰色的画布，在这块画布上我看不出有什么东西；混乱、宇宙或是一个被钉在十字架上的巨人。日本画家小梅太郎仿佛在他的巨作中低语："我们现在站在人类的关键时刻。我们必须得到拯救。"他在东京地震中遇难，他在威尼斯的大幅画作则在战争中被摧毁了。在工作室的书柜上，有一个木质的架子，上面放着来自里米尼的伊索达制作的奥维德大理石浅浮雕雕像。

> 那个镀金的大箱子一直是一个隐秘的巢穴，
> 就像塔米梦里那样，伟大的奥维德
> 的大理石浅浮雕雕像立在厚木板上，
> 被保养得很好。

我首次来到这个优雅而令人紧张的、充满智慧和和谐的殿堂时，我才刚刚四岁，按照祖父的建议，我需要逐渐离开农村的环境。

妈妈对她这次旅途的夸张描述可能会模糊我的印象，途经卡拉二佐，换乘火车……听起来好像从盖斯到威尼斯的旅行花了三天三夜，而不是十个小时。头等舱里那些先生们是怎么嘲笑我的——是的，第一次出行是头等舱，第二次是二等座——因为我把窗帘的带子系到了他们的脖子上，他们就都在笑我。将人类与动物进行比较似乎是我们家的传统。卡冈都亚说他的祖母就像一头被阉过的公牛，据说我最早也把我的母亲比作马，幸运的是她没明白我的意思，这也说明当时我的处境以及妈妈和母亲之间的鸿沟。我只见过女人穿着长到脚踝的裙子，冬天穿着厚厚的羊毛衣，到了夏天，她们会穿一双需要用绳子捆着的高到膝盖的棉袜。毫无疑问，妈妈对我从小的教育让我感到穿衣服没有节制的罪恶感，所以我会指着母亲的腿说：像一匹上了鞍的马。母亲不明白我说什么，不过提洛尔人所拥有的机敏让她能明白我是对她没有穿长筒袜表示困惑。她拉着我的手让我摸一摸她的腿，以显示她穿着长筒袜。我不是很相信，但我的结论让她们感到很有趣："你穿了一双玻璃袜子！"

　　第一次旅行是在秋天。第一次争吵则是因为一副手套。我觉得天不是很冷，不需要戴手套；我和妈妈都不理解为什么要在不必要的时候戴手套。我的手发软，戴不上那副手套。母亲则有些不耐烦，她把自己的小指伸进手套，来向我们证明这副手套对我来说够大，而我通常的回复是：你每天都在吃那样的食物肯定瘦。我讨厌蔬菜；菠菜只是一种草，在家里是喂给猪吃的东西。我不喜欢喝水。这里装潢精美的餐馆没能给我留下什么好印象，我要喝气泡水，因为那里的水闻起来有点臭。我有我自己的标准。在盖斯，人们对饮水非常挑剔，在饭前人们要到山谷中心的泉去喝水。但是，喝水和戴手套似乎是我所受教育的一部分。妈妈曾因我所受的这些折磨而偷偷地哭泣。为此她在宗教中寻求安慰，在我们应该乘船的时候她却反复地祈祷。父亲赠送给她一些小礼物，例如在威尼斯买的纪念品。他用德语安慰着我思乡的妈妈——她想家了。他没有什么特别的要求，总是赞许地看着我，拥抱我。当他发现妈妈皱着眉头的时候，他会弯下腰搭在她的肩膀上说：好的，好的。

有时在楼下会有小派对。当时正在研究威尼斯石头的安德里安·斯窦克斯被带到了楼上。在妈妈看来，我们之所以被要求待在楼上，而不是被邀请到楼下参加派对，是因为母亲以我们为耻。我们不知道该如何表现、如何表达才显得得体。不过因为我始终保持了安静，我们可以吃晚宴剩下的甜点。在此之后，我就把安德里安与焦糖奶油甜品联系在了一起，当时母亲兴高采烈地举着一个装着甜点的盘子上了楼。安德里安，我记得这个人名。唐·阿图若是另一个有故事的人：他是一个非常富有的南美人，住在巴黎，他的衣服都是在伦敦定做之后空运给他的。妈妈对他印象非常深刻，或者更确切地说，对他给母亲带来的华丽的糖果盒的印象非常深刻。

在威尼斯的时候，妈妈哭了，但回到盖斯，她说话就像从中国回来的马可·波罗：她讲述了那些发生在教堂和市场里的有趣故事。里亚托圣马可广场上的音乐家，穿着有金色纽扣的白色外套，装饰着银色亮片的蓝夹克。"为什么母亲没有在广场上演奏？"她回答了这个问题，平息了这个问题带来的疑问，并详细描述了圣厄休拉的梦想和她的镶嵌画。大海是那样地广阔深邃，以至于她会担心我们掉进水里。她模仿了船夫、送奶工和鱼贩的叫卖声。不过意大利的食物很糟糕，绿色橄榄就可以证明，这是母亲让她在火车上就着三明治一起吃的东西。在威尼斯随处都能找到橄榄，所有人都吃橄榄。但是回到盖斯，每个尝过橄榄的人都把它吐了出来。

关于威尼斯，我记得最清楚的是我倚在一艘贡多拉上，用手泼水。乘船漂浮在安静的水域上是那样令人愉悦。

* * *

而在故乡，河是一个巨大的威胁。它从高山上的冰川流淌而下，人们往往只会在处理一只羊的内脏或一只死猫的时候才靠近它。河流瞬间就从视线中消失了。这条河有几个弯，水流会在那些弯那里慢下来，在桥南侧的河岸有一处布满了沙子的缓坡，人们可以将牛和马带到这里喝水。但在任何情况下都不允许儿童在那里玩。这不仅仅是因为恐惧，这是一种根深蒂固的，对水流难以言喻的恐惧。

在上学的路上我就经历过一次危险，或是说被诱惑了。在沙滩对面的岸边，草长得很高，后面长着桤木。在桥下有一个木制的捕鱼陷阱，固定在一块突出的岩石上，是一个带孔的箱子。我要和普林恩·艾格妮丝一起去上下午的课，她是我们邻居的十四个女儿之一，是个虔诚而正义的女孩。不过，她在我家待了太久，她的双胞胎妹妹琳妮拿着一根绑了荨麻的棍子跑过来抓她。琳妮是一个有点令人难以捉摸的蠢货，她不会说话；然而，有时她可以像卡车一样吵闹，有些稍大的男孩喜欢逗她这样做。一般来说，她是亲热而快乐的。在我的记忆里，她随着时间推移无声无息地消失了。

一个吉卜赛女孩正坐在木箱上，很自然地，我停了下来，靠在栏杆上。艾格妮丝提醒我，我最好快点，不然我们就要迟到了。但是和一个坐在木箱上的女孩这件新奇事相比，迟到在我看来完全不重要。吉卜赛女孩招手说："我打赌你不敢下来坐在这里。"我犹豫了。"这就像是在船上。你这个胆小鬼。"什么？！我难道没有在一座建在一个巨大的捕鱼陷阱上的城市里坐过船吗？那还是一艘真正的在大海上航行的船呢。我必须要迎接挑战。虽然我知道我不应该和吉卜赛人说话，更不用说坐在捕鱼陷阱上了！不过没人曾经想过这么荒唐的事情，所以也没人禁止过这件事。我过桥，走向河边。艾格妮丝跑远了，她边跑边喊："帕绍！我会告诉别人的。"我开心地从高高的草地上滑下来，从岩石上跳到箱子上，抓住吉卜赛人伸向我的手。我们笑了笑，之后在摇摆的箱子上坐了一会儿。过了一会儿，我突然意识到我不喜欢这个女孩的嘲笑笑容，她比我大很多岁，我们之间没有什么好聊的。周围除了水声之外，只有沉默。箱子里的鱼——如果确实有的话——很安静。也许它们已经死了？死了！我应该抓紧离开。这是一个非常安静的下午。女孩停止微笑，向我靠过来，或者看起来如此。我注意到她蓬乱的头发。她身上又脏又臭。

我已经记不清我是如何脱身的了。在之后的几年里，每每想起这件事情我都感到后怕，还会做噩梦，但当时我一定很快就忘记了，因为就在同一年的冬天，在同一个地方，我差点从薄薄的冰面上掉下去。这来源于我对滑冰的热情。在河上滑冰也是被禁止的，但是男孩们在河边这么做了，我也跟着这样做了。没有人穿溜冰鞋，只有坚固的钉靴。在他们给我做靴子的时候，我坚持让大钉突出并弯曲在鞋底上，而不是做成传统的女式靴子，这样在冰上我可以更容易地绕圈而不是走直线。听了我的要求，鞋匠大笑起来，妈妈愤怒地对他说："闭嘴，蠢货。"

像大多数东西一样，鞋子是在家里制作的。鞋匠每年都要在客厅做一次鞋。这是冬季的趣事之一，比裁缝来要有趣得多。我喜欢皮革和胶水的味道，喜欢那些工具整齐地摆放在长凳上的样子，喜欢浸泡在桶里的皮革，喜欢用于压扁和给皮革塑形的石头，喜欢根据性别分开的鞋钉。鞋匠会给线打蜡，用锤子快速锤打皮革，其余人要做的就是看着，并且不时地将一只脚轻轻地放入鞋匠的手中，让他测量尺寸。不像裁缝那样，需要把衣服脱掉，让他用笨拙的动作从头到脚量一遍。更糟糕的是，大家不得不帮忙撕开成堆的旧衣服，再帮忙缝上纽扣，那种气味令人窒息。

我上学后的第一个冬天，鞋匠和裁缝来到盖斯与我们一起工作和生活，除了他们之外还有鞍匠，因为马需要一副新的马具。做好的马具挂在房间的一角展览了很多天，我这时忙着抛光黄铜饰品和戒指。鞍匠是妈妈最小的弟弟，并不着急离开这里。

我们决定让他给客厅布置一张沙发，这样当那位先生和那位女士来的时候，他们不会因为坐在我们的硬板凳上而感到不舒服。但我们从来没在家里布置过沙发。这个木房间已经被壁炉、板凳和一张哥特风格的桌子放满了。这留下了一些皮革和别的材料，剩下的材料足够为玛吉特和我做两个书包。书包是方形的，很硬，背在背上不太舒服，不过它很有用：有一天我穿着新靴子在冰上滑着，突然感觉脚下的冰面裂开了，水冒了出来，我后背着地向后倒了下去，没有掉进水里。

书包还帮我挡住了村子里两个派系之间互相扔的石头——希欧格普鲁格拉和安都普鲁格拉。我们属于希欧格普鲁格拉——在桥的这一边，当我们去学校和教堂的时候我们不得不冒险进入"外国"领土，即桥的另一边。在盖斯乱扔石头的孩子臭名昭著。大多数男孩都有一根吊索，最终目的是在感恩节保护科奇塔米奇——我们的酒神。男孩们在他们大到足以参加战斗之前需要一直练习。

科奇塔米奇-米希尔，一位强大的、古老的神明，他的诞生是一个秘密。未婚女孩将自己锁在一个房间里，打扮一个真人大小的稻草人，给它穿上传统提洛尔服装：白色衬衫，带绿色吊带的皮革马裤，白色长筒袜，低帮黑色靴子，棕色夹克和宽边帽子，还有一个面具，上面是一张年轻的笑脸。为了让我们的神得到滋养，他们将一个甜甜圈与稻草人的帽子绑在一起，这是一种酸辣的、高度发酵的椭圆形甜甜圈。

与之同样神秘的是，男孩们会砍倒最高的一棵树，在旅馆前面或附近的草地上挖一个深洞，然后他们会去把稻草人拿过来，在它的帽子上粘上一根红白相间的羽毛或一只健康公鸡的尾羽，表示他们已经为战斗做好了准备。他们一只手拿着一瓶酒，另一只手拿着一个酒葫芦，在夹克下夹着一条面包。伴随着饮酒声和"干杯！"的呼喊声，稻草人被放在一个酒桶上，固定在杆子的顶端。然后大家高喊"混蛋！混蛋！"，当手风琴声淹没了敌人的威吓声、敲击棍子的声音和受伤的叫喊声时，杆子被升了起来。黎明时分，在一座山顶上，一门古老的迫击炮进行了三轮齐射。无论对于胜者还是败者来说，战斗都结束了。到了白天，整个村庄都醒了过来，教堂的钟声响起，盛大的美食节开始了，所有的亲属都会被邀请参加这个节日。有人推测，在战场上遗留下来的那些石头和棍子上的红点可能是葡萄酒或者是血液。

来自邻近村庄的年轻人会试图偷走我们的稻草人，把它撕成碎片或者阻止我们把它升起来。

如果我们没能完成整个活动，整个村庄都感到耻辱，人们会萎靡不振，吃不下东西：炸面圈吃起来是干的，肉冻尝起来很苦。人们也不能接受其他村庄里的亲戚的邀请，因为有人可能会遇到别人的活动，那样可能会被人抓着涂上花脸，像个囚徒一样被绑在别人的杆子上。不过如果我们一方成功抵御了别人的进攻，甚至成功捕获了他们的稻草人，那么美食节就会成为一场盛宴。

* * *

作为一个女孩，我很早就学会了扔石头。在当地铁路道口那里有一个新的路标，上面有像自行车背面的反光器那样的小块红色圆形玻璃。在它被立起来之后，我们立即就用它作目标练习。有一次我被护路人抓住了，他是意大利政府的雇员，属于不被信任的那些人，在他来到我家的时候，爸爸就更不喜欢他了。他说："如果我再抓住你的女儿一次，你就要被罚款，如果你不交钱的话，就要被抓进监狱了。"这是爸爸唯一一次打我的耳朵。我知道他必须这样做，护路人希望看到他这样，他不能丢脸：他必须表明他是一个严厉的父亲。我下决心不再扔石头了。

Chapter 2

第二章

在我还很小的时候，写自传的欲望就占据了我的心灵。正式写作开始时，我才八岁。我写道："我的名字是玛丽·拉奇（Maria Rudge）。我于1925年7月9日在布列瑟农出生。因为我早产，在刚出生的九天里，我不得不被放在玻璃罩里。然后我来到了盖斯，和我的爸爸妈妈生活在一起。我爸爸的一只手是残疾的，腿部和背部还留有许多弹片，天气一变化就会给他带来剧痛。他曾在战争中获得过一枚奖牌，我们把它放在玻璃柜里。我的姐姐玛格丽特很爱猫，她有着棕色的头发和绿色的眼睛。而我有金色的头发和蓝色的眼睛。我的朋友有安德雷亚斯·霍夫和阿道夫·舒斯特，我还有一只名叫蓬蓬的小白狗和一只黑色小羊。这只小羊和我生活在一起，因为它恶毒的母亲不让它吃奶，它更喜欢那两只白色的羊羔，而且三只羊羔对它来说可太多了。我用一个瓶子来喂这只黑色小羊，有时给它一个鸡蛋，有时给它的牛奶里加点糖。它是一只漂亮的肥羊羔，长着非常鬈曲的羊毛。"

这就是我的第一篇自传，用几乎让人难以理解的意大利语写成，因为我不知道该如何拼写我们的方言。这篇自传和在蒂罗尔州写的其他东西都是被雷切米尔的民间日历所激发的。妈妈看书喜欢大声朗读出来。还没洗的那些牛奶碗摆在架子上，在这些碗的中间，是让妈妈非常骄傲的两本哥特式大部头巨著《基督的一生》和《圣徒们的生活》。这是我们家仅有的书，妈妈几乎可以背出来。

闲暇时候，她会给我们读一些雷切米尔的日历中具有特色的章节。在那年，记得最清晰的就是一个农夫在日历空白处连续记了四十年的日记。这是一个农民的生活，朴素又简单直接。而今天的我似乎只记得结局，因为这经常发生在《基督的一生》中，我们都感动得流下眼泪，只能意识到妈妈的声音中那令人难忘的震颤，这表明她已经不只是在读这一页上的文字，而是在编织一个神秘故事。这位农夫最后一次祷告是在他妻子被埋葬的那天晚上做的。而现在他会坐下来等着加入她，无论是在炼狱还是在天堂。他已做好准备，也会偶尔耐心地让时间停留在一杯葡萄酒上。（"虔诚和丑陋结合，使他渴望死亡，以便他可以在天堂遇见她。"——引自叶慈的诗）

我在那时决定，我也要像他那样，必须开始写我自己的日记了，那时妈妈也不像以前那样令人入迷，已回到那个普通的农妇的形象，不再是那个光荣的万能的、含笑唠叨爸爸的妈妈形象。他在年历中的记载绝不能说是有启发性的，毕竟他的左手残疾了，不能在做笔记上对他要求太多。但是，妈妈却说他的语言太糟糕了。

他总是这样一天天去提醒自己：

今天发现奶牛在发情

母猪产仔七只，死三只

公羊被阉割

剪羊毛共二十千克

灰奶牛产仔，并产十六升牛奶

这就是他的日常生活。他不会将感觉诉诸笔端，但却会依其行事。

我不知道我从哪里得了一个奇特的想法，就是在复活节时，我必须为一只兔子做一个窝来下蛋。妈妈否认了我的想法，认为这是无稽之谈。复活节意味着我们的主对蒙迪·瑟斯达夫的恐惧和痛苦，耶稣在受难日死在犹太人手中，在星期六复活节降下地狱来拯救信徒的灵魂，并在星期天光荣复活。为了纪念这一天，我们有彻彻底底打扫房子的习俗，还会烤蛋糕，用洋葱、番红花和破布把煮鸡蛋染上颜色，在花园阳光最明媚的角落里寻找克伦的根，准备食物篮带去教堂祈祷。起初，大人叫玛吉特去寻找克伦，不过她一会儿就会回来说那儿一个也没有，因为雪还是太厚了。然后我就会被派去寻找，而我会回来说地面上有太多的煤灰——烟囱里的煤灰总是撒在雪上，成为花园最好的肥料。接着，为了让妈妈不发脾气，爸爸会四处张望一会儿，然后带着跟猪尾巴一样长的根回来。一个大的克伦根是一个好兆头：那里有着肥沃的土壤。

玛吉特的工作是把装满彩蛋、蛋糕、烟熏培根和克伦根的篮子带到复活节的教堂里去。这些人们慷慨的给予之物的景象和气味在祭坛前自豪地展示在人们面前，大农场主们的会放在洗衣篮里，像我们这样的小农场主的放在编织的篮子里，那些没有种植小麦、没有杀猪的穷人们则把它们放在头巾里。那么多的礼品看似能够让大弥撒永远持续下去。多年来，复活节仪式的细节变得更有意义。但在那一年，只有兔子窝最突出。我在粪堆东边墙下的房子后面建了一个兔子窝，那里铺着石楠花和番红花。我的期望值很高，无论兔子表现得怎样，我都不相信它们，因为我很清楚它们的狡猾特征。玛吉特在照料她的兔子窝时遇到了很大的困难，我等会儿就告诉你我养兔子的尝试是怎么失败的。

我当时看到爸爸的夹克衫在房子的拐角处。一大早我第一次检查时，只看到了霜，这意味着弥撒后爸爸已经去了商店。不管多小的农民，都认为去村里的商店买东西有失尊严。那是一个属于妇女儿童的地方，而他们什么都不需要。在合适的季节、地点和间歇中，市场在交易和销售方面发挥着作用。我想他是用烟草作为唯一挽回面子的借口，不过他一定会嗤之以鼻地说："给我三个这黄色的东西。"如果他必须要买，他不会承认他其实知道这洋气和浮华东西的名字。

在兔子窝里，我发现了三个橙子。令人难忘的是，在我真正的喜悦和假装的惊喜中，笑声仿佛在爸爸眼中起舞。

* * *

普斯特塔尔地区的春天姗姗来迟。和其他地方一样，当地面不再结冰时，孩子们会脱掉鞋子，在神庙里画上跳房子的线条和中间有凹陷用来扔玻璃弹球游戏的圆圈。我总不能把弹珠留到来年，而玛吉特总是有一整袋，还有一些黏土大理石和许多彩色玻璃球。我猜想她知道自己很穷，所以不得不存着它们；而我却觉得自己很富有，并不是因为那些趟去威尼斯的旅行，不是因为那些来自佩桑的拜访，也不是因为那些闻起来很香的封蜡味的挂号信，里面装着给我的钱——即使这些钱已经比最初的那封信中减少了，从以前的每月两百里拉到一百五十里拉，但即使不再有额外的费用，仍然算得上是众神赐予我的一份可观的礼物。对我来说，这些信总是有点让人不安的，因为每当我表现得像村里其他庸常的顽童时，我都会听到："假小子！如果你长大成了像斯特鲁斯纳博那样的人，你的人可不会为你买单！"

我觉得自己很富有，因为我总能指望爸爸。他抽很多烟，于是我不得不跑去商店给他买一点四里拉烟草，而他通常会给我一点五里拉，那就剩十个一分钱：相当于三块斯托尔沃克的太妃糖、两块那不勒斯薄饼、两块玻璃或五块泥弹珠，或是一根甘草。我先是带着烟草把零钱拿回来，然后再把零钱哄骗回来。而妈妈则抗议道：他吸烟损害了自己的健康，更别提他把所有的残疾军人养老金都花在了吸烟上。妈妈必须考虑到一切，靠抚养别人的孩子来挣一点钱。她结婚的时候，房子摇摇欲坠，现在又有了一个新的屋顶。玛吉特会加入进来，说莱兹（我被称为未成年人；她是格罗斯人，是个成年人）被允许去商店，而她却不得不工作，并且这搞坏了我的胃，弄坏了我的牙齿，让我面色不好，没有食欲，等等。但我是爸爸的宠儿，他给了我十分钱，以此来维护他的权威。我拿着十个一分钱跑去了商店，重新确立了自己的独立性。

我会跟着爸爸在田野里走来走去，或是和他一起在马厩里帮忙。如果他心情特别好，他甚至会让我给奶牛们挤奶，尽管对他来说，这意味着至少要损失三分之一的牛奶——奶牛不喜欢不同的手，我的手还是太小了。最重要的是，我喜欢把粪车从马厩推到粪堆，这样我可以炫耀我保持手推车平衡的技巧。粪肥是农场的主要财富，绝不能洒出或浪费。爸爸对此很挑剔。那时我不知道粪堆的神圣性，但它无疑是一个受人尊敬的地方，有着自己的密码。城市里的人们不得不被告知粪堆不是垃圾堆，必须保持那里的清洁。堆肥又是另一回事了；爸爸认为这是一种浪费，所以他从来也不堆肥。

在主粪堆里只堆被清理干净了的牛马的垫草，羊和猪的垫草放在别处，它们气味不同，又有着各自的特性，它们只对较小的田地有益处。只有爸爸知道什么时候要去换新的。保存完好的粪堆闻起来很香，尤其是当垫草是树叶而不是木屑或刨花做成时。森林垫草闻起来最好，主要是苔藓、蕨类、硬毛和桦树叶子做成的。在当时，赤杨叶做的垫草是最容易得到的，因为有一大片公共牧场，主要沿着从加尔斯到乌顿海姆的河流，长满赤杨。收获后，我们会留出一整周时间耙树叶。村民都可以尽自己最大力量并按照自己需要的去耙，所有的家人也都会跟着去。不过孩子们还太小了，不能一起耙，只好去找蜗牛壳——这些壳是极好的鸡饲料。当我们带着满满一围裙的蜗牛壳回来的时候，这对母鸡来说可是一顿大餐。我总会确保壳是空的，我会唱着小调："小蜗牛，小蜗牛，让我来看看你的角……"一个人至少得唱三次；如果没有角在壳的边缘周围探出，这意味着蜗牛不在家或已经死了，或许这是一个应该喂鸡的尖嘴蜗牛。

赤杨的叶子在被用作垫草之前必须焖烧，因此，这堆叶子会被用作炉子燃料，人们会带着午餐，用它来保持午餐是热乎的，然后在一个盖得严实的桶里挖洞，把午餐放进去。

现在一切都不复存在了，取而代之的是一所新学校、一家邮局、一家旅馆和一家靠近河边的水泥厂。

在盖斯，学校的房子被卖了，树木被砍倒来给牲畜做垫草，也因此缺少粪肥……

* * *

人们要等着雪停下来，等着路好走。马蹄铁磨得很锋利，大雪橇站在粪堆旁准备装载。在一个完美的、巨大的、棕色的"鸡蛋"的上面是马毯，而马毯上面是我。星期四不上课，我们把粪带到田里，富克斯戴着铃铛，雪橇跑得又快又安静。在回家的路上，爸爸倒出了一个空箱子，我们坐在一个椭圆形的大贝壳上，我挤在他身边，而他一路安静地抽着烟。

这种快乐一直延续到我的学生时代。

* * *

一天清晨，妈妈被送到布鲁内克医院，一张草席和一条羽绒毯也被匆忙地扔进了四轮马车。这是我看到马被破烂的鞭子鞭打的少数几次之一，但这些都无济于事。又是一次胎死腹中——但是灵魂的丧失比生命的丧失更让人无法忍受。为了安慰妈妈，一位修女在医院停尸房把那具小尸体移到一盒锯末前，对其进行了紧急洗礼。

爸爸红着眼回到家，胳膊下夹着一个小棺材。下午的时候，托伊特、玛吉特和我去见妈妈，带着棺材准备把孩子安葬。脚步拖沓地走路太累了，我们一路数着念珠。玛吉特和我轮流抬着空棺材。在停尸房里，我很难过地发现尸体被放在锯末里，我们立刻把他捡起来，把锯末从他的小屁股上刷下来，像抱洋娃娃一样抱着他。他蓝色的脚很可怜，我揉了揉，希望它们会变成粉红色，而托伊特独自念念叨叨又慌乱地把枕头和尿布放进了棺材里。她慢慢地和丈夫一样养成了喝酒的习惯。在进入布伦克的酒吧时，她说她会请我们喝一杯红莓果汁，但玛吉特和我不好意思进去，所以她一个人去了，肯定喝了几杯杜松子酒。她说她非常需要它们——她太累了，浑身都是汗，酒冲到了她的头上。她在手帕上吐了一些唾液来洗婴儿的脸，又在婴儿的手上缠了一圈粉红色的念珠。

在我看来，婴儿就像一个穿着洗礼服的天使。当我们被允许进入妇女病房的时候，我不断向妈妈重复着："不要哭，你在天堂有一个小天使。他是如此美丽，就像一个天使。"我们总是把他称为我们的"基因库"。然而，在第二天早晨的葬礼上，被爸爸的那只残疾的手偷偷擦掉的眼泪让我对上帝的公平产生了怀疑——为什么要剥夺这些父母的孩子让他们去天堂？之后，汉斯尔来到了我们家，不仅是要来工作，还要挣政府为私生子支付的零用钱。

* * *

那个夏天结束时，我的黑色母羊带着两只自己的小羊羔从牧场回来了。对于羊群来说，这是一个美好的夏天——它们的数量几乎翻了一倍，没有伤亡。我和爸爸之间有一个契约，如果我想要他喂养我的羊，我必须照顾整个羊群，而我喜欢做一个牧羊女帮忙做家务。将绵羊圈在一块小萝卜田或被咀嚼的草地上是艰苦的。到了发情期，来自其他羊群的公羊会跑到我的地盘，并以坚定、持久的决心进行战斗。"啪——抬起头冲啊"，我的低沉的声音持续数小时。我担心它们的骨头和大脑都变成粉碎的糨糊，但是当我试图将它们分开时，它们却来反对我。我很难把它们赶走，更糟糕的是去找到并带回那些已经误入歧途的公羊，有一只公羊跳过短枝，掉下了新翻的田野。春天，在公共牧场的柔软草坪上玩耍变得更加愉快，绵羊和奶牛可以悠闲地漫游，牧羊人玩耍、交易、讲故事、猜谜语、下注、打架、收集松果和石楠、在森林的边缘用榛子树枝制作五月口哨，或用锋利的玻璃刀片制作微型手镜，将它们掰成环状并插入口中，在那上面粘上一层薄薄的唾液。我们用悬浮在乳草茎秆上的露珠轻轻触摸这层薄薄的唾液，无数的颜色、斑纹融合，点缀着这一层——我们称之为"希姆古格"：我们窥视天堂，看到了六翼天使的翅膀、圣灵的羽毛和处女的腰带。

天堂不是人造的

地狱也不是

* * *

一旦天堂把自己从唾液中反射出来，人们就必须把它吹走，再也不要把草叶伸进嘴里，否则就会死并且直接下地狱。这种马利筋属草对女巫很有控制力——如果你长了瘊子，那就意味着女巫在你的后面。我的右手上满是瘊子。说三次"女巫"，往我的右肩上吐口唾沫，然后在瘊子上滴三滴黏糊糊的白牛奶，过了整整七天，在晚上开车送动物回家之前的日落时分，我去掉了这些瘊子。有人害怕女巫和恶魔，因为他们总在动物身上玩滑稽的把戏。人们也非常担心自己的灵魂，于是摘下雏菊数着花瓣，并不是为了知道他是爱我还是不爱我，而是要知道是会去天堂、地狱还是炼狱：希姆莱佛。

　　每年春天，人们都会兴奋地推倒、弄乱、清理、重建家园。木匠、泥瓦匠和妈妈在喧闹喊叫着，家里每个人都在帮忙。妈妈决定把房子从上到下翻新一下，给父亲、母亲来看我时一个可以睡觉的房间，而不用去那家旅馆浪费钱。在适当的时候我们又重建了马厩，马厩和上面的卧室重新换了板条，也修补了地板。由于木材来自我们自己的森林，具体的实施计划在几年前就完成了。作为别人帮忙砍伐树木的交换，爸爸把他的劳动和马的劳动租了出去。屋顶的瓷砖是在家里手工制作的。有好几个礼拜，我们把它们堆在阳光下，每一块瓷砖都要翻过来，直到完全干透。还有就是属于孩子们的家务活儿：扳直旧钉子，将它们处理好、固定或者取出；跑去拿淡水，为工人们运酒。工人们住在我们的房子里，还必须被侍奉着。我做到了。

　　楼上的房间准备好了，干净无比，散发着松木的气味。任何人都不被准许入内。我们仍然挤在客厅外的卧室里。我和爸爸同睡一张床，我很高兴能够握住他那只残疾的手入睡。

大概是在 1934 年夏天，父亲写信告诉我，他要来拜访一下，然后带我去威尼斯。这是我第一次记得在他们来访前感到高兴与兴奋。我们把生锈的铁盥洗台漆成豌豆绿；买了一个搪瓷水罐和一个盆；妈妈用一件长衣服给窗帘缝上淡黄色的褶边，在一个角落里印着"OR"字母。在我们看来，这是一件手工刺绣的精美装饰品。我误解了爸爸的困惑和之后眼神中的钦佩。但是这次访问使妈妈和爸爸非常担心，他们用言语和眼神说："这要结束了，现在她长大了，他要把她带走。但他为什么要说他想买一块地呢？"多年来，这位先生一家一直在询问价格，他似乎想买块地。妈妈整个星期天下午都在写一封信，解释"场"和"地"之间关于作物轮作的区别。这很复杂，也很不确定，收入不是由小农户用金钱来计算的。此外，一块地，仅仅是一块地，无论是草地还是耕地，几乎都不可能通过买卖拥有。长子继承权就是最高法律。如果一个农场被出售，它就会被人作为一个整体。但是妈妈一直在看和听，因为莫迪尔很喜欢绵羊。爸爸皱了皱眉头，这意味着情况很复杂。

但是爸爸说服自己带着我们的四轮马车在布鲁内克火车站与这位先生见面。我一直满心期待，但一旦到了车站，还是很惶恐。每次颠簸，爸爸都说："哈，他会喜欢的，哈哈。"很难说他是否喜欢。毫无疑问，司机的长凳太窄，不适合他高大的身体，他非常专注地抓住它。我坐在爸爸和父亲之间。爸爸把缰绳交给我，让我展示我能够驾驭一匹马，并说我是一个可靠的牧羊人。

在家里，妈妈仿佛为了安抚众神似的，准备了一顿丰盛的晚餐，并表示事情的结果取决于她取悦这位先生的能力。我听到她对爸爸说："也许有嫉妒的人写信讲了孩子的事情，也许他们不希望我们再生一个孩子，也许他们认为我病了。"而我和父亲一起坐在桌旁，由于那位太太没有来，新房间里的额外床位就归我了。

提洛尔式桌子非常低，因此人们不得不俯身才能够着饭桌中间的平底锅。爸爸笑了——这位先生太高了，但他必须吃饭，吃得还很多——他正在靠近炉子的长椅上看着我们。不，他不愿意和我们坐在一起，妈妈又不停地送来更多的食物。爸爸没能召集其余家人和他一起坐在桌旁，他命令我起来收拾桌子，因为这是我的工作。任何人都不能指望被伺候着——每个人都必须工作，要么用头脑，要么用劳动。他是用头脑工作的——这是艰苦的工作，需要思考很多。他用蹩脚的德语讲话，我们听他的话就像倾听神谕。爸爸同意了，事情本应如此，但事实并非如此。是的，是的，事情不得不这样——要通过工作来赚钱。

他不是一个有钱人，在政府中没有重要地位，更不是公爵。他也不称自己为诗人，他说自己是"作家"，然后说："写一本书吧，一直学，一直写。"是书籍的写作者——不，不是写小说，不是给报纸写故事，而是写历史、政治、经济。而那太太也是从事音乐的，开音乐会吗？会赚很多钱吗？不，不挣钱，是很好的音乐会。而我必须在用脑力工作还是用劳力工作之间做出选择，每个人都必须工作。他们认为我最擅长做什么工作呢？

美国的经济非常萧条，讨论这话题需要一次很长很耐心的对话，但我只捕捉到一些只言片语。不过我后来听到爸爸用德语向邻居解释了这些——有关工作、信用、黄金、债务、犹太人和银行。

没有哪个地方能像人们的裤兜一样，能将东西存放得那么好——尤其是财富。

在这一点上，他们达成了完全一致。但在提洛尔的问题上，爸爸直摇头。他们在法西斯主义和纳粹主义上有不同意见。是啊，是啊，墨索里尼并不比希特勒差，但他们都没有礼貌，也没有宗教信仰。有一次，他正一边想着自己的事，开车带着一车萝卜回家，当他看到远处的卡车时，就尽可能地把车推到路边。一卡车的"黑衬衫"在一边歌唱一边挥舞着旗帜。他就只是看了一眼，有两个笨蛋就跳了下来，打了他一顿，烟斗从他嘴里飞了出来，帽子飞过了树篱。在旗下，他本应该摘下帽子的。他没有想到的是，那并非他的旗帜。

学校里不准讲德语，警察和所有讲意大利语的公务员也不准讲意大利语，因此没给农民留一点机会。留下来的是意大利化的文件和学校里那些巴利拉废话。福利？这可对农民没有好处；是啊，农民人数增加了，但从中获利的只有流氓痞子和懒惰的流浪汉；小农场主则交了过高的税，还得为那些与他无关的东西捐款。

> 没有诚信，没有秩序，
> 没有例外，该死的南欧人在管理上可并没有比英国人更

诚实。

＊　＊　＊

盖斯人心中的不满和反叛正在燃烧。这位巴切尔先生买了一台收音机，现在可不像往年的费尔恩那样，去伊特听新闻了——尽管他说，新闻里除了激进的宣传，别的啥都没有！有时我被允许和他一起去。在孩子们的心目中，希特勒是德国的代名词，墨索里尼是意大利的代名词。在电线杆上，我们用粉笔画向希特勒敬礼，向墨索里尼致敬。吉卜赛人散布故事说希特勒是反基督者。吉卜赛人和犹太人都被赶出奥地利。但吉卜赛人是骗子，即使是称为吉卜赛女王并拥有一匹声称是皇帝送的白马的老赫岑次卑尔根，也不能轻信她。弗朗茨·约瑟夫也许是个可恶的、被迷惑的、老掉牙的混蛋，但他来到前线视察部队，表现出关心和礼貌。战前的税率也更低。的确，人们更穷了，但一切都井井有条，也没那么多的诈骗。

百年的玩笑

嗯，是的，这都是笑话，一个骗局……爸爸和父亲不停地谈论着政治人物。大人们叫我去上床睡觉。这需要把手指放在门边的圣水里，在离开房间前弄湿前额来说晚安。这礼仪和宗教习俗之间没有什么区别。佛罗姆人一定很有礼貌。妈妈用许多手语向父亲解释了说话中礼仪和口音的一些细微差别。他明白了。父亲是一个例外。他没有什么固定的宗教信仰，但有很多技术知识，是个受过教育的绅士。

他上床时我仍然醒着。妈妈替他拿着煤油灯，来到我的床边，说我应该有灯光。她一离开房间，父亲就对我肮脏的手指甲表示了热切的关心。他乱翻着行李箱，就好像在找什么非常重要的东西——我希望他在找糖果呢。结果他找到了他的指甲锉和剪刀，他剪了我的指甲，又帮我好好地清洗了一番。那刷牙呢？有时我会刷的。牙刷在哪儿？嗯好吧，反正在某个地方。他并没有责备或批评我，不过第二天他带我去了布鲁内克，给我买了牙刷。

出发之前，他说他准备了礼物，他的语气让这礼物听起来非常贵重。那是个音叉。对此我很失望。他说这有助于在唱歌或演奏乐器时设定正确的音调。我说玛格丽特用耳朵就能听出正确的音调，如果我们用两个声部唱歌，她首先从我的音调开始，然后就能找到她自己的。

玛吉特的声音很清澈，就像轻击古钢琴发出的音符一般。

我们像农民一样走路到布鲁内克。我曾希望乘坐小火车，这本可以成为一种享受。不过我同时也深记在心的是，我们没有什么钱可以挥霍了。当我们穿过田野时，我忘记了火车这回事，并感到自豪。在这过程中，我们走路经过了几个家庭，所有的人都脱掉帽子，亲切地说："向上帝问好。"男人们脱下帽子，说："问候上帝。"——态度既友好又恭敬。既然我的脚没有被刺穿，我的脸也没有变黑，所以来自天堂的礼物的神话起源很快就被遗忘在村里了。但现在这些女人显然很好奇。我说："那是我的父亲。"而她们的表情是：所以萨马·莫迪尔确实源于"挤牛奶的女孩"；如果这位先生是她的父亲，她就不会像大多数昂金努姆（Unginumm）那样是个无赖。昂金努姆指的是寄养儿童，即"被收养的人"，尽管非常普遍，但具有不好的内涵，即局外人与慈善。

*　*　*

到目前为止，我已经能够用意大利语进行交流了。母亲说在威尼斯，我必须一直讲意大利语，并称父亲为"爸博"（Babbo）。她的严厉态度比语言障碍更让我害怕。因为害怕说成德语或说成其他的什么错话，于是我只好板着脸。如果父亲时不时地说了德语，她就会皱起眉头，叫一声"卡罗！"所以我没有告诉她，我会把小石板藏在围裙下，每周两次去邻居那儿上德语课。这是一个非常令人兴奋的秘密。提洛尔人被剥夺了德语教学权，于是他们组成了一个地下运动，除此之外，还培训了志愿教师并提供教科书。我们要读写哥特式的字母表。这样的政治动机很明显，父母和孩子必须绝对保守保密。我们带着编织和缝纫的材料，男孩们带着木工工具。如果有人进来，我们就擦干净小石板，假装在工作，书本也会消失在老师的衣服里。上课的那所房子是在路边精心挑选的，由于房主对陌生人很不友好，所以连小商贩都不太可能顺路经过。

在父亲和母亲二人之间，他们继续用英语交流。我只能看着他们的眼神和面部表情。不知什么原因，我害怕母亲，也许我不喜欢她。这是一个不可理解的怀着怨恨的存在，这是一种幽暗的怨恨，好像我永远在给她使坏。妈妈早先的眼泪和抱怨可能在我身上留下了些印迹。她说那位夫人是海鸥，是一只泥袜子，又挑剔又唠叨。而我站着，就好像永远在等待仁慈的降临。有一天在丽都，我割伤了脚趾，走到他们面前，坐在一张露天桌子旁等着吃午饭。我看着父亲黑黝黝的脸，心想，我不该割伤自己，不该抬起流血的脚趾，这是有损餐桌礼仪的，我已经破坏了他们的食欲。

父亲带我冲到海里，把我的脚趾洗干净，又把他的手帕绑在上面，然后把我带回桌边。但在整个午餐期间，他都很恼怒地坐着，几乎什么也没吃。他用双拳托着脸。过了一会儿，我觉得母亲的口气似乎是在劝人。我想她可能在替我说情。几年后，当我懂英语的时候，我回忆起这件事："女儿割伤了自己的脚趾，他不吃午饭。这对可怜的爱丽丝来说可真是一件粗鲁的事情。"我在海滩上玩的时候，乔治和爱丽丝·利维带领的一群朋友出现了，其中一位小姐想要一个父亲的亲笔签名[1]。她有一个E.P.签名。她坚持想要诗人的几行诗，于是收到了这样的文字：

---

① E.P. 代表埃兹拉·庞德（Ezra Pound）。

一节没有学校会教授的课

有些女人的屁股对她们的马裤来说可太大了

它适用于来访者，奉承和坚持取代了他们的位置，但母亲为了他这件让人恼怒的事情一定和他进行了一次严肃的谈话。这是我第一次看见他生气。看起来他好像在和脑子里的马蜂窝搏斗，这和他沉思的时候完全不同，这经常发生，于是我立刻知道他不要我说话。他的沉默不语的内在是一种令人愉快的期待感——直到他会哼起歌来，一哼起歌有时会持续几个小时，断断续续地哼一下而后又重新哼起来——无论是坐在桌边还是走在街上。尽管我努力地模仿他哼歌，但我永远也做不到。没有歌词，这听起来像是腹语，仿佛有某种外来的力量在他胸腔里以某种非人的语言轰鸣，然后移到了他的头上，变成了鼻音，发出一种金属质感的声音。雅典娜戴着闪亮的头盔在帕特农的头骨里发出砰砰的声响，叫嚷着要得到释放。他会在一张纸上草草涂上几笔，有时撕下剪报，有时在书中拼命写下注解。灵感突然来了，真相呈现了，出现了一个新的想法，一句诗行，一个新的旋律。这是天堂。

在一瞬间，

在一小时里。

* * *

　　父亲一般早饭后就离开家，过桥来到运河的另一边，在斯卡帕夫人家，他有一个工作间、一台打字机和一个通信地址。我听着声音等待他回来。他在他的黑色马拉卡手杖在石子路上的轻叩声中向着奎里尼街①死胡同里走来。楼下传来嘎嘎声和悠长的呜呜声。一楼那儿，母亲回了句话——我的沉闷结束了。我冲下两段楼梯准备出门。购物，这是一种幸福的仪式。有时需要在意大利银行停下来取些钱。如果在兑换处或支票上有硬币，他就把它们塞给我，银行职员微笑着称赞我的头发：多美的头发啊，多美的头发啊。在街上，人们有时也会转过头来看着我们，大声地说，"多美的头发啊"，他也会转过头来，摘下帽子，鞠躬，以他特有的嘶嘶声的方式笑着。他的口袋里总是装着很多零钱，我们和乞丐玩了一个小游戏。他会拿出一把零钱，让我挑选出我认为合适的东西，然后他问我对乞丐的看法是什么，是酒鬼吗？是生病的人吗？是真的没有工作吗？最后，我得出结论，这里的乞丐们互相通告说这个从不抱怨的美国人非常慷慨，会给钱，因为有一大半都是我们从圣格雷戈里奥到拉鲁萨的路上遇到的，而在其他任何地方都几乎没有。当那些为了能更容易地从远处过来用钩子钩住贡多拉②的懒汉看见我们时就会跑，每个人都想抢先到贡

---

① 奎里尼街（Calle Querini）是母亲奥尔加·拉奇（Olga Rudge）在威尼斯住宅的街名。

② 独具特色的威尼斯尖舟，轻盈纤细，造型别致。——编者注

多拉去。通常还有两三只手会伸过来，等着我们给些小费。

　　我想，这取决于他是否对早上工作时加到诗章中的那块马赛克似的内容感到满意——尽管当时我不知道他的工作包括什么——"写作"是一个模糊的概念——还取决于他是否必须邮寄一些比较紧急的东西或东西太大装不进他的口袋。我们有时坐摆渡船去大运河对面，也有时乘摆渡船从蓬塔德拉鲁萨去往圣马可区，当然，我是更喜欢那里的。在第二种情况下，第一站是在"钟下的美国酒吧"吃一块小三明治，喝一杯橘子汁。回想起来，世界上没有其他地方的三明治味道这么好。对食物的精细加工的天赋与在写作方面的天赋是相似的。虽然说是要节俭，但是对食物的精挑细选仍然是必不可少的。于是，我们就加速去了一家小咖啡店，他通常会在那里选几种不同的咖啡豆，把它们磨碎之后味道会很好，且香味像来自天堂，久久不散。我总是会很不情愿地离开商店。在这里，他还买了很多块苦味的黑巧克力，包着精美的包装递到我手里。莫龙多是一家有香甜的苹果派、奶油巧克力和薄荷糖的糕点店。这家店的老板是一个穿着棕色长外衣的白发男子，他是一个很特殊的朋友，爸爸总是会和他进行很长时间的交谈，主要是关于政治和价格；爸爸似乎以挑选甜食时所用的同样的细心和细致的态度去询问这些问题。

　　父亲经常会在穿过广场时遇见朋友，他要去邮局附近的报刊亭买一些英文和法文报纸。到另一家科鲁西的糕点店买一些奶酪条和饼干。去面包店买一些方块面包、牛角面包和法棍，再和面包师的妻子谈会儿话，聊聊小麦、面粉和市价什么的。拐角处水果店里的胖太太也是他要好的朋友——多么美好的地方，多么美丽的外衣——并且永不止息。她会给出一些好的建议，帮助我们挑选最好的甜瓜、桃子、无花果、干净的又脆又卷曲的生菜，或是没有熟透的番茄。隔壁是屠夫的肉铺，父亲会和屠夫认真谈论磨好的肉片、小牛或肝脏薄片。然后是奶酪店，在各种奶酪中做出选择是非常困难的：斯特拉奇诺奶酪、贝尔佩斯奶酪、马斯卡彭奶酪、奥兰德斯奶酪或格鲁耶尔奶酪。最后我们来到杂货店——不过也只是偶尔，去吃一包薄荷片。这些购物都充满了热情，我们带着包裹得意扬扬地回家了。小提琴的声音总是在门口准时又热烈地迎面而来。我们安静地把包裹放在厨房里，不过演奏也结束了。父亲拿着糖果和文件上楼，我可以开始拆开水果和面包的包装，把东西放在它们的位置上，直到母亲下来和我们一起准备午餐。在食物的选择上，父亲极其细心，而母亲靠着桌子挨个儿摸着那些食物，关心那些细枝末节。她在真正的烹饪方面可以说毫无天赋：

> 有些人会做饭，有些人不会做饭
> 有些东西就是没法改的

如果他们想吃什么味道很好的食物，父亲就得做饭了。通常是在晚餐的时候，有各种各样的煎蛋卷（诀窍在于在每个鸡蛋、盐和胡椒中加入半勺水，然后又快又轻地搅拌它）与火腿、奶酪或杏果酱堆放在一起。

邻居家花园的墙上长着一株百香花爬藤，我们得到许可的话就可以从窗户里摘到花。母亲告诉我，我总是设法为手指碗找一朵花①，而总是被父亲告知不要去吃。吃饭这件事本身，除了享受美食之外，对我来说是我无法跟上的冗长乏味的交谈，我要刻苦模仿他们吃东西的方式去喝着汤匙里的汤——永远不要把汤匙伸进你的嘴里，而把它放在嘴边，总是把盘子在面前倾斜，在剥桃子皮时永远不能用手指。然后就到了可怕的午睡环节。我本该午饭后去睡觉的，却总睡不着。我躺在地上，听着楼下的声音，然后是报纸的翻页声，最后是沉寂。

在没完没了的午睡时间里，顶层的工作室在我看来是一片沙漠。除了敞开的壁炉，塔米·科梅的巨大灰色帆布和我的床在一张巨大的蚊帐下面，只有一个长书架，放在靠墙的桌子上，还有一把父亲做的高高的方形木扶手椅。在狭窄的花园上方，开着两扇窗户，面对着的是灰色的、摇摇欲坠的多加纳后墙。从窗户向外看总会让人分心。而且，百叶窗必须保持关闭，以防热气进来。

我悄悄地穿过房间，黑漆漆的木板吱吱作响，我坐在从母亲房间通往楼上的长书架围栏前。我翻出一本又一本书以寻找插图，或者是找一些我能读懂的德语或意大利语书，但一切都是用我不懂的语言写的，也没有图片。楼下的情况恰恰相反，那里有

---

① 洗手指的碗，里面放花是装饰用，为了好看。——译者注

两三本即使我不明白其中写的是什么也可以看一整天的书，但父母亲不允许我触摸它们——它们是为教育服务的。由于纯粹的无聊，在一天下午，我费力而又精确地在桌边的浅浮雕上，用一支削尖了的铅笔画了一张伊索塔的脸。

> 或许这会被认为是年少的轻浮
> 但这确实是一个深刻的迹象。

我对这个效果相当满意。当母亲发现它的时候，她看起来很害怕，狠狠地打了我的手——太淘气了！坏孩子！于是我努力地含着泪把它恢复到原来的白色。

通常在午后，如果我们不去丽都，父亲会回到他在斯卡帕的房间，母亲会让我在她旁边的大天鹅绒沙发上伸个懒腰，用英语把那些包装精美的书读给我听，然后再用意大利语总结一遍。在故事的结尾她会给我看那些图片：食人魔、穿靴子的猫等。有时在英格尔斯比传说中有些可怕的事情：桶里的头，从井里捞出来的年轻女孩，一个胳膊下夹着头快步跑的男人。吉恩·英格洛的诗中也有一些甜蜜的浪漫画面，这让我渴望听到那个故事。在某种程度上，这些下午都很愉快但是是有限的：我从未感到过安全。突然间，母亲可能会让我用英语重复一个单词，或者让我用意大利语复述刚才听到的故事。我的脑子停了下来。即使我已经理解了这个故事，但尽管我倾尽全力思考也不会有意大利语单词在我眼前出现，我越喜欢这个故事，我就越能把它融入我的方言，所以只有德语单词会出现在我的舌尖上，有时我还会突然停下来。这一定让母亲很恼火，她是没有什么耐心的。当父亲回到家里，我觉得他们的谈话是关于我的，关于我在学习英语和意大利语方面是多么令人绝望，关于我的迟钝和顽固。我感觉到了母亲的失望。她承受痛苦的能力是巨大的，而她的预感是如此黑暗和强大，她似乎能够一下子将它们变为现实。

也许父亲试图通过让我对学习——或者母亲教我音乐——感兴趣来弥补这场灾难。一天下午，我们去了一家音乐商店，他给我买了一把小提琴。我三岁左右的时候，他们有一次一起去盖斯时给我带来了一把迷你提琴。母亲一定教过我怎么拿着它，但我可能只是照做了一下，足够摆拍出一张照片。母亲告诉我，在我独处的时候，我就会把小提琴狠狠地砸在鸡笼上，让在笼子里的母鸡如争吵一般乱叫唤。因此她不得不把小提琴从我身边拿走，以免我把它砸碎。现在我有了第二次机会。虽然我喜欢小提琴的声音，但它的曲调太难又太陌生了。在某个下午，当母亲练习了几个小时后，我心里突然产生一种无法解释的悲伤。我觉得自己被困在顶层的台阶上。母亲和父亲是陌生人。我再也没法回家了。从楼下房间传来的声音仿佛是在另一个飘浮着色彩和声音的星球。有一堵厚得像对着我窗户的那堵墙一样无法穿透的墙——多加纳又高又厚的墙，把我和盖斯分开，让我站在地上。毫无疑问，黄昏的来临和威尼斯令人十分悲伤的晚钟，又使我更加忧郁。

因此，虽然我觉得自己应该去看看那小提琴，但我并没有特别高兴能有一把小提琴，而只是为了不让父亲因为觉得我忘恩负义而失望，我尽量去看一看。如果有人给我一个选择的话，我肯定会要一架古筝或者一只口琴。我本可以学着弹些简单而快乐的曲子，或者更可能的话，我会立刻把它交给玛吉特，让村里的孩子们来唱歌跳舞。母亲从来没有时间教我小提琴，因为她说我必须先自己学。那是另一个失败。我所保留的关于这把小提琴的一切，就是我从卖它的人那里把它买来，把弓好好打蜡，在闲置时把弦弄松。回到盖斯后，这把小提琴连同那把迷你琴和管风琴一起被放进玻璃柜里。它也没有被闲置很长时间。

莱勒先生的外孙女奥尔加是我的好朋友。我们是同一班的，我照看羊的时候她经常和我在一起。我们一起想出了一个捕捉逃跑公羊的好方法。我们在鞭子上系了一条带圈的长绳并努力练习。奥尔加最后成功地套住了一只公羊。可是胜利是短暂的。一只公羊把她拉了下来，因为她不肯放手，公羊就把她拖过田野。最后我意识到公羊变得越来越疯狂，因为它窒息了。我吓了一跳，喊道："放手。"我追上她，从她手里扯下鞭子。绞索一松手，精疲力竭、奄奄一息的公羊就死了。我把这件事告诉了爸爸，他大笑起来，每当他看到我俩在一起时，他就取笑我们："要不要再勒死一只公羊？"所以我们选择了更安静的事儿：看、编、讲故事。

奥尔加有个有趣的叔叔：盲人彼得，这是个在他们房子前面的长椅上坐着的老熟人。当老师找不到学校的钥匙时——因为大一点的孩子们带着怨恨把钥匙扔进河里了，彼得就会带着一圈钥匙和钩子到来。他用手指摸着钥匙孔，很容易就把门锁打开了。奥尔加告诉我，他还会修表，还会演奏所有乐器。"不过当然不是小提琴"。我吹嘘着玻璃柜里的两把小提琴。我必须把它们"展示"给彼得。他很高兴，说他会教我怎么玩。这怎么可能？他是盲人，他的手又肥又白，他的身体就像一个大鸡蛋被一个小鸡蛋粘在上面，看不到脖子，腿很短，又矮又胖。"笨拙的矮胖子"。他的特殊外形是因为所有的神经都在他的头顶打结——这个理论给我留下了很深的印象。他四岁时被一匹马踢到，于是他失明了，腿也不长了。他曾经在一所盲人学校学习音乐。但是他们的老师——也是个盲人——对音乐没有辨别，所以学生们向他吹口哨而不是拉小提琴。彼得很想给我看他学来的几招。他簧风琴弹得很好。于是我更加认真地对待，因为牧师也演奏簧风琴。实际上，彼得花更多的时间给我讲关于音乐家的故事，而不是教我音乐。还好最终我在簧风琴和小提琴上都演奏出了《哦，圣诞树》和《狐狸，你偷了鹅》。

我熟悉了巴赫、贝多芬、莫扎特和舒伯特的面孔。我在四张明信片上看到他们的脸，他们名字写在明信片的底部，而明信片就贴在簧风琴盖下面。那是些贫穷、失明、失聪、负债累累的人。有时他们会用乐器来对付债权人。彼得不断重复说他们是天才。当我问他什么是天才时，他却并没有给我令人信服的回答。我不想加入他们的行列，但我得开个音乐会，因为彼得以我为荣。我应该告诉妈妈和爸爸周六晚上来听我的音乐会。

妈妈晚上没有去莱勒先生家。玛吉特不喜欢小提琴和簧风琴，说那是为猫和牧师而演奏的音乐。如果她有古筝，她会告诉我其中的不同之处。爸爸让普林恩和他一起去，去费尔恩·恩多普拉格换换口味。虽然这位前任老师不和街上的人说话，但他的邻居还是在晚上去了他家。有很多老农民在炉子周围吸烟，他们在欢迎萨马和普林恩。奥尔加和两个姨妈在桌子后面编织。很长一段时间里，我和彼得都似乎并不存在似的。我很困，在该回家的时候，彼得用力打开簧风琴盖说："现在安静点，听这个小女孩弹琴。"他对我用命令式口吻说："《狐狸，你偷了鹅》。"

我把小提琴放在下巴下面，奥尔加和姨妈们都变得很有精神。但有个男人说："只是一个吹毛求疵的乐器罢了。"彼得没有理他，而是和我继续共同演奏《哦，圣诞树》，接着就到了次强音部分。我要做的就是连续地在琴弦上大力地拉弓：一，二，三。世界上最简单的事情，就是搞出很大的噪音、击出很强的节奏。好极了！再来一首！我们以更大的热情重复了演出。然后彼得砰的一声关上簧风琴盖，大笑起来。他的伎俩奏效了，他很高兴愚弄了观众。

在回家的路上，我完全清醒了。仿佛在我的整个生命进程中，我吸收了那翻滚的雪花、繁星满天的天空以及河上冰雾的气味——我还是非常兴奋。爸爸说："小心点。"妈妈坐起来，独自读着《基督的生命》。"做女人是对的"——她希望母亲会高兴，正如爸爸所说，我是知道一些事情的。

*　*　*

不知道是偶然还是之前就已经安排好了，母亲的哥哥和他的家人来到了威尼斯。我对他们来说是个惊喜——他们喜欢这个惊喜；他们很开心，提出想要开车带我回盖斯。我的表兄弟分别比我小一岁和三岁。他们被大家教着去亲我的脸颊。我以前从未如此接近过衣着整洁的男孩。我们仔细地打量着对方。在我看来，他们有点不真实，因为他们更像洋娃娃，而不是小男孩彼得和约翰。约翰说了些什么，大家都笑了。几年后，我知道了他当时问的是："他是食人魔吗？""他"指我父亲。

汽车地板上的柳条箱搁在我的两条腿间。我尽量显得镇定自若，然而我没能做到。我忍受了好几个小时的折磨，感到一种莫名其妙又无助的反抗感。当我们最后停下来野餐时，我舅舅为我腿上的伤痕而紧张，他在伤口上抚摸了一下，然后重新整理了行李，并告诉我不能太害羞而不敢说话。这不是害羞。我第一次有了不满的感觉。简舅妈和妈妈一样快乐又大声说话，这是一位美丽的女人。她拥抱孩子，对丈夫也很宽宏大量。爸爸很高兴舅妈让他帮她挠背。她不是故弄玄虚。当他们被带去看马厩和谷仓时，一定是有一点稻草掉到了她的脖子上。爸爸向她道了歉。哦，不，是威尼斯的那些蚊子。哈哈！他们在桑克特·乔治恩的酒店过夜，他们认为那房间对四个人来说太小了。妈妈则为那里的开放式厕所而担心。第二天早上，泰迪舅舅来带我去兜风。在布鲁内克，他给我买了一袋糖果和一本德文版的萨克雷的《玫瑰与戒指》。这是一本我能读懂的书，而且我还挺喜欢的。当他们对我们欢快地挥手离开之后，我觉得自己被抛在后面了。这并不是说我想和他们一起回去——这种可能性尚未进入我的思想中，何况我们也不能互相理解。我还是高兴回家的。但有些东西已经不再像以前那样让我喜悦了。现在我已经长大，不能坐在秋千上一边嚼着甜食沉思一边读着普林茨·布尔博和安吉丽卡了。玛吉特似乎很有敌意。我以为我是谁啊！因为我从昨天起就待在家里，一点儿活儿都没干！我猜她是用"威尼斯香皂"这个词来形容我娇气柔弱吧。厨房一下子就显得太小、太臭、太暗了。我几乎渴望闻到母亲的香味，从施莱因德那儿来。可我没有时间再磨磨蹭蹭或追求精致了，只得很快跟上了家里的趋势和节奏。但我不想再和爸爸一起睡了——所以在冬天，玛吉特和我搬进了镶有镶板的新房间里。我开始为自己的房间做一些规划。也许父亲是在上个夏天的短暂来访中意识到我需要的不是田野而是自己的一间屋子。我不得不写信告诉他这要花多少钱——一扇门，一个窗框，等等。现在墙体还不是太冷——那场霜冻肯定会毁了这项工作，因此这栋建筑必须得在春天完工。

Chapter 3

第三章

到现在为止，我是父亲的合作伙伴——或者更确切地说，他是我绵羊生意的合伙人。他还寄钱来想给自己买一只绵羊，我不得不把账目寄回去并解释饲养绵羊、修筑羊舍和夏季放牧所需的费用以及税收：在提洛尔，每只羊要收一里拉税。我尽力向爸爸解释，并和爸爸讨论了相关事务并一起做出了买卖的决定。我有一只待宰的公羊。黑羊的后代和它的母亲一样多产，即使把羊群数量降到五，我作为牧羊人的回报也已远超预期。于是，我们带着六只公羊和一只绵羊，还有一头爸爸非得卖掉的小母牛，驱车前往万灵集市。

如果不是妈妈以开销巨大和饲料短缺、空间不足为由说服爸爸，他是绝不会卖掉任何动物的。通常是她和爸爸一起去集市，但是显然：我现在已经长大了，有能力取代她的位置。三个小时的路程是愉悦的。我们出发时天已经黑了，很冷，所以爸爸想早点到那儿。带着七零八落的公羊们和一头不情愿的小母牛前行并非易事，爸爸用一条链子拴着小母牛，推着他的自行车前行——如果一切顺利的话，我们可以骑着它回家；而我则在他前面赶着羊群。我们必须互相帮助，在前面任何东西惊扰羊群，使其折返之时，或者小母牛时不时地赖在原地不肯动时，我就得跑到它后面并催促它前进。羊和牛的畜栏相距颇远，我负责安置羊群，爸爸找到一个拴住小母牛以供顾客观赏的好地方。我们要先卖羊，它们显然更难脱手，而如果不能为小母牛找到买主，我们还可以安慰自己春季的价格或许会更高。

施梅尔茨，人人皆知的施梅尔茨，径直向我走来。他是一个富有的牛羊商人，在圣洛伦佐有一家肉食店和一家旅馆。一条巨大的银链横贯在他的腹部，上面悬挂着一排银穗。每当他走动，尤其是骑自行车时，都会发出"叮叮当当"的声音。妈妈说，他每欺骗一次某些愚蠢的农民，都会在他的链子上加一块银片。由于他的腰围变得越来越大，链条必须被不断加长，因此他的骗人伎俩也愈演愈烈。他并非有意为之，而是出于恐惧和惯性使然。他问我是谁的人，"萨马。"所有的公羊？他好像没有看到那里还有一只绵羊！"我们还有一只绵羊。"我并不害怕与施梅尔茨交谈。他开始用手指着一只公羊说："太瘦了，太瘦了。""那么试着提起它吧！"他提不起来，进退两难，我开心地逗羊，直到爸爸到来。"如此可爱的小女孩的羊，你们想卖多少钱？""你愿意出多少钱？""二十五里拉。""你还是把它们带回家吧。"爸爸对我说。施梅尔茨说："这些羊是她的？""一些是，低于三十里拉她是不会卖的。"施梅尔茨走开了，我们继续等待。爸爸四处走动，听人们在议论纷纷，我一直牢牢看住着我们的"财产"。白日长长，有趣和兴奋变成疲倦。放松一下，放松一下。

妈妈的哥哥也是一个牲口商人，路过询问我们有什么要卖的。"告诉爸爸低于三十五里拉不要出手，价格水涨船高。"但是没有人来买。快中午时，爸爸卖掉了小母牛，还不错。施梅尔茨回来了，脸颊通红，大汗淋漓。他的收获颇丰。他朝着公羊们点头示意说："我现在能用二十五里拉买下它们吗？"我脱口而出："三十五里拉。"他很开心，退了一步："好吧，三十。"这是我们可以预料到的最好的结果。我认为舅舅之所以说三十五里拉，是他知道爸爸并不擅长讨价还价。既然他不从爸爸那里买东西，那就给他一个好建议吧。绵羊还是没有卖出去，但是爸爸给了我两里拉，让我找点东西吃，四处转转。我在集市上有趣的地方闲逛，在小吃摊给自己买了份热香肠。我本来准备好去玩旋转木马的，但是被附近一个帐篷里飘出的音乐声吸引过去。原来是一个小马戏团。一个小丑对好奇的人们大声喊道："只要五十美分，你就能看到一个矮人，一个巨人，一条蛇，一只猴子和一头熊。"

去年春天，一个吉卜赛人和一个女杂技演员带着一只会跳舞的熊和三只贵宾犬在河边扎营。他们晚上会在酒吧进行表演，爸爸带着玛吉特和我去看。我们惊讶于熊居然会跳舞，它嘴里衔着一个盘子，在有人朝里面投硬币时点头。但那个穿着暴露泳衣的女人更令人震惊：她究竟是如何做到滑过一连串圆环的呢？整个表演结束于那个女人把自己拱成一个圆圈，头贴到地板上，三只贵宾犬中最大的那只亲吻着她的脸颊。一位中年农民跃过桌子，猛地吻了一下女人的唇。"比狗好！"每个人都笑了，女人却泪流满面地跑出了房间。吉卜赛人很生气，并向观众咒骂这样的流氓行径。我失望地离开了。

当然，一个真正的马戏团和这个完全不同；演员会努力表现自己。好奇心驱使我买了一张票，挤进人群中。帐篷里很黑。我暗中摸索着，在木地板上踉踉跄跄往前走。空气中充满了嘈杂声，嗡嗡声和乐器声交织，噪声令人不悦。观众不断增加，持续推搡着。每当帐篷的帷幕掀开，我都会朝里看一眼，发现自己在一个关有老猴子的笼子边上。我感到心烦意乱，不由得一阵恐慌。如果节目开始，人们会坐下来保持安静，帐篷会被点亮吗？我出来多久了？如果爸爸已经卖掉了绵羊，正在找我回家该怎么办？他永远不会来这里找我，我没有必要进来。矮人和巨人肯定是邪恶的。喇叭声更响了。我一定患上了幽闭恐惧症。每一片阴影都隐藏着危险，我在帐篷里胡乱地寻找着出口。好不容易出去后，我觉得自己是个十足的傻瓜，被引诱到这个马戏团，挥霍时间和来之不易的金钱，一无所获。下不为例！我急匆匆赶回绵羊的畜栏，垂头丧气。爸爸还没有把绵羊卖出去，但一位擅长养猪的农民表示很感兴趣。我很担心要步行回家——如果我们不是两手空空，那就无法骑自行车。我在那时便决定，一旦我有足够的钱，我就给自己买一辆自行车。接下来的夏天，我实现了这一愿望，用二百里拉买了辆佩尔拉牌的自行车。这完全是依靠自己的力量买的，尽管这违背了妈妈的意愿，因为她担心我可能会骑着它四处闲逛而离家太远，或者不小心被车撞到。

我认为爸爸在出售最后一只绵羊时有些亏本，但他也很累了，可能也像我一样担心要步行回家。他妥协并甩卖了羊，买了一大纸箱烤栗子，然后我们就返程了。当我安稳地坐在他的自行车后座上时，我向他坦承了关于马戏团的愚蠢行为。

* * *

村子里有三四座房子，是小贩和乞丐可以在晚上寻求的借宿之地，我们家便是其中之一。其他几座都是遍布牛棚马厩和谷仓的大型农场，为有需要的人提供一条面包和一碗牛奶简直是易如反掌。但是话说回来，妈妈也有她的特殊"招待标准"——来人要带着故事或有特别之处。他们不会和我们同桌吃饭，但是妈妈会把食物放在一个碗里——冬天在火炉旁，夏天在房子前面的长凳上吃。一些富裕的小贩会得到像付了钱的客人一般的款待，他们不会被打发到干草堆里睡觉，而是能在房间里度过一宿。他们会留下一包发夹、几码橡皮筋或一些类似的东西作为回报。

每年春天，有一对衣服款式还停留在19世纪的老夫妇——男的衣着颜色是湖滨绿，女的衣服则是鸽子灰——都会前来，他们干瘦、拘谨、安详，宛如博西斯和腓利门 ① 再世。妈妈说她从小就认识他们，他们总是在同样的时间出现，穿着不变的衣服，带着同一个故事——不是我曾经听他们讲过的那个——他们说自己曾经是一个城堡的守护者，想要重游，正在前往"故地"的路上。又或者是城堡的主人？那么城堡在哪里？在他们的心中还是在边境？他们是怎么翻山越岭的？回来之前他们杳无音讯，如果不是在洞穴中迷路了，肯定是兜了一个大圈子。我站着，带着极大的敬畏迎接他们，甚至脱帽向他们致意。到了门口，他们微笑着鞠躬，立即被带入房间安顿下来。我们将食物放在精美的盘子里送进房去。第二天清晨，早饭过后，他们又微笑着鞠躬，含糊不清地用盖斯地区不说的德语说"谢谢"，然后蹒跚远去。男人背着一个 19 世纪医生用的那种小皮包。

　　与之形成鲜明对比的是另一位定期前来的老妇人，她一只手紧紧抓着手臂下脏兮兮的包袱，另一只手猛打自己的头——这显然会造成创伤，但是她说，她只有持续不断地这样拍打，它才不会掉下来。她看起来暴躁易怒，十分憔悴。紧抓包裹不放和不断敲打头部的行为使她无法进食和睡觉，对我们来说也是如此，因为整座房子都能听到敲打的声音。更糟糕的是，我们知道痛苦是由敲打本身和敲打虱子引起的。每当有热心人或公益机构试图帮

---

① 希腊神话中，博西斯是佛里吉亚（Phrygia，小亚细亚中西部古国）的贫苦老妇，因与其夫腓利门（Philemon）款待乔装下凡的宙斯（Zeus）和赫尔墨斯（Hermes）而得好报，他们贫寒的小屋被变成了华丽的神殿。

助她，帮她摆脱她的虱子时，她总是会尖叫着逃跑。她所有的动作都充满了狡黠和不信任，好像时刻处于被捕的恐惧之中。1940年前后，她在纳粹分子手里"无痛死亡"，就像大多数流浪者一样，得到了最终的解脱——这是一个盲人口琴演奏家预见到的结局。他来自瓦尔·巴迪亚——一块说罗曼斯语的飞地，他说着拉丁语。他是一个由母亲领着，穿梭于不同村庄的游吟诗人，用像黄油和蜂蜜涂抹过的甜美声音演奏和唱歌。在街上时，他就像其他"乞丐音乐家"一样讨生活，但是在我们家，有吃有住之时，他和他的母亲似乎在为自己的乐趣唱歌。我们不明白内容，贝尔特朗·德·波恩和阿纳豪特·丹尼可能就是这样唱的：

绿叶颂

1938 年，当提洛尔人被迫在德国和意大利之间做出政治选择时，他上吊自杀了。他的母亲回来过一次，告知我们她眼盲却心乐的儿子的死讯和她不祥的预感。但她从来没有学过德语，她所讲的科拉特瓦利斯方言听起来太像意大利人了。当时的提洛尔人被铺天盖地的战争宣传淹没，没人愿意相信她。但是妈妈说她懂她的预言，和她一同哭泣，哀恸于她儿子的离去和歌声的消逝。

在一个寒冷的 11 月的夜晚，一个科恩女人如往常一般，来我们家借宿。后来我们意识到她一定是得到了什么消息，正在实施一项精心构思的计划。

科恩人以他们邋遢的着装和迟缓的步伐著称。他们过着吉卜赛人的生活，却丝毫不和浪漫的内涵沾边，而且他们通常是金发碧眼的。这个年轻的女人甚至连抱她的孩子都显得懒散，任由婴儿细长的冻得发青的腿垂下来，在她的腹部晃来晃去。妈妈一把从她手里抱过孩子并斥责她也太懒了，居然不晓得用毯子把孩子的脚裹上！这样会使膝盖着凉的！这孩子如此可怜，居然没有哭。那双冻得发青的脚让我想起了我们的"天使"，我整个晚上都依偎和抚摸着它。女人向我们缓缓诉说着一系列的不幸。她说她的丈夫，孩子的父亲，正在狱中。他喝醉了，在一家酒吧殴打她和孩子，有人试图出手阻止，他变本加厉，开始砸起了家具，直到警察来把他带走。她必须找到他，她知道他有一些钱，而且如果他不喝酒的时候还算得上是一个好人。她问妈妈能否收留和照顾孩子，直到她找到丈夫要到钱……"这可能会花上你十年或是一辈子。"谙于世故的妈妈回答她。但是那个女人信誓旦旦地保证，又哭得梨花带雨，还极尽恭维之能事，加上我是如此喜爱那个孩子，也开始恳求妈妈并承诺我来负责照顾他的一切事务，用我卖羊得来的钱购置婴儿用品，最终妈妈放弃了她的"高见"，选择了让步。她知道我不关心我尚在襁褓之中的亲兄弟汉斯理，他是一个如此吵闹的小男孩，长得也不够精致。但是这个婴儿生得如此漂亮又如此虚弱，当他从我们为他准备好的瓶子里吮吸稀粥时，蓝眼睛一眨一眨的，十分兴奋。

来自科恩的女人走后几个星期，我们收到了一封她的来信，信上说她在医院，她的男人仍在狱中。由于他们并没有真正结婚，妈妈要负担的其实是一个私生子的开支。妈妈知道这意味着什么：收留这个孩子一辈子。路易斯成了我特别的"负担"，我也非常认真地扮演着类似于母亲的角色。他是一个可爱的孩子。不幸的是，随着时间的流逝，他的顺从成了人生的困扰；他没有意志力，缺乏主观能动性，在青春期患上了癫痫症。"糟糕，一个生病的母亲和一个酗酒的父亲……"

* * *

妈妈总是会因为遗传的性格特征和她出于某种不变的信念揽下的每一个新的负担受到埋怨。

"我认为我们的女儿对我们毫无用处。"平景清[1]如是说。但我的例子中事情并没有那么简单。我父亲所呈现出来的形象，就像在一条白色路的尽头，上方悬挂着的大太阳一般光芒万丈，但我从来不敢长久凝视，因为我知道一会儿过后灰暗的云尘就会遮住它。埃尔顿之死（Die richtign Elton）——真正的父母——仍然不真实。我尽可能少地想起他们：妈妈充满怨恨和失望的目光；它们的强有力冲击似乌云蔽日。光明和黑暗永远不会融合在一起，而是投射出一个光圈，笼罩在我周围，让我充满无力感，失去情感和理智。上帝之眼注视着人们——这段三角关系中因有上帝而不那么剑拔弩张。按《圣经》行事已经成为一种难以令人

---

[1]　历史人物，日本平安代的一个武士。——译者注

信服的办法。

* * *

在另一个 9 月底，我很不情愿地再一次去威尼斯。我太忙了，事务缠身，责任重大，显得不可或缺，去威尼斯当游客显然是浪费时间。当我回来时我是谁？如果被他们发现我的着装或行为有一丝一毫异国情调，我会受到更多充满恶意的取笑。离开我的世界也让我感到烦恼，着装和举止都必须按照现实生活的标准，这对我来说毫无用处。我需要自己照顾好自己。父亲说，每个人都必须工作，要么靠大脑，要么靠双手，实现自给自足。我认为比起学习，我更喜欢和爸爸一起在田野里劳动。我是在跟随大趋势；反意大利的宣传遍布每架飞机，老师在学校教给我们的东西在家里被认为是无稽之谈，因为老师是意大利人，因此他是个傻瓜。

因此，我觉得我又一次让母亲失望了。我的意大利语进步甚微，为什么我不多学学呢？我带的衣服都太长了。我长大了，在盖斯我不可能穿短裙！无聊已婚的女性游行者才会有这样糟糕的品位。我有两条裙子——回想起来非常漂亮——让我看起来像一个洋娃娃，但有一个缺点：太短了。我被告知要在皮筏上跳绳。我又重又笨拙，必须练习变得轻盈和优雅。胡说八道！在家里，体重是需要增加的东西，体重意味着能胜任工作。所以，我陷入了成为一个四肢发达、头脑简单的农民而不是优雅光鲜的年轻人的困境。不，无论如何，绝不，"……一个受害者——也许是美丽的，但仍然是受害者；茉莉花散发的芬芳造成了痛苦，缺乏冲动，只不过是一束歧视之花"。

一天下午，父亲和我一起去利多①游泳。他冲我笑，眨了眨眼，我很开心，卸下了防备。在这个阶段，总是他向我提出问题，但我长大后他却坚称是我要向他提问。他一定是刻意让我开启关于盖斯的长篇大论，因为他突然问："你想什么时候回家？"他说的是房子。我不确定他指的是加勒·奎里尼街还是盖斯，但我不认为我在这些问题上有发言权。我回答说："尽快。"所以他知道我说的是盖斯。"为什么？"我要照顾路易斯，我很想念他。一年中的这个时候有很多工作等着我去做，它们也会想念我。这是乡愁啊。当我们回去时，父亲和母亲谈了很久，仿佛无休无止一般。最后他们转向我："所以你想尽快回去吗？""是的。"我挣扎着表达了自己的愿望。房间里充满了反感和敌意，黑压压的，让人窒息。沉默过后，她开始哭了。父亲让她坐在膝上并试图抚慰她。一位伟大的"女神"因愤怒和自尊的挫败而哭泣，实在太令人同情。抑或她只是一个渴望孩子的爱的平凡女人？我坐在地板上，悲从中来，毕竟我是这悲剧的"始作俑者"，也开始哭起来。一开始还能像成年人一样克制，只是默默哭泣，后来变成了高声啜泣，哭喊的声响引人注意。父亲示意我走过去，让我坐在另一只膝盖上，同时轻拍我们俩，直到哭泣停止。然后他递给我一块大手帕，一把冲出房去；他找到了火车，给我买了一张车票

---

① 利多（Lido），意大利威尼斯附近一个小岛，著名的游乐地。

并给妈妈发了一封电报，要她第二天晚上在布鲁内克和我会合。

我无从知道他们两人中谁做了将我立即送回去的决定。为什么？为什么？他们什么都没解释过，又或者那时我还不懂什么叫"自食其果"。我意识到的只是在言行举止规则中一个人必须谨言慎行。至于眼泪——我看到过被真正的痛苦所激发的眼泪：失去孩子，病痛缠身和饥寒交迫。这些灵魂深处更深层次的痛苦是什么？地狱的机器。[①] 一个瞬息万变的世界——在"漂浮的城市"威尼斯——我遭受了背叛。为什么父亲任由我铸成大错，让我白白遭受这些无意义的痛苦？

当我的双脚扎根于盖斯的土地，我才能重新获得平衡和安全感。在那里，如果让你陷入困境的是话语，你也可以通过话语摆脱困境。错误或被宽容，或被惩罚。原罪就是原罪，一个人忏悔认罪后，就该相信上帝的公正和他的守护天使的力量。但在威尼斯，我没有被允许戴上我的"祝福芬尼"[②]——一根脏兮兮的绳上挂着的廉价铝制徽章——来脱离邪恶。尽管从美学角度来说，我已经在那光中看到了它，但是牧师和妈妈在内心嘀咕：异教徒！

所有这些担忧都会很快消失的。妈妈和爸爸会欢迎我回去，而且是非常欢迎，只要我和他们重归于好，保证不会再做些不光彩的事，能够勤说"请"和"谢谢"，礼让长辈，负责开门、拿

---

① 《地狱机器》是法国剧作家让·科克托（Jean Cocteau）1933 年写的一部超现实主义作品，取材于古希腊的悲剧大师索福克勒斯的作品《俄狄浦斯王》。

② 芬尼，德国辅币单位，一马克的百分之一。

包裹、递帽子和拖鞋等杂务……其实我本质上是渴望去做正确的事情的，让父母开心，获得他们的疼爱，但是我也想证明在盖斯我们有"忠诚"一词。这是一个关乎忠诚的问题，请让我回去吧……

"人生在世，会经历三重境界——寻求实用（与蔬菜类似）、美味（与动物一致）和忠诚（到死他都需要陪伴）。"这一时期父亲写下了《玛利亚守则》(*Laws for Maria*)：

1. 她不许撒谎、欺骗或偷窃。

2. 如果被问到不方便回答的问题，要明白"入乡随俗"。对待父亲，或者说父亲的"习俗"，也当如此。当她认为自己已达到适当的年龄时，她可以与他讨论。

3. 如果她遭受痛苦，那是她不了解大千世界的缘故，是她自己的过错。她的父亲始终认为痛苦是为了让人们思考。人们通常不会反思，直到他们遭受苦难。

4. 她不能轻易论断人的行为，除非从两个层面：

A. 客观地将其视作因果序列中的元素，即该行为引发的初期影响和后续影响。

B. 她自己是否喜欢这一行为或系列行为。这种偏好与其是否适用于他人或为他人所喜欢无关。

5. 遇到不喜欢的事物，要么愤世嫉俗，要么归咎于自己。前者在某些宗教中被认为是自以为是的放肆行为。

《玛利亚守则·从蔬菜到动物生活篇》

1. 首要学习之事：不要成为一个讨厌的人。

我想你应该已经学到了。

2. 自力更生。要有能力自给自足：做饭、缝纫、管理家务（不然就不适合结婚。婚姻是合作伙伴关系，夫妻间要互相帮助）。

3. 自立自强。理想状态是每个人都应该成为合格的农民。

课程：

1. 打字。

2. 意大利语。不会意大利语你就无法在意大利卖你写的东西。

3. 翻译。

4. 创意写作。先写简单的短文，然后再写小说。

那也就是说，我只能教你我会的那些职业技能。

* * *

《从蔬菜到动物生活篇》，我不记得曾经看到过它，在我不懂英语的情况下也不可能阅读它，但是我知道它的要旨。早年间还有更多为我制定的严格的道德行为规范，它们比每年在每一次教理问答时都会脱口而出的上帝和教会的律法——《上帝十二诫》（*Die Zwölf Gebote Gottes*）、《教会五诫》（*Die Fünf Gebote der Kirche*）和《七宗罪》（*Die Sieben Hauptsunden*），有更多的意义。

在盖斯，我上的是意大利语小学。这无关选择，也不是冲着它的优点。所有登记注册的学童都隶属于法西斯党，男孩们是巴利拉（Balilla）[①]，女孩们都在读意大利语小学，但几乎所有学生都拒绝支付五里拉购买纪念品——党员卡，也只有少数人穿制服。当我回到家，向爸爸妈妈转达"要准备足够的资金以购买法西斯制服"的要求时，妈妈只是说："不可理解！"无论如何，她没有金钱可以挥霍，但用旧衣服缝缝补补也做不出制服。我忘了她是否把通知发给了"阿姨"[②]，或者她是否让我写了一封信来问我该怎么做。"如果她认为你应该有一件……"——这是第一次将责任推给别人。在约定的日期到来之时，我收到了一个包裹，里面是一件完整的制服。不可理解。爸爸说："这看起来多么滑稽啊，人们会嘲笑你的。"说实话，我很高兴，毕竟，这是一套新衣服，白色衬衫和黑色百褶裙看起来是那么搭。其他必须穿制服的人，女孩有女邮递员的女儿、火车售票员的两个女儿，以及意大利土地勘测师（从政府那里领取工资或退休金的人）的孤儿罗曼娜；男孩有罗曼娜的兄弟和达·里奥们。他们的父母必须在一贫如洗和政府补贴之间做出选择。为了换取铁路附近的小屋和食品卡，他们将名字意大利化，从巴赫改为达·里奥。这样，他

[①] 巴利拉是青年法西斯组织的名称。——译者注

[②] 此处指母亲。——译者注

们从仅仅只是"穷人",变成了贱民,为世人所不齿。五个男孩厌恶他们的巴利拉制服,想尽一切办法脱下它。我是这个"背景复杂多元"的小团体的领袖,但我没对自己的职位太上心。我们不得不在星期六课后继续学习法西斯誓言和歌曲,如《青年》和《太阳升起》。但是我们还能上《教理问答》,这是由牧师开设的唯一的德语课程,这要归功于墨索里尼和教会达成的协议,允许宗教自由和自治——发假誓可是致命的罪。所以,我们这群古灵精怪的"小鬼",巧妙地"投反对票"以表达内心的真实想法。"以上帝和意大利的名义,我发誓我不会忠诚地服务于我的祖国……"我们一口气说完,直面老师的眼神。我们认为这是勇敢的表现,也很有趣。我们还必须学习如何行军和指挥他人。注意!立正!一二,一二!退后,前进,前进!这就是所谓的"体育",每周两次,每次两个小时,在学校前来回走动。尤其是在春天,成年人经过时,他们义愤填膺:"这简直是浪费时间!不过是把鞋子磨破而已。还不如让他们回家,在家人需要时帮忙干活。"

但是花在教堂活动上的时间从来都是心甘情愿的。当主教出席坚信礼①或为村里的某个男孩举行他的第一次弥撒时,我们要进行盛大的游行。没有比这更蒙福或荣耀的事情了,成年人欢欣

---

① 坚振圣事(Confirmation)或坚振礼、坚信礼、按手礼,是基督宗教的礼仪,象征人通过洗礼与上主创建的关系获得巩固。现时只有罗马天主教会、东正教会、圣公会、循道卫理教会等持守。

鼓舞，小孩子们兴奋异常。

> 牧师主持孩子的第一个弥撒，
> 一个新的（第十二年的复活节）
> 美好的派对由此开启，
> 漫山遍野都是篝火，
> 我们二人二马，
> 在村子里驰骋，
> 身侧播放着音乐。
> 孩子们举着火把，
> 牧师坐在布满鲜花的车里，
> 被很多人围着。
> 我很喜欢这样的场景：
> 所有的房子都充满了亮光，
> 窗户上的树枝覆盖着手工制作的鲜花。
> 第二天举行弥撒和游行。
> 请让我回到当时，
> 再买一双新的"礼拜日专用鞋"好吗？

　　这双新鞋是为主教来时我背诵诗歌《欢迎的钟声响起！》而准备的。妈妈改了她自己的提洛尔套装的尺寸给我穿。自从战争爆发以来，她就再也没有穿过，并把它藏在抽屉深处，以免被宪兵发现没收了去。这更多的是出于内心的恐惧，而非真正的危险。确实，宪兵有时会在房子里寻找糖精、燧石和烟草这些奥地利边境走私来的物品。这是一种经济和政治破坏的形式。除了这种方式，谁能买得起真正的糖！走私是一个公开的秘密，但大海捞针般在干草堆里寻找一小盒糖精或燧石毫无乐趣可言。难怪意大利人有时会发脾气，将任何暗示怀旧或带有敌意的奇怪物品统统收走。

神职人员不仅保留了德语的特权，而且还鼓励穿套装，并承诺向任何穿着套装去教堂和游行的人提供庇护。周围穿这种民族套装的很少，毕竟没有人能负担得起新做一件的费用。除了鞋子之外，妈妈对为我搞定所有的配饰感到自豪。帽子上红色和白色的羽毛是最大胆的手笔，这是高举提洛尔旗帜的挑衅举动。爸爸窃笑：他们会拽你的帽子！但我向主教鞠躬后，镇定自若地在一个由小女孩围成的半圆中心背诵了我的诗，这些小女孩身着白色连衣裙，长发松散卷曲。宪兵全程未出手干扰，他们在这种场合穿着笔挺的波旁式制服，垂到额头上的蓬松三色羽毛与我头上的两条长羽毛形成鲜明的对比。

从那时起，我越来越渴望参加庆典，在列队游行时提洛尔套装扮演了重要角色，因为它代表爱国主义和无声的抗议。在那之前，我一直像其他小女孩一样，在列队游行时手持一个有着紫色木心的巨大银纸百合花。但是现在我手上不会拿任何东西，骄傲而问心无愧地走在牧师身后，在身着白色连衣裙、拿着银百合花的两个小女孩中间。

两个不同的阵营——意大利法西斯主义者和提洛尔民族主义者都曾拉拢我。虽然双方的制服我都有，但这并不影响我的判断。我甚至都不需要深思熟虑，因为我的忠诚是不可分割的：提洛尔使我感到兴奋和激动。这意味着一切。其余的是政治，而不是压迫。

* * *

我曾在梅拉诺待过三天，但我忘了那时候我几岁。妈妈收到一封信，说她应该把我带到尽可能远的地方，比如博尔扎诺，那里的母亲可以减轻她的负担。妈妈的担忧一如既往，她以为这就是结束。从照片来看，那是在博尔扎诺的格雷夫酒店举行的家庭聚会（父亲、母亲和祖父）之后一年或两年。我最愉快的回忆是一次去奥博博岑小镇的远足，在索道缆车上我被允许脱掉鞋子。那里有看起来比我们家更大更漂亮的奶牛。祖父一直抱怨我已经高到他再也无法一把举起我了，但每当他坐下来时，都会让我站在他脚上，愉快地上下摇摆我。

祖父带给了我信任和喜悦。我不觉得他比父亲矮小，但由于他前额没有头发并且不留胡子，而且他穿着朴素，给人一种身形只是父亲的一半的感觉——又瘦又小。当他不在脚上摇摆我时，我们总是手牵手，摆动我们的手臂，大步向前，跳来跳去。得知他需要挂着拐杖走路可能是后来的事了。无论如何，尽管我们彼此不理解对方所说的哪怕一个词，但我们在一起总是很开心。他会在早餐鸡蛋上画笑脸，也会用双手在白墙上表演最生动的动物皮影戏。去梅拉诺一定是我向主教鞠躬之后的事情。从博尔扎诺到梅拉诺的火车上，母亲告诉我，我必须向她的朋友们行屈膝礼。鞠躬，我知道怎么做吗？当然。我不仅向主教鞠过躬，在学校的一个朗诵会上，我将矢车菊拟人化，鞠躬以表示欢迎。这就是我在车站月台上和勒娜特·博加迪打照面的方式，她看起来很开心。母亲笑了很久，但我不知道是什么如此有趣引人发笑。勒娜特身形魁梧，她的头发像男人一样短。我相信她会成为我的教母。母亲一直偷偷担心的是：这个孩子受洗了吗？是的，助产士说过。那么谁是我的教母呢？教母很重要。坚信礼只是程序的第一环，最重要的是洗礼。为了满足目前的心愿，我接过了她给我的一张教母的照片：萨金特画的一场音乐会上的勒娜特·博加迪。画面有点模糊，令人困惑。然而，我非常喜欢勒娜特，她说德语，对马儿也很体贴。

在酒店房间里，母亲让我换上了可爱的连衣裙。这是我第一次收到一件我非常喜欢的连衣裙。我让她把我的头发打理得与众不同。当她向我解释一个人如果行屈膝礼，只需轻轻地弯下膝盖时，我对这纠正感到很高兴。母亲兴致很高，不再充满敌意和紧张分兮。我对一切感到兴奋，一点也没有抗拒之情。

兰根汉姆太太是一位身体虚弱的老太太，仿佛一根电线杆般，穿着白色的衣服，留着一头鬈曲的红色短头发，有一双目光如炬的黑眼睛。她伸出细长的手臂，向我挥挥手。我害怕握住她的手，她就像是瓷器做的，哪怕是轻轻一击，都可能导致破裂。然而，她双手的握力和中气十足的声音与外表的虚弱形成了极大的反差。母亲告诉我，这位老太太患有风湿病和其他一些疾病，在图尔高伯格城堡的一所音乐学校担任指导老师。勒娜特是她最喜欢的学生。我几乎希望自己也可以学习音乐，然后和她们一起生活在瑞士的一座城堡里。如果我表现很好，母亲似乎并没有否认在遥远的将来这件事情发生的可能性。但是现在我们是来度假的，享受打牌的乐趣。每当我在黑彼得打赢她时（我认为她允许自己被击败），兰根汉姆太太都表现得非常迷人。我不得不举起她的手镜，闭上我的眼睛；当我可以睁开眼时，最滑稽而又悲伤的面具浮现在她布满皱纹却精致的脸上。

在葡萄园中，我跟在勒娜特和母亲后面，坚持背着她的小提琴，来到一座有三架钢琴的房子里。她们练琴的时候让我在外面等，我就坐下来倾听。多么精彩的声音和节奏！我觉得我和盲彼得的表演很糟糕，根本就是一出闹剧，我再也不会回到他身边。如果我那时能更谦虚、更开明的话，我就不会允许自己灰心丧气。但是那音乐听起来是如此美妙，"此曲只应天上有"，不是盲彼得和我这样的凡人能企及的。我也知道那样的音乐才称得上是音乐。我被打动了，不由得手舞足蹈起来，直到筋疲力尽。我有一丝羞愧，如果有人注意到我怎么办？我想知道她们能保持这样的节奏——就像天使的节奏——多长时间。我更好奇她们在弹什么。

　　三天来，母亲似乎无忧无虑，像她热情洋溢的朋友一样充满欢声笑语。我感到如释重负。在她的世界里，人们也可以很开心。我回到盖斯后，对这个世界的存在不那么怀疑了。到目前为止，离开盖斯似乎总是被视作弥补某些"罪孽深重"的错误的必要救赎。妈妈的哭泣，用泪水将我淹没；爸爸目光灼灼，说着："莫迪尔，永别了。"当我再次见到他们时，我自然感到欢欣鼓舞，无比快乐，并且可以说："看，我总是能够回来的。"然而，一种好奇心，一种融入另一个世界的愿望，开始在我心中萌芽。

＊　＊　＊

　　突然之间，我与外部世界的联系似乎更像是一种资产，而不是一种束缚。圣诞节时，我收到一个来自某位英国叔叔的包裹：一台装有六部米老鼠电影胶片的小型红色幻灯机。毫无疑问，这是一种巫术，但它创造了巨大的轰动效应。晚餐和念《玫瑰经》①之后，爸爸是第一个嚷嚷着要看电影并将白纸钉在墙上的人。我所有的朋友都来观看，甚至成年人也以"想看看它是如何工作的"为借口前来。难以理解的是，它居然像播放巴赫音乐的收音机和莫扎特曲子的留声机一样令人着迷。因此，我或许可以声

---

① 《玫瑰经》(正式名称为《圣母圣咏》) 是天主教敬礼圣母的一种方式，于15世纪由圣座正式颁布，是天主教徒用于敬礼圣母玛利亚的祷文。此名是比喻连串的祷文如玫瑰馨香，敬献于天主与圣母身前。

称，我是把电影引进到我们山谷的人——人们或许听说过它，但是相邻的两个小镇还没有电影院，而且就算它们建好了，人们也不会去，因为这些电影都是意大利语，并且据说充满了罪恶。

春天一来，米老鼠电影就被抛诸脑后了，因为爸爸终于开始养蜂了。多年来，妈妈一直很渴望蜂蜜，她不厌其烦地重申玛吉特和我的百日咳是如何通过一罐调味好的蜂蜜治愈的——现在轮到家里的两个小男孩和常常来玩的侄女们了。过去几年爸爸已经对这些言论习以为常了，但他和玛吉特以及我一样兴奋，我们都渴望养蜂。爸爸买了一个二手蜂房，并从普林恩和其他养蜂人那里借来各种各样养蜂所需的设备，而玛吉特和我负责擦洗和上漆。妈妈种了黄花，因为它的花粉产出的蜂蜜有特别的药用价值。问题在于钱！玛吉特设法通过出售她的绵羊攒下了足够的钱。我就显得很捉襟见肘了。我过去把钱储藏在一个白色的小硬纸板箱里，妈妈将它锁在玻璃柜里。但我知道钥匙在哪里，所以每当其他牧羊人说："萨马姑娘，你为什么不给我们买一些糖果？"或者学校一些特别的朋友说："你有没有糖果？"或者，当我们玩最喜欢的游戏，比如说"第一次弥撒"举办微型宴会时，只有糖果可以给它一些庆典气氛，而我是唯一能提供它们的人。虽然我知道花钱买糖果是不好的，并且"钱商"很高，但我沉溺于让别人感激并喜欢我带来的自我满足感。所以我会偷偷溜过厨房的门，我想妈妈知道我在做什么，但她似乎并不介意。

* * *

信通常是这样写的："亲爱的父亲，您能帮我买一个蜂箱吗？当我来威尼斯的时候，我会给您带蜂蜜来，还有给爷爷和母亲的……"钱很快到了，父亲和我成了养蜜蜂和养绵羊的合作伙伴。

1935年的那个夏天，父亲和母亲由一个极其英俊的青年陪着，乘坐高大帅气的年轻司机驾驶的汽车，取道萨尔茨堡和沃格尔——位于提洛尔因斯布鲁克附近，宽阔平坦的山谷中一个不错的小镇——抵达时，我们自豪地向他们展示的首先就是蜂箱和盛放的黄花。一小群蜜蜂在瞬间仓皇飞出，过后是此起彼伏的掌声和接连不断的笑声。疲于欢迎客人和摆放餐桌的妈妈、玛吉特和我，对两位英俊的美国小伙叹为观止，不敢相信居然有人比父亲还高。最后，玛吉特跟随蜂群翩翩起舞，我催促她"快点快点，快穿好衣服"。我们要再次前往威尼斯了，但妈妈第一次坚持要我穿上提洛尔套装示人并拍照。

在车上，我戴了一副巨大的护目镜，这似乎被那两个名叫雅斯和蒂姆的年轻人取笑了。父亲想知道他们的名字用德语怎么说，于是他们不知怎的变成了约翰和雅各布。是的，就像汉娜和约格尔一样。我们都很高兴听到美国人中也有和盖斯人相同的名字。我坐在雅斯和父亲前面，一路上都非常愉快。我们在博岑①的格里夫酒店停车用午餐。在我们等待点餐的时候，父亲拉着我

---

① 博岑（Bozen），德语，即博尔扎诺，意大利城市。

的手，带我飞快地穿过沃尔特广场（当时叫作维多利亚胜利广场），冲向一家糖果店。他买了各种各样的糖果，很多薄荷巧克力。他递给我祖哈德卷时我很高兴，因为我记得那些外表平平无奇的淡紫色卷有金色的巧克力包装纸。店外站着一个小女孩，我被她脸上渴望的神情所打动。她让我想起了玛吉特。我对父亲说："她看上去好像玛吉特啊。"他快速地瞥了她一眼说："也许她想要一些巧克力。"当我走出商店，递给她我的祖哈德卷时，她脸上的表情从渴望变成了难以置信。父亲拉起我往前冲，没有给她说谢谢的时间。整个午餐期间，当成年人用英语聊天的时候，我一直在思忖这件事。我想：生活本该如此，如果一个女孩想要糖果的话，就会有陌生人出现，给她一些。但我是否正确地理解了父亲的意思？难道那巧克力卷不是给我的吗？这是否意味着我要一时冲动牺牲自己的利益来表达对他人同情？我把他的话理解为命令；然而，我希望他可以再买一个祖哈德卷给她，这样我就能留住我那个了。

我们开车越过山脉。发动机开始冒蒸汽。当雅斯寻找水的时候，蒂姆在寻找鲜花。当我们再次回到汽车上时，蒂姆给了母亲一束野花。我觉得这非常浪漫。第二天早上在威尼斯，两个年轻人来到我们家吃早餐。每当有客人来，都会有一个穿一身黑，系着白色围裙的典型的威尼斯厨师掌勺。一切似乎都是精心安排，有条不紊。鸡蛋一字排开，就像《玫瑰与戒指》（The Rose and *the Ring*)① 中描绘的第一幅图景那样。我将父亲想象成国王，母亲是王后，那么我就是安琪尔佳，两个年轻人中的一个是布尔波王子。我选高个子那个，他看上去更友好，并试图用德语和意大利语与我交谈。另一个似乎太骄傲了，居然把他的鲜花送给了母亲——无论如何，他很快就离开了，而雅斯和我们一起去了利多，在肩上扛着我进入深水区。

我对王子的幻想——我完全没有英式幽默，或者某种程度上来说德国译者也没有，在接下来那个冬天我收到一个美国包裹时得到了极大的满足。那是两本大黑书：《凯尔特传奇》(*Celtic Legends*) 和《一千零一夜》(*The Arabian Nights*)。我饶有兴致地阅读了精美的插图，甚至连母亲和父亲都认为故事一定很精彩——太糟糕是不会有人愿意读的。附带的便签纸上用英语写着——"亲爱的公主"，然后是意大利语："我小的时候很喜欢这些书，希望你也会喜欢它们。——来自雅斯的爱"

父亲给我买过一本红色的袖珍意英双语口袋字典，收到时我很高兴，但我很少使用它。我的英语仍仅限于我痛苦了好几天

---

① 《玫瑰与戒指》，萨克雷（William Makepeace Thackeray）童话名著，于1855年正式出版，主要内容是：无所不能的黑杖仙女参加了帕弗拉哥尼亚国王子吉格略和鞑靼国公主露珊尔白的洗礼，给予两个孩子的祝福和礼物是些许不幸。结果，吉格略王子的王位被叔父篡取了，露珊尔白公主在父母因叛乱相继去世后，流浪到帕弗拉哥尼亚国。两个不幸的孩子失去了荣华富贵，在困苦中成长、相爱。他们遇到了许多人——自以为是的安琪尔佳、愚憨的布尔波、奸诈的格罗方纳夫人等，经历了许多坎坷，最终都成了聪明、博学、极有修养的人，夺回了失去的王位，步入了婚姻的殿堂。其实，这一切都离不开那位神秘的黑杖仙女。

用心学才学会的两首儿歌。我非常想看《鹅妈妈童谣》(*Mother Goose*)[①]中的插图，已经渴望了好几个小时，但我只有在学习的时候才能拿到这本书。我想，这是为了让我明白"快乐必须付出代价"的道理。我已经掌握了"有一位老妇人住在山下……"和"玛丽，玛丽，真倔强"。母亲说我必须用心学习一些英语儿歌，于是我选择了这两首，一首是因为简短，另一首是因为歌名，但是到关键处我总是卡壳。我对英语以及和这种语言有关的一切的抵触情绪仍然很强烈。我可能从来没有努力克服过儿歌中那几个"坎儿"，因为我知道一旦跨过就必须学习新的儿歌。尽管我很喜欢看图画书，但我不喜欢"胡萝卜政策"，不喜欢被胡萝卜"牵着鼻子走"的感觉。

但是，便签纸上的"dear princess"和"love from Jas"对我来说是不同的，我迫不及待地想使用这本小词典搞清楚它的意思。果然，它意味着"亲爱的公主"和"来自……的爱"。我幻想着这封信和这些书是开启我未来的钥匙，也许激发了一个"新的我"。同样令人好奇的是包裹封面上的"J.L.IV"(詹姆斯四世)。学校的历史课上，我们已经学到了维托里奥·伊曼纽尔三

[①] 《鹅妈妈童谣》是英国民间的童谣集。这些民间童谣在英国流传时间相当久，有的长达数百年，总数有八百多首，内容典雅，有幽默故事、游戏歌曲、儿歌、谜语、催眠曲、字母歌、数数歌、绕口令、动物歌等，英国人称其为儿歌（Nursery Rhymes），美国人称其为鹅妈妈童谣（Mother Goose），是英、美人士从孩童时代就耳熟能详的儿歌。

世（Vittorio Emanuele III）[①]，他是意大利国王。

盖斯忙碌而充实的生活让我很快忘却了这些奇思遐想，包括好好学习红色字典的决心，但是当我第二年去威尼斯的时候，我带上了这些信和书。母亲对我带书感到非常高兴，但当我羞怯地询问"dear princess"的含义时，她说这只是美国男孩对小女孩说话的通常方式，而"J.L.IV"只是单纯意味着詹姆斯已经是第四代了。至于"love"，她笑着说，这意味着"爱"。因此，像加勒·奎里尼街一样，这是一条"死胡同"。单纯的幻想并不能解决所有的谜团，也并不容易打开未来之门。

乔治叔叔，我的另一个叔叔？不，这只不过又是一种美国人的习惯而已。他是父亲的朋友，一个伟大的人。他那脏兮兮的指甲和拍打年轻女服务员的屁股的行为实在难以让人将其与"伟大的人"和父亲的朋友联系起来！我不是太明白，然而我非常喜欢我们的格拉帕山[②]之旅并用意大利混合语记录下来。

威尼斯：1936年9月21日。昨天我和父亲接受了一个他的邀请……我们首先驱车前往皮耶韦，看看他开火的地方。当美国参战，帮助意大利时，他是第一个开炮的。这尊大炮现在收藏在罗马的博物馆里。虽然他曾十二次环游世界，但这是他第一次来到这个战场，当时在这儿他开的车翻了，另外三名与他同行的士

---

① 维托里奥·伊曼纽尔三世（1869年11月11日—1947年12月28日），意大利国王（1900年7月29日—1946年5月9日在位）和阿尔巴尼亚国王（1939年—1943年在位）。翁贝托一世之子。
② 位于意大利北部的巴桑诺·德尔·格拉帕（Bassano del Grappa）。

兵都死了。

我们爬上一座钟楼的顶部，驾车来到战争纪念碑所在的格拉帕山山顶，山上还有一架巨大的望远镜和充满箭头的地图。我意识到名字背后的英雄事迹，山脉被一寸一寸地逐渐征服。我的思绪一定是动荡不安的，因为在这里，我与敌人，一个伟大的人在一起。我透过望远镜观察："我已经看到了坎普·图雷斯，不是房子，而是房子后的山脉。我很高兴我能看得那么远，一直看到我们家的大房子。"我对我能从那个距离看到我家感到很高兴。

汀格汉姆是一个非常可爱的模仿者。他很周到，生怕小姐会在他和她爸爸在车后滔滔不绝地攀谈时感到无聊。他戴一顶显眼的黑帽子，以隐藏他曾大笑着向我展示的秃头。他拿出一堆大部分是在非洲猎杀的动物照片，我的惊讶让他感到高兴。当他向我讲述某天早上他在树上的窝里醒来时，有一只眼睛盯着他，他十分害怕的故事时，我的笑声也让他满足。他伸手够到了枪，但是及时停了手，因为那眼睛看起来太温驯，带着轻蔑。他意识到这是一头长颈鹿，觉得自己像个傻瓜，他还以为那是豹子。是的，他曾猎过狮子、豹子和大象，也曾杀过鳄鱼、羚羊和巨蛇。十二次环游世界的他，第一次回到自己差点葬身之地，杀死了奥地利人。但是父亲并不太关心这一切。难道他的伟大不是因为他曾经旅行过那么多地方，杀死过不计其数的人和动物吗？不是，只是因为他是美国参议员，这对当时的我来说没有任何意义。

父亲回忆在比萨被囚禁时写道：

乔治叔叔不能确定那条路的位置，因为它靠山的一侧被炸掉了，但是他爬了大约二百级塔楼梯，在那个不再矗立在皮亚韦河①边的谷仓屋顶上看到了。

那是他曾发射榴弹炮的地方，

是黎明时分，

长颈鹿的大眼睛注视着他，

他以为是豹子，

想在巢中猎杀它的地方。

他所说的"姿势"是

一个动物标本剥制师制作的假眼镜蛇，

并不是条真正的巨蟒，

也不会和猫鼬缠斗。

父亲曾经和我分享过这个，但从在布拉斯达洛的寺庙与波利尼亚克公主的会面，到在利多扼住敌军的咽喉消耗其能量，乔治叔叔的这一切经历我都不在场，也不可能再去经历一次。但我确实像一个成年人一样，试图记住我遇到的所有人的名字，虽然我弄不明白他们是谁和他们是做什么的。他们中的大多数都是成年

---

① 皮亚韦河，位于意大利东北部，发源于奥地利边境，向南流复向东南注入亚得里亚海。

人，所以当我终于遇到一个和我年纪相仿的女孩时，我几乎不敢相信自己的眼睛。

　　某天下午，我独自一人在家。我知道我不能随便给人开门，但门铃一直响，一直响。我从窗户偷偷往外看，认出了玛丽亚·法瓦伊，然后立刻把头缩了回来。她知道我在家，于是喊道："萨马！"我伸出头，坚定地说："没有人在家，我不能开门。"玛丽亚笑着说："你不就是人嘛，我给你带了一个朋友来。""妈妈说我绝对不能给任何人开门。"我很难在完全自由和独立自主之间取得平衡，在盖斯，白天门是不用锁的；而在威尼斯，我却有诸多限制和不安全感，盲目服从似乎是唯一安全的途径。但是法瓦伊小姐坚称她是一个朋友并且她会向妈妈解释，所以我下楼，打开了门，但没有请她进来。说话时我一只脚在门里，这样门就不会关上。

　　我立刻喜欢上了埃尼，她是与我年龄相若的挪威女孩，说德语和意大利语，还在学习英语。最重要的是，她很美丽友善。但那时我只见过她一次，很快我就回到了盖斯。父亲陪了我半程。我们在科尔蒂纳停留了几个小时，在距离车站很远的别墅区见了一些朋友。这是一次仓促的登山之行，却受到了最温暖、最热烈的欢迎。由于没有时间留下来吃饭，他们在我的口袋里塞满了糖果。

＊　＊　＊

我在盖斯度过的最后一个冬天有些一反常态，却又相当传统。我参加了许多婚礼和葬礼，这些人都和我关系颇为密切。牧师约翰·帕斯勒去世了。他曾因发现我想在长椅上画房子，对宗教教育全然不上心，用棍棒狠狠地打我的右手，我的手肿胀了好几天。有一次我上课迟到了，被罚跪在一块三角木上，然后他不停地取笑我的短裙，尽管它一点也不短。即便如此，他仍然是我们灵魂的守护者，是我们直接的"上司"。我们当然要为他祈祷并爱戴他，那个一直在长凳旁边的祭坛上，或者在忏悔室绿色窗帘后面的人。他从未缺席过一次弥撒。没有他我们会感到迷茫，七点钟时只能在教堂前漫无目的地游荡；那天早上也不会再有为学童举行的弥撒。

奥尔加作为教区委员的侄女，知道全部的细节。他几个小时前去世了。我想见他吗？我忘了几年前，当我偷看一个死去的老妇人时，我是多么害怕。她是拿着鼻烟壶、抽着烟枪的女巫。她是商店里的"老奶奶"，人们想要进去就必须拉门铃等待。有一次我等得不耐烦，就把硬币塞进嘴里。她出现在黑暗走廊的尽头，问我吞硬币是想要什么。我想要糖果，但钱从我的喉咙里滑了下去。她不相信我并且非常生气，我有充分的理由哭泣然后逃跑。当我偷看床单下面的尸体时，我只是有点期待看到魔鬼的样子，但是这位老妇人的皱缩面孔比我预想的更可怕，在我看来似乎完全是黑色的。

当一个人死了，尸体会在蜡烛和鲜花的环绕下在客厅里停留两天。中午和晚上，村民聚集起来，在前面念《玫瑰经》。孩子们围在灵柩旁，以免被成年人挤到。只有面部极丑的人才会被盖起来，但家庭里有一具"丑陋"的尸体被认为是不光彩的事。

牧师还没有被放在鲜花和蜡烛间。他穿着黑色睡衣，光着脚，衣衫不整，胡子拉碴，巨大的身体在餐桌上铺开来。看那种样子的他无疑是不明智的；然而，我亲吻他的手，仿佛他还活着。五年前，在同一张桌子上，他为我们举行了第一次圣餐宴会。那是每个人生命中独特而富有节日气氛的体验：一块白色桌布上，摆放着大量热巧克力和奶油圆蛋糕。

因为他是我们的牧师，所有的孩子都想带着花去。我们中的一些人去布鲁内克的花店购买康乃馨，另一些贫穷的孩子制作了用纸花点缀的美丽的冷杉花圈。

孩子们期待带着花去葬礼。葬礼之后，通常由死者最亲近的男性亲属在众人离开墓地前宣布受邀参加之后的宴会的名单，人们需要全神贯注地听。如果是富裕家庭，所有参加葬礼的人都会被邀请并且高声宣布。其他家庭，宣布的声音会更轻一点：只会邀请亲戚、邻居和送花圈的人。有时，只有远道而来的关系最近的亲戚才会收到邀请：在家吃点东西。牧师的葬礼之后没有宴会，但我们都对为他举行的大量弥撒印象深刻。

葬礼后不久，他的家具就被拍卖了。家具拍卖会是一种新奇事物，每个人都去看，但竞标很少，大部分是虔诚的教区居民买来留作纪念，以帮助牧师的妹妹。一张小桌子引起了我的兴趣。我房间的装饰对我来说非常重要，而那张桌子正是我想要的，所以我出价了。大人们都笑了；一个男人针对我出的"七"说了"八"。我试图看向爸爸的目光，但他似乎并不感兴趣。我说"九"，决心拍到桌子。那个男人说"十"，每个人都笑了。我输了，我知道我没有比十个里拉更多的钱了。另一个人说"十一"。然后令我惊讶的是，我听到爸爸的声音："十二。"于是他得到了它，将它像一个奖杯一样用肩膀扛回家。他说："你是对的，这是一张非常方便的小桌子，它甚至还有一个抽屉。"我说："如果我给你十个里拉，我可以拥有它吗？""当然，当然，"爸爸补充说，"那个男人没资格取笑你。"

* * *

鬼故事很受欢迎。一些人声称牧师通过敲门和诡异电话宣布了他的死亡。这种恐惧的气氛持续了几个星期。圣·尼古拉斯日①前夜，对死亡和魔鬼的恐惧达到了高潮。

> 从那里面具降临，提洛尔
> 在冬季

---

① 每年的 12 月 6 日是欧洲传统的"圣·尼古拉斯日"（St. Nikolas day）。传说每年的这一天，尼古拉斯都会给孩子们带来糖果和小礼物，而他的随从克拉普斯（Krampus）则会惩罚那些在这一年中做了坏事的孩子。

进入家家户户，驱赶恶魔。

12月7日，约二十名戴着面具的青年男子在大门敞开的每座房子里穿梭。在某些房子里，邻居聚集在一起，在房间中央演出尼古拉斯剧。一个小丑翻着筋斗进入房间，用巨大的叮当声向众人打招呼，并告诉他们清理旋转的轮子，躲到桌子后面，紧靠墙壁，因为魔鬼将会来访。然后第二个叮当作响的小丑加入并宣布了表演的顺序。有时候还有几个小丑闯进房间，他们都翻着筋斗，直到观众几乎僵直地被钉在墙上。然后，叮当声戛然而止，沉默过后，一个穿着白色长外衣、上面画着红色的剑，背后有一双巨大纸翼的天使进入。他谈到善恶之间的斗争，并劝告每个人都保持虔诚，然后他呼唤圣·尼古拉斯："圣·尼古拉斯，请到这里来。"随后头戴主教法冠、手持权杖的主教进入，神情肃穆庄严。其后跟着两个小天使，一个背着装满苹果和坚果的篮子，另一个握有鞭子。"我是圣·尼古拉斯，有问题要问孩子们……"他问孩子关于上帝和诫命的问题，如果他们回答正确，就会得到一个苹果或一些坚果；如果回答错误，迎接他们的就是鞭子。随后主教退到一个角落……路西法进来，浑身黑色，戴着一个狰狞的面具，角、蹄和尾都十分骇人！两个小恶魔用链子把他锁住，但他用他的干草叉威胁每个人并找到圣·尼古拉斯，向他喷出最恶毒的侮辱。当小恶魔再也无法应付撒旦之怒时，天使拔剑，出手干预道："快退下！"他费了一番功夫才将恶魔赶出房间；有时会有一场真正的战斗，让他的纸翼岌岌可危。之后高而瘦、裹着白色亚麻布的死神，头顶一个骷髅头，手持一把镰刀，他弯腰俯身，紧随那些乞求宽恕的人的步伐，顺时针地进入。对话，除了一些魔鬼的咆哮，都是押韵的，这都属于口头传统——尽管有着相当数量的即兴表演，把观众的性格特征或村里最近发生的一些事件编入情节，特别是表演收尾时的喜剧情节，如"农民和医生""贤妻和小贩"等。小丑一直在房间里，有时会干扰对话，背诵开场时那样冗长的台词。最关键的是，他们会趁女孩不备进行突然袭击，勾住她们的脖子，年长年幼，概莫能外。表演结束后，表演者将会被赠予热葡萄酒和甜甜圈，房子的主人打开钱包支付酬金。

在这些蒙面戏剧中，有趣和恐惧、神圣和亵渎的元素被简单粗暴地融为一体。如果魔鬼或死神靠得接近或说得太大声，即使是成年人有时都会被吓一跳。尽管天一黑，就开始听到小丑表演的叮当声和魔鬼挣脱链条的声音，但由于我们家的房子是村里最后几座之一，演员们很少在十一点之前来。

巴赫尔先生的三个侄女来我们家参观时，因为害怕在街上被捉住并被扔进喷泉，很早就到了——这是圣·尼古拉斯节前夜发生在女孩身上的事情：把裙子打好结，裹住她们的头，然后被抛入水中！我们四个人跑到马路上，聆听尼古拉斯到来的声音。

当我们挨着羊舍站着时，又紧张又担心。我们都清楚地听到了敲门声。我们跑回房子，躲进房间，一个叠着一个，就像一层层的白色床单。好一会儿我们甚至都无法解释发生了什么。羊舍里的敲门声？哄堂大笑。这显然是一只羊抓地的声音，而当时我们居然没有意识到。我感到非常愚蠢，不再对鬼故事着迷。后来我把这件事告诉爸爸，他似乎对我没有把鬼故事当回事感到很高兴。他说威廉叔叔曾经试图让他相信超自然现象。在爱尔兰，牧师为一对已经死了很长时间的夫妇主持了婚礼；在日本也有一个类似的传说。这样的事情是可能的，但敲门声或者类似的事情都是无稽之谈。几年后，当我意识到威廉叔叔是谁时，我把这一切都联系在一起，重拾了记忆。

在盖斯，人们相信每个死者都可能在一年内回来，取走两个关系紧密的亲戚或朋友的性命。一位牧师曾经带走了七位教区居民：他是在完成最后的善行，解救这些长年受苦或是年老但道德上没有罪的灵魂。但约翰·帕斯勒并没有这么做。跟随他死去的第一个人是十五岁的年轻女孩吉诺韦法，诺伊豪斯城堡旅店老板最小的女儿。她美丽而活泼，是一个优秀的舞者和口琴演奏家。有人私下里说她是因过于卖力地娱乐她父亲的客人而死，但当她在城堡的小教堂——比她们家客厅（其实是酒吧）更合适——躺着时，人人都说她看起来像个圣人。金色的长发松散地覆在她的胸前，她穿着白色的衣服，烛火映照下一派天真无邪。

第二个是莫尔·通德尔，我曾幻想他成为我的情人。莫尔一家是妈妈结婚前的邻居，一直是她最好的朋友，我曾经在他们家度过了大量的时间。那是一座奇怪的矮房子，地面凹陷，大厅里光滑的石板巨大而黝黑，形如男人的雨伞。小型拱门通向许多黑暗的走廊和未铺石砖的地窖，空气潮湿，一股霉味，就像腐烂的土豆和洒出的葡萄酒，又如同几个世纪没有阳光照耀的地球，贯穿电流和此起彼伏的气流声。相比之下，一楼是绿色的，光线充足，可以闻到新出炉的面包和蛋糕的香味，还有樟脑味——当莫尔妈妈头疼病犯了时会使用。通德尔被召去服兵役了，离开前他给了我一对兔子。因为我是萨马·莫迪尔，所以他提出的条件有些模糊，但听起来是很赚。由于饲养它们很麻烦，我可以留下所有新出生的兔子。当他回来时，还给他那对成年兔或一对幼兔皆可。爸爸摇了摇头，说这样做不值得。兔子是没有利润的，除非是安哥拉长毛兔，而且得有耐心经常梳理它们的毛。这就是玛吉特兴高采烈地做着的事情：

> 当她走向她的兔笼，抚育兔子的声音很清晰，如同敲击古钢琴的琴键一般。

*   *   *

我没有听爸爸的话，我对我的兔子很满意，它们繁殖很快，数量迅速成倍增加。我把它们放置在羊舍旁的一个小棚子里，用大量的卷心菜喂它们。玛吉特抗议说这是浪费。我说恰恰相反，安哥拉长毛兔是胖是瘦都没关系，但我必须让它们达到应有的体重。一天早上，我的兔子消失了，无影无踪。门是用螺栓固定锁住的，偷盗被排除在外。最后，我在旧食槽下一个非常小的洞里，在我的手臂和一根棍子能够触及的深度，发现了一个洞穴。我此前居然不知道此等"杰作"的存在！爸爸笑了。他说他一直怀疑通德尔骗我，给了我一对野兔而不是温驯的家养兔。我生了一会儿闷气，通德尔死亡的消息改变了我悲伤的对象。他因吃了一个冰激凌而死，埋葬他时采用了一种残忍的意大利仪式：将一个男孩的尸体从高山上抛下，落到巴里海中！ ① 我们在空空如也的灵柩前祈祷。照片代替他的尸体，安放在家族的墓地里。我觉得他很漂亮，也感觉自己完全长大了。

然后是一场非常美妙的婚礼盛宴。妈妈最小的兄弟是一个马具商，他在建完房子后娶了一个有足够多的钱来装修它的女人。派对中最年轻的是一个小女孩，任何一支舞都不放过。一个有着"酸葡萄心理"的老处女大声喊："那个小女孩是谁？他们应该阻止她继续跳舞，否则她就长不大了。"她很认真，但没人理睬她。

　　一位哲人说过，我们必须……包括宗教、历史、地理、科学和人类生活……（《文化指导手册》）

＊　＊　＊

因此，我写信说我想要一本新的教科书。我已经升到了五年级，在盖斯这是小学的最后一年。但我对学习并不感兴趣，有一

───────────────

① 巴里，意大利东南部海港。

次我甚至被勒令停学。那时全班决定去看看新学校的奠基地。这个想法并非源于我，但我是"拍板人"。我们回到学校时已经两点，迟了一个小时，但假装还是一点钟。我们的老师，一个黑瘦、戴眼镜的西西里岛人，总是穿着黑色衬衫——我们说这是因为他买不起新的——自然是非常愤怒并且不停大喊："混蛋，混蛋！"我说："发生什么事了？现在才刚一点钟啊。"他不觉得这很有趣，认为我是所有人中的"罪魁祸首"。"立即回家，两天后让你爸爸陪你一起来。"我说这是不可能的，因为我爸爸住在威尼斯。我仍然有心情开玩笑。"Tuo（您的）padre putativo！"他喊道。每个人都笑了，padre putativo 专指圣约瑟夫（St. Joseph）。他把所有的孩子都带进来，让我站着。我不想也不敢回家。这是不公平的，我想，一点也不公正。我会把它报告给警察。当我爬上长长的木楼梯来到警察局时，我有一点动摇，但是某种邪恶心理作祟，推着我往前。警察官先是惊讶，然后被逗笑了。"如果支付五里拉买了法西斯纪念卡，就要我对整个学校负责，就意味着我是唯一一个受到惩罚的人，那么我想要回我的钱！"这是我最后的爆发。警察官似乎认为我是对的，说他会和老师谈谈。第二天早上，女邮递员带来了一个不祥的橙色信封。村政府的官方信纸上赫然写着，由于不服从，我被停学两周。妈妈和爸爸非常沮丧。"如果老师给你母亲写信怎么办？那将会是多大的耻辱！"我怎么可以愚蠢到向警察寻求正义？是的，这是一个错误。不懂人心险恶，真是愚蠢至极！

6月中旬，所有这一切都结束了。我整天在田野里，无忧无虑。一个温暖的午后，我正在哄路易斯睡觉时，玛吉特喊我。我粗鲁地回答她说，这样会把路易斯吵醒的。她再次跟我说，一个有听力障碍的城市女孩想见我。埃尼站在那里，她似乎很惊讶：一个穿着整齐、害羞的，有着如此好的父母和如此典雅房子的小女孩，居然变成了一个闷闷不乐的光脚顽童。她的家人在布鲁内克附近租了一间小别墅度假。她妈妈邀请我，她问我是否会去和她玩。我立马穿上干净的衣服，洗了脚，准备跟着她去。妈妈皱起眉头——这是一个忙碌的下午，现在她居然还得腾出手来照顾路易斯。但她知道这个金发女孩是来自另一个星球的信使，暂住威尼斯，而我一定得去。

埃尼和我非常喜欢彼此，妈妈也喜欢她，因为她欣赏妈妈做得普通的面包和黄油，很有礼貌，不装腔作势。我开始花更多的时间骑自行车往返她的别墅，去田野里的次数越来越少。对于我的生日——这是我有记忆以来第一个被注意到的生日，妈妈送了我一本关于乔托[①]的意大利语的书，建议我对每一页做一个简短的总结，并在我去威尼斯前完成。这是一个命令。我非常喜欢这个故事，因为乔托也曾是一个牧羊人，但写总结对我来说是一个难题。埃尼帮助了我。她是盖斯和威尼斯之间温柔而自然的联系。当我们9月底再次见面时，长长的皮筏之旅中我们无话不谈，我可以尽情抒发乡愁而不会被误解。

---

① 乔托（Giotto di Bondone，1266？—1337），意大利画家、雕刻家、建筑师。

Chapter 4

第四章

回想起来，永别盖斯或者说归期未卜这件事并没有带给我什么特别的痛苦。父亲在博岑的车站接到我后，把一天安排得满满当当，那堪称是我童年最快乐和最有意义的一天之一。他把我当成一个大人，带我在维罗纳转悠。如果先被带去参观圆形竞技场和圣泽诺圣殿①的话，我也许还能记得更多的事情。事实上，父亲的存在使这些地方都沦为背景，他的形象占据了我的记忆：站在圆形石阶上，看着青铜色的门，不停地解说，解说……他把注意力集中在一些细节上，发出啧啧的赞叹声。他买的礼物让我非常惊喜：一块小型手表和一双新鞋。他为我选的手表啊！在鞋

---

① 此圣殿最吸引眼球的就是其悠久历久、保存完好的罗马式建筑以及色彩绚丽的壁画。圣殿最早可追溯到6世纪，在圣人埋葬的地方建立起教堂及女修道院，以保存他的圣骨并以此纪念他。圣泽诺（Saint Zeno），出生于非洲，也是维罗纳第八位主教，将整个维罗纳城带入基督教。其后由于对圣人的膜拜的需求，查理大帝的儿子丕平（King Pepin）要求扩建并于806年12月8日落成新的大殿以供奉神灵和圣人。

店里，他坐下来，让服务员为小姐（也就是我）准备一些美丽的鞋子试穿。当我选中一双带有一点鞋跟的棕色绒面革鞋子时，他向我投来赞许的目光，买了单并告诉我，如果想的话就立刻穿上吧。在此之后，我的视线就离不开手腕和双脚了！然而，当我们到达奎里尼街时，母亲却说那双鞋子并不适合我，太成人化了。她决定留给自己穿，为我另买一双。

* * *

玛丽亚·法瓦伊不仅为我找了一个朋友，还帮我找了所学校。法瓦伊一家，就像利维和达齐一样，长期生活在威尼斯，已经和城市融为一体。父亲似乎非常喜欢他们。他有时会开玛丽亚的玩笑，只见他鼓起腮帮子，用双臂画出一个大大的拥抱，说着"波夫琳娜，波夫琳娜"，自己也笑起来。玛丽亚的身材颇为臃肿，总是穿一身黑，带着浓重的荷兰口音。她是一位女诗人，她丈夫根纳洛是一位威尼斯画家，又高又瘦，活泼开朗，与之形成鲜明对比。他穿着夺人眼球的白色西装，留着巨大的白胡子，头发微鬈，直挺挺地竖着。他的眼神很活跃，话也很多，但是他和父亲下棋时会变得非常安静，在下雨的午后或夜晚能全神贯注数个小时。我喜欢和父亲一起去他们在坎波·桑特·阿格尼斯的一个大工作室，那里摆满了大型家具，堆满了书和他的有趣画作：浅色、朦胧的风景，大多是威尼斯的景色。我喜欢看艺术书，也欣赏玛丽亚收藏的精美茶匙：手柄上镶嵌着花边风车。根纳洛总是穿得很"威尼斯",在楼梯顶部大声问候我们。当我走到他跟前时,他会亲吻我的额头,唱起威尼斯流行的歌谣:"多么美丽的头发,美丽的头发,多么幸福。"

我不知道玛丽亚帮我选的学校是否曾征得父亲的同意,但他显然对我在那里接受的教育并不怎么满意,在佛罗伦萨的四年中他只来看过我一次。如今他似乎非常渴望自己来教育我,决定去当地的意大利学校后,德语禁令对我就不适用了。父亲给了我一本红色封皮的岛屿出版社[1]出版的海因里希·海涅[2]的《诗歌集》(*Buch der Lieder*)[3]。这是他给我买的第一本书。他会抱我在膝上,让我读给他听——只要他能忍受得了我的磕绊和结巴。然后他会继续念:"看哪,看哪,那在白墙上的……燃烧的信件……"在我眼前描绘出一幅栩栩如生而又令人生畏的画面。我毫不费力地背下了"柯尼希·巴尔萨扎",韵律十分震撼,烙印在我的心上。上一年他曾送我弗罗贝尼乌斯的《科尔多凡的故事》

---

[1] 岛屿出版社(Insel Verlag),苏尔坎普出版社(Suhrkamp Verlag)的下属出版社,专门出版经典文学作品。

[2] 海因里希·海涅(Heinrich Heine,1797年12月13日—1856年2月17日),德国抒情诗人和散文家,被称为"德国古典文学的最后一位代表"。1821年开始发表诗作,以四卷《游记》(1826—1827,1830—1831)和《诗歌集》(1827)而闻名文坛。1830年革命后自愿流亡巴黎,从诗歌写作转向政治活动,成为国家民主运动的领导人,同时对法国和德国文化有许多评述。

[3] 《诗歌集》于1827年结集出版,是海涅的第一部诗集,为他赢得了世界性的声誉,包含《青春的苦恼》《抒情插曲》《还乡集》《北海集》等组诗。它们表现了鲜明的浪漫主义风格,感情淳朴真挚,民歌色彩浓郁,受到广大读者欢迎,其中不少诗歌被作曲家谱上乐曲,在德国广为流传,是德国抒情诗中的上乘之作。

（*Marchen aus Kordofan*），现在他说我应该把我所知道的有关盖斯的一切写下来，就像弗罗贝尼乌斯书写非洲那样简单明了。虽然别人已经能听懂我现在的意大利语，但语法拼写和句法构造上我还差得远。每当我想描述的事物在意大利语中没有对应的词时，我的词汇量就显得非常有限，我想或许是意大利人确实没有这种说法吧。在盖斯，当我们必须用意大利语学习主祷文时，我们曾对意籍老师说："上帝不懂意大利语。"无知不是不作为的借口，父亲认为更重要的是内容，如果我无法清晰地用意大利语表达，他会把《盖斯的故事》翻译成英语，从而帮我润色。

父亲还尝试着向我朗读英文版《圣经》，但我认为这更像一种仪式——把我抱在膝上，读几页然后再让我上床睡觉。我虽然熟悉了"故事"，却根本没有理解英文文本。我对我听到的究竟是哪个版本有些困惑。对于一名天主教徒来说，这是很严肃的事情，尽管我不明白为什么。父亲似乎花了很大力气找到那四本黑色软封的小册子，于是他从《路加福音》（*The Gospel According to St.Luke*）开始。

父亲去哪儿都会带上我，他试图通过这种方式增广我的见闻，比如他常去的奎里尼斯坦帕利亚图书馆，老朋友曼利奥·达齐是那儿的馆长。他总是坐在一张巨大的办公桌后面微笑着欢迎我们，而当父亲沉浸在书本中时，达齐看着这样的画面，会小声对我说："你父亲很惊人。"我听不懂这个词，事实上我对达齐所说的几乎一无所知，但我知道那个词意味着伟大和美好，这使我十分自豪。在奎里尼斯坦帕利亚图书馆外的一座小桥顶上，我抓住父亲的手，尽可自然地上演了一出宏大的"哑剧"。通过内心独白和肢体动作，我将这位英雄介绍给世人，并想象所有经过的人都鼓掌并向他鞠躬致敬的情景。然而这位英雄却经常对此浑然不觉，全神贯注于视线所及或思考问题，在长街尽头一个狭长的二手书店里继续搜寻一些特定书籍或信息。

然后，回家路上，父亲为了逗我开心，会带我在圣斯特凡诺广场的印刷机前停下来，听听机器的嗒嗒声——就像被关进笼子的母鸡发出的叫声一样，我们觉得这很有趣。晚上我们又会回到圣斯特凡诺广场买冰激凌，父亲宣称那是威尼斯最好的冰激凌。母亲很快就放弃了说服他"威尼斯唯一适合见面的地方是圣马可广场的一个咖啡馆"的努力，关于衣服的事情也是如此。然而，对于一个对历史不感兴趣的"蠢人"来说，冰激凌并不好吃，还很昂贵。

在圣斯特凡诺广场，阿尔多·卡梅里诺和卡尔洛·伊佐经常会来找我们。伊佐，身材圆圆胖胖，红褐色的头发，嘴唇突出，是一位快活的英美文学教授，对翻译很感兴趣。卡梅里诺，身材干瘦，瘦瘦高高，有一个挺鼻梁和一双闪亮的黑眼睛，是威尼斯报纸《小日报》[1]的主编。两人都戴着眼镜，与他们的脸型十分贴合，

---

① 《小日报》（Il Gazzettino）是一份意大利当地日报，其总部位于意大利梅斯特雷（Mestre）。它是意大利东北部的主要报纸，也是意大利历史最悠久的报纸之一。

而父亲则轮换着戴他那三副无框夹鼻眼镜。有时候，伊佐会带来一些对诗歌感兴趣的害羞的年轻人。父亲想考考新来者，便会立即掏出一张十里拉面值的纸币，让其细看并读出上面的印刷字体，问一些诸如"它是什么意思，它在讲什么，对金钱的本质了解多少"的问题。然而来人几乎一问三不知。一个人不理解金钱的本质，他就无法理解什么是好诗，遑论写出好诗。随后父亲会给他一张任务清单。可惜，这些年轻人里，很少有第二次再来的。

晚餐后，达齐、伊佐和卡梅里诺经常来加勒·奎里尼街听父亲朗读《诗章》（*Cantos*）[①]。言犹在耳，历历在目，当时的画面在脑海中仍然清晰——在绿色的阅读台灯下，父亲坐在他的大号草编木制扶手椅上，听众围着他组成一个半圆形；达齐坐在他对面类似的椅子上，但尺寸减半——达齐只有父亲的半个身形大小；伊佐和卡梅里诺坐在两把简单牢固的深蓝色基亚瓦里风格的椅子[②]上，对面是天鹅绒珍珠灰长沙发，母亲摆着类似阿尔巴公爵夫人的姿势躺在上面，身着黑色，极其纤细的腰间系着五彩腰带，旁边是同样精心打扮的我，在使用了上百次纤毛刷后，我的头发松散而有光泽，用一条闪亮的黑色发带扎起来，上面有一个大蝴蝶结。我喜欢为这些晚上做的精心准备和打扮；此外，早上在墨里翁多买的糖果也很让人期待。哦，还有橙汁！我的工作是

---

① 《诗章》是庞德创作的长诗，由一百一十七章组成，总数在六万行以上，是美国现代派诗歌的丰碑。

② 基亚瓦里（Chiavari），意大利地名，基亚瓦里风格的椅子是一种没有扶手的单人靠背椅。

挤压橙子，让橙汁的量足以填满一个绿色的大玻璃壶。毕竟，客人从来不喝任何酒精饮料。

当父亲大声朗读时，没有人喧哗，空气安静得只回荡着钟表的嘀嗒声，任何的异动都可会被察觉。因为达齐不懂英语，所以在一节《诗章》结束时，父亲会为他翻译；随后是问答环节和长久的讨论。我觉得很无聊，就会跑到盥洗室，使用母亲的口红、散粉和面霜，简单粗暴地打扮一下我的脸，然后听到父亲夹鼻眼镜盒的咔嗒声就立刻回到原位：我知道那意味着他即将重启朗读。沉默。

* * *

夜晚是《诗章》朗读会，下午乔治和爱丽丝·利维会举办音乐会。在他们大型客厅的入口处放着一些手杖，父亲和我都非常喜欢，相邻的工作室里放着一些爱丽丝的画作。爱丽丝和乔治都有些瘸腿，但这似乎增添了他们的魅力：总是快快乐乐，热情洋溢，充满了好奇心和兴趣点。乔治打趣我，爱丽丝维护我，这是一场"伟大的博弈"，总是以我得到一些小礼物为结束。一次的礼物是一个直径五厘米的硬币，中间有一个洞。乔治说，那代表好运。我很喜欢利维一家，父亲和母亲也是如此。父亲上一次陪我回盖斯时在科尔蒂纳停留就是去见他们。为了和他们打个招呼，我们从车站走了很长一段路，他们趁机在我的口袋里塞满糖果。乔治是一位非常优秀的钢琴演奏家，父亲告诉我他通过弹奏钢琴，将一位卧病在床、失明了好几个月的朋友从绝望中拯救出来。后来我从母亲口中得知，这位朋友是加布里埃尔·邓南遮。

在这些下午的音乐会上——有时是排练，第二小提琴手是尼克松先生，一个快乐的红头发美国人。他有一个非常虚弱和害羞的妻子，木偶戏是他们的爱好。为了一个表演，他们正训练猫跳舞。正如之前所说，所有这些都使我非常开心。可以肯定的是，这些美国人让维瓦尔第①在威尼斯"再生"，乔治对举办第一次维瓦尔第音乐会充满热情。

我从未参加过波利尼亚克公主的音乐会。这些音乐会对母亲来说非常重要，她事先进行了大量的练习。她的穿着也十分优雅，父亲看她的时候脸上带着骄傲。当他们晚上一起出去的时候我很羡慕他们——那一年母亲穿着一条黑色的天鹅绒长裙，与父亲的无尾天鹅绒晚礼服相映成趣。我对他那双新奇的皮鞋和宽大的丝绸腰带十分着迷。有时他们也会带我同去，在母亲不演奏的时候去看他们的朋友表演。那是在一个美丽的地方，类似于宫殿，又或许是凤凰剧院②，当时的准备工作、耀眼的灯光以及闪亮

①　安东尼奥·卢奇奥·维瓦尔第（意大利语 Antonio Lucio Vivaldi，1678 年 3 月 4 日—1741 年 7 月 28 日），昵称 Il Prete Rosso（红发神父），是一位出生于威尼斯的意大利神父和巴洛克音乐作曲家，同时还是一名大师级小提琴演奏家。维瓦尔第被认为是最有名的巴洛克音乐作曲家之一，在他那个时代闻名于整个欧洲。他最主要的成就在于乐器协奏曲（特别是小提琴协奏曲）的创作，还有圣歌和歌剧。其最著名的作品为《四季》。
②　威尼斯凤凰剧院（意大利语 Teatro La Fenice），又名不死鸟大剧院，始自威尼斯共和国末代时期兴建（1792 年），是欧洲最著名的剧院之一。

的人们都太过炫目，其他细节已经记不太清了。只记得我有一件金色短连衣布裙，搭配我的头发和浆在发带上的白纱。出门前我会站在椅子上审视自己。大约是前一年，匈牙利四重奏乐团在威尼斯演出时，未来的意大利国王也出席了，我也是站在椅子上才看到了他。

一天中最美好的时光是在利多度过的。我们总是来得很晚。季末海滩几乎没什么人，我们自然得到了出租毛巾的小姐和出租浮板的救生员的重点关注。每年他们都像老朋友一样迎接父亲的到来。父亲喜欢划船，当我们划到水上时，他和母亲会下去游泳，而我却被留下看守船桨。我是个胆小鬼，一直学不会游泳。通常母亲和我会分别握住浮板的两端：我就像美人鱼一样，带着极大的喜悦和活力，被拖着向前游去。不要在海滩上虚度光阴，我们去那里是为了游泳和划船，要拿出热情，力争上游。在来回的路上，人们可以在公共汽艇上休闲一会儿。如果只是父亲和我两个人，他会和我进行对话；但如果母亲也来，他俩聊天或者读报，我则在船上漫游。

10月份，我学校行李的准备工作开始了。父亲给我买了一个漂亮的皮箱，一个像他自己的那个一样的真正的硬皮箱，只不过小了一些。他把我姓名的首字母标记在上面，我感到非常自豪，然后他离开了——在我看来是非常突然的，留下母亲和我两个人在威尼斯。她花了很大功夫为我准备，给了我她自己在学校时用过的银匙和叉子，并把我的名字刻在了后面，所以我现在是"玛丽"，银色的高脚杯也是如此。我很期待上学，虽然我不知道学校会是什么样，但知道对于需要银器服务和一打白色亚麻短裤、连衣裙式女式内衣以及蕾丝边长睡袍的人来说，那肯定是个很棒的地方。每当我看到埃尼时，我们谈得最多的仍然是盖斯。我将去村庄的院子里度夏天，在我们的想象中，那里散发出"田园牧歌"的乡村气息。我想象着我要去的不是一所修道院，而是由一群高贵的女士们组成的、致力于培育意大利"明日之花"的学校。

要公正评价奎特蒙塔尔维皇家女子学院（Regio Istituto delle Nobili Signore Montalve alla Quiete），我需要一颗普鲁斯特[①]般的心灵——而我显然没有，也没有"酸葡萄"心理。事实上，某位女士已经写了一本关于她在那所学校里生活的小说。当我读到那本小说时，除了夏天圣克雷西和穆杰罗的大栗树外，我什么都没认出来。她所描述的女孩和修女、牧师以及教师之间微妙的关系我完全没体验过。

起初我试图搞清楚巨大的楼梯、天花板和长长的大厅的位置。所有的门上都有窗户，所有的床周围都有白色的窗帘。一幢佛罗伦萨美第奇家族的别墅，配有一间悬挂着德拉·罗比亚家族的陶瓷和卡洛·多尔奇家族的圣母像的客厅，有回廊、围起来的小花园、露台和屋顶花园。从上面俯瞰是一个文艺复兴时期的大花园，里面有喷泉、巴洛克式雕像以及按几何形分布的篱笆和树

---

① 普鲁斯特（Marcel Proust，1871—1922）是法国意识流作家，是 20 世纪最有影响力的作家之一，他的主要作品为《追忆似水年华》。

木。别墅的后面是一个有巨大树木的公园，一个网球场，一片棒球草坪和一个火鸡农场——农场为我们提供周日的食物。女士、夫人们穿着17世纪意大利文艺风格的西班牙服装，戴着十字架形的金戒指：她们献身于基督。她们的丝绸头饰一定是仿照水牛头骨的架构，用宽大的黑色绉纱覆盖，宽角的尖端内弯到脖子后面，直垂肩部。我很好奇这是如何做到的。

晚上，我意识到我在那里是个"外国人"，颇有吸引力：女孩子们认为我的意大利语错误很可爱，但这种新鲜感很快就烟消云散。前三个月我一直躲在三角钢琴后面哭泣，当然我指的是课余休闲时间，在课堂上我必须专心致志。因为我是班里唯一一个学生。多好的运气啊。我无法跟上六年级学生的课程进度，在第一体育馆里，我接受着近乎一对一的私人辅导。所以，接下来的几年里，我都要上常规的意大利语课程，为此我已经做好了准备。

乡愁包围了我，我无时无刻不在想家。星期天我得写信回家。我通常满怀深情地给爸爸和妈妈写很正式的信，然后在很长很长的信里向妈妈吐露衷肠。圣诞节前不久，我停止了哭泣，因为妈妈的信上说："夫人写信说你可以回来一个星期。我不会告诉你的是，我们将带你去西亚格滑雪，所以你不要再哭泣了。"

火车上，我一直在窗玻璃上写字：西亚格，西亚格，西亚格。在收到了巨大的惊喜后，我假装按捺住激动的心情，说："多么有趣啊，它从后往前拼读就是 Gais（盖斯）。"母亲仍然不肯透露："这是一个秘密，到那里你就知道了。"天黑了，我靠在窗户上，内心想象着窗外的景色，我知道我们正沿着里恩兹河①前行。在布鲁内克，我终于忍不住了，"我的姐姐玛吉特"，"看看莫迪尔吧！"在前往盖斯的小电车上，母亲反复对我讲述她已经通过信件和妈妈解释的内容：她将要前去陶菲尔斯，在艾莱凡特酒店为自己预留了一间房，因为她有很多工作要做，需要一个温暖的房间。我们自然而然地表示遗憾之情，妈妈说她准备了楼上的房间并开好了暖气，等等。不，不，对我来说还是独自待着更好，这样我就可以在下午出门，去看她，顺便滑雪。我几乎听不下去了，于是玛吉特和我聊起来。我迫不及待地想知道每一个人的近况，跳下电车时竟然忘了向母亲说晚安。我不得不跳回来，看到她很伤心。妈妈试图掩盖这种失落并原谅我由于过于激动而做出的行为。我满心欢喜：雪的气味，寒冷刺骨的空气，潺潺的河水，尽管非常熟悉，一切却突然变得新鲜起来。

但在家里，房子似乎太小而且闷热。房间里的天花板低得就像在我的头顶上旋转一样。爸爸坐在火炉旁的长凳上，显得疲惫不堪，蜷成一团。对着他口中发出的"告诉我，告诉我"的询问，我没什么可说的。马儿，绵羊，牛群和蜜蜂呢？油炸圈饼和我记忆中的味道一样好。我伸手去拿纸巾，盒子里却空空如也。玛吉特捕捉到了这一幕，并且笑了起来："啊哈，你一定没听我

---

① 里恩兹河是意大利的河流，位于该国东北部波尔扎诺自治省，河道全长约八十公里，流域面积二千一百四十三平方公里，发源自多洛米蒂山脉的多比亚科。

说！"这让我感到很尴尬。

在装饰一新的大校园里，我感觉到迷失和冷漠。这一刻，安逸和温暖还几乎令人窒息；到了第二天晚上，我又会很高兴地回到校园里：因为陶菲尔斯的下午无聊到让我流泪，可能还有母亲的缘故。我发现她在酒店房间拷贝音乐。她试图让我对她正在做的事感兴趣：辨认和抄写乐谱；她是为父亲而做，他们在拉帕洛举行音乐会。如果我想懂得音乐，必须努力在学校学习唱名①。

她很勇敢，一瘸一拐地和我一起走到附近的山坡上。前一天早上她在拉帕洛赶火车时过于匆忙，严重扭伤了脚踝。漫长的旅程和寒冷的天气使它肿胀。现在，她蜷着身子靠在树干上，在我自娱自乐地滑下那个斜坡时帮我拍照。多么愚蠢啊，我总是摔倒，那一刻总是听到：弯曲你的膝盖而不是凸出你的臀部！

在盖斯和陶菲尔斯之间来回奔波的一周就这样过去了，结果证明这是一次并不值得的妥协。我一个人孤独地滑雪，并没能与我的老朋友们和路易斯骑雪橇。他们认为我现在已经和他们渐行渐远，不再是其中的一分子。在新年那天，我听到村子里所有孩子的声音，认出了其中一些。我没有去幸福神社，而是待在家里。虽然十四岁之前的孩子可以随处乱跑，背着一个大包挨家挨户地走来走去，在大厅里大喊：

我希望你现在亲密而幸福

---

① 唱名是用来教授音高和视唱的音乐教育方法。

克里斯金德尔在一个重叠的时刻……

一些小调持续唱着，歌词祝愿农夫在马厩里好运，家庭主妇在养鸡时好运，女仆在收拾房间时好运……还祝愿孩子们收到丰富的礼物。这时会有一个声音回答说："拿起你的袋子进来吧。"你可能会收到一个小面包卷，一个苹果，少量的无花果干，几个核桃，有时是一枚硬币，有时可能有一堆硬币，这样到了晚上你就会收获颇丰。

* * *

离开盖斯的家使我很痛苦，但可能是因为我觉得自己并没有真正回到家，我还担心母亲为我"牺牲"了自己。顺其自然，是奎尔特街最常出现的短语，一种新的生活态度：在盖斯，人们从来不提牺牲，做事情都是自然而然，出于本能或天性。就像父母和老师看上去总是讨厌做事，任何事，但只有上帝的爱——一个代表着苦难或责任的上帝，才能使他们摆脱惰性。这一切在我看来都是错的。幸运的是，我真心地相信上帝，相信圣人，相信天使，相信天堂和地狱。我变得越来越虔诚。礼拜堂是唯一能让我感到平静的地方，我能用德语念《玫瑰经》，和上帝交谈。

随后，一本《弥撒书》引起了轩然大波。拉丁语—意大利语的《弥撒书》是必备用品，所有的女孩都有。我问："我可以拥有一本拉丁语—德语的《弥撒书》吗？"要求听起来还算合理，于是修女们从布列瑟农①订购了一本，因为佛罗伦萨没有。它的价格几乎是意大利语版的三倍，但我并没有意识到这个事实。我得到了一本漂亮的《弥撒书》，并向父亲索要书费。他写信给主事修女说：

亲爱的夫人：

　　我认为鼓励孩子过度花钱以满足欲望是一件必须严肃对待的事。玛丽没有得到许可花八十七里拉买一本密尔版《弥撒书》，我们允诺的是三十里拉。

　　孩子不应该被诱惑去花更多的钱。通常我对教科书是没有兴趣的，购买是为了满足考试的要求。

　　我认为通过德语学习拉丁语是愚蠢的，尤其是当孩子后一种语言的储备足够多的时候。这本书的价格如此之高，即使对上高级课程的大学生来说也是奢侈品。

　　如果您能把这本书退回去的话，我会很高兴。孩子们自然想要漂亮的东西，但是不把话说清楚而把它和虔诚混为一谈，这对道德的打击更大。谈到虔诚，诚实无论如何都是第一位的。

　　模棱两可是没有美感可言的。当神学家们表达最清晰的时候，教堂才是最神圣的。

　　她在信中对我的问题避而不谈，这使我非常不高兴。如果宗教或宗教事务在孩子心中与不诚实的行为相关联，你将摧毁孩子

────────────

① 布列瑟农是意大利滑雪圣地，大多数居民将德语作为第一语言。

对宗教的尊重。拐弯抹角或闪烁其词，无论从你的角度出发还是从我的观点来看，这都不是一件小事……

父亲的信使我极度迷茫和痛苦："亲爱的爸爸，我很抱歉犯了这个错误，让你悲伤。我忏悔并向你保证……只要你原谅我。"然后我又像在盖斯时那样据理力争：这是一本很耐用的《弥撒书》，它可以伴随我一生，我再次忏悔并请求宽恕和承诺，等等。

主事修女不得不解释第二遍：

很遗憾先前的解释没有让您满意。我们感谢您的观点，也同意玛丽不应该花费未经她母亲许可的金额。对此我们要负部分责任，因而我们不会要求你承担比玛丽获准花费的三十里拉更多的开销。这本书不能按原样退回，它已经使用几个星期了。在订购时，没有人意识到德语版的价格会略有差异……我们应该在让玛丽保留这本书之前向夫人知会此事，很遗憾我们没有这样做。玛丽对这本美丽的书非常满意，她说这本书可以终身使用，对她来说既是一本教科书也是一本祈祷书，可以帮助她保持德语水准的言论在我们听来似乎很合理。我们觉得你不会认为这是一笔愚蠢或不必要的支出。

我们已经把一切的经过和孩子谈了。她对自己的错误感到非常遗憾，并且希望，如果您允许的话，能够在她有一点零花钱的时候自己支付部分费用来弥补。我们会留下这本书，她可以慢慢支付一笔十或十五里拉的小额数目。希望这能让您满意。

　　每个孩子都需要一本好的祈祷书，有些孩子甚至有相当精美的书，但是玛丽只想要一本像她大多数同伴那样好的祈祷书……请不要坚持让我们将它寄去给您，因为它是日常使用必需的，尤其是在圣周①期间。玛丽将需要按照它来进行仪式。您之后会看到这本书，然后就会意识到它的价值与价格相符。

　　父亲的回信说：

尊敬的夫人：

　　非常感谢您明晰的解释。我并不是为了几个里拉讨价还价，我只是想确定究竟发生了什么。只要玛丽没有说她花费超过规定的金额是经过允许的，她承认了自己的错误，我对此很满意。请让她最多支付十里拉，分两次，每次五里拉，并告诉她剩下的将会用本该寄给她的巧克力来抵。

　　这不是惩罚，而只是单纯地希望让她记住，任何一个人都不能在花五十七里拉时无动于衷，除非那个人比她富有得多得多……我不太确定学拉丁语前应该先学德语。到目前为止，就单词的关联来说，从意大利语到拉丁语似乎更容易。但是，我不想再争论下去，在玛丽看来，她可以从德语中更好地学习拉丁语，尽管我对此表示怀疑。她可能会被问到这个问题。她自己的观点

---

① 圣周是纪念耶稣基督受难前后事迹的节期。

与我的观点同样值得考虑。

他也写信给我："亲爱的女儿，我原谅你。"我被宽恕了。只要我理解两件事：首先，当我和母亲说话时，我必须始终让自己的表达清晰，并确保她理解我，我也清楚地理解了她；其次，我不能"透支消费"，花没有的钱。在有信用卡的情况下这样做很容易，但不能养成习惯。

保持安静，避免无用的唠叨，不要与你不认识的人交谈；谈论有趣的事情，通常意义上的有趣，而不是个人觉得的那种。除非有这两种习惯，否则教育是没有价值的。但是，当你与你的母亲或信任的朋友交谈时，要表达准确，不要让事情模棱两可，以及永远不要花你没有到手的钱……

在接下来的三年里，"活在当下"成了我的座右铭，我让自己成为虔诚和纪律的典范。一个夏天我都在学校学习意大利语。我原本希望去盖斯，但南提洛尔邦的政治骚乱阻挡了我的脚步。那个夏天，只有八个人留在穆杰罗，要么是孤儿，要么是父母在非洲、印度或菲律宾的女孩子。为了纪念女创始人，我们被允许做修女打扮，一半是开玩笑，一半是认真的。妈妈们非常希望我能在成年后立即申请修女的见习期。当我和土地测量员眉来眼去时——在这里即使是猫也没什么机会与男人交谈，她们看到了，写信告诉妈妈我本性中的"不光彩行径"倾向。妈妈多年来一直对此耿耿于怀。

*　*　*

9月底，父亲、母亲和我像往常一样在威尼斯相遇。假期很快被一封电报打乱了。虽然我现在正在努力学习英语，但我对父母之间的谈话仍然一知半解。父亲必须立即前往英格兰，他的一位老朋友过世了。当我告诉他我很遗憾他失去一个朋友时，他意识到我以为这是一个男性朋友，但他没有纠正我。母亲非常冲动又愤慨。父亲摆出了他特有的姿势：双手深入裤袋，双脚紧贴地面，双眼直视前方，面朝窗户，嘴唇紧闭。

他带着网球拍来到威尼斯并每周预订网球场；他认为现在是我学习如何打网球的时候了。但在他离开后，这些课程因为他不在被缩短，由弗罗斯特夫人——一位租了大运河上的康塔里尼宫的美国女士来顶替。她是一名画家，告诉父亲她想要帮他画一张肖像。他的眼神和微笑表示他宁愿她先画一幅我的。他只需眨着眼睛微笑着，将自己全身的重量从一只脚转移到另一只脚，就能够滔滔不绝。

*　*　*

因此，我们在威尼斯停留的时间很短，为了弥补，父亲在圣诞节时带我们去了罗马。我们在接近傍晚的时候抵达，看到了沃特·迪士尼《白雪公主和七个小矮人》的海报。当然得看了！我高兴极了。母亲说她确信整个星期内都会排片，但是放弃催促我们赶紧去小旅馆存放行李。然后我们在晚餐前去看电影，到的时候电影已经过半，我们自然是要从头看起。我被迷住了，几乎没有意识到我们已经是第二次看到结尾了。灯亮了，母亲起身准备离开，父亲却赖在座位上不肯走。我们互相看了看对方，下定决心不走了。"但是亲爱的，孩子必须吃点东西然后上床睡觉。"我向他们保证，我不饿也不困。父亲做出决定："她看上去并没有营养不良，觉可以明天再睡。"我觉得他比我更喜欢这部电影。在威尼斯，他曾经带我去看一部"泰山"①电影——那一定是在乔治叔叔向我们展示动物图片之后，我曾经和埃尼一起看过一两次《米老鼠》（Mickey Mouse）或一部历史电影，但是去看电影仍然是一件"大事"。

在经过第一个迷人的夜晚之后，我对罗马的假日风情体验"渐入佳境"。父亲得了感冒。我觉得很疑惑，大家手忙脚乱，给他吃了很多药，他很快就痊愈了。然后是母亲病到卧床不起。我被威廉姆·罗斯·贝内特和皮尔森编辑的一本巨大的美国文学选集所吸引，坐在椅子上一动不动。"大声地念出来。"父亲也认为这本书过于笨重，但他说我是时候学习一些美国历史了，通过读早期美国作家的作品是最好的方法。但我的英语仍然非常有限，以至于读了之后我几乎什么也没记住。

在闷热的酒店房间里阅读沉重的书籍的痛苦，因去参观动物园和夜晚在格列柯咖啡馆与意大利朋友们相聚而得到缓解。那个咖啡馆黑漆漆的，却很豪华，墙上巨大的昏暗镜子和阴影遍布的

---

① 泰山（Tarzan），美国影片《人猿泰山》的主人公。

油画之下，是狭窄而拥挤的座位，搭配小巧沉重的大理石桌子。朋友们虽然穿着黑色的衣服，却十分可爱和健谈。卡罗·莫诺蒂和他那优雅时髦的法国妻子是最耀眼的。她就像我的德文《圣经》中提到的巴别塔"再造"一样。我们还去马里奈缔家喝茶。他向我们展示了他的未来派[①]画作，以及他的妻子本尼蒂塔的画像，画像人物头部一侧带有彩色的发带。他给了我一本上有三色丝带粘在封面上的小册子。不，那不是他的画作目录，而是关于如何将牛奶转化为合成羊毛的论文。比起解释他的艺术，他对我所知的关于绵羊的知识似乎更感兴趣。

然后是与皮萨尼主教共同度过的一个难忘下午。长时间待在修道院里，我知道面见大主教的重要性。父亲说他未来很有可能成为教皇，但是为了发挥实际效用和影响力，人们都希望他留下一直当主教。虽然在之后的几年里，他一定会想：

> 那么如果，我们拥有一个教皇，比如皮萨尼，会怎么样呢？

父亲和我是在……大概是威尼托街的多尼家见的主教吧，因为父亲觉得很有趣，一个教会高级神职人员居然选择了一个女士

[①] 未来主义画派（Futurism，简称未来派），现代文艺思潮之一，是由意大利诗人菲利波·托马索·马里奈缔（Filippo Tomasso Marinetti）作为一个运动而提出和组织的。马里奈缔于1909年2月在《费加罗报》上发表了《未来主义的创立和宣言》一文，标志着未来主义的诞生。

云集的地方见面。我记得小桌子上堆满了糕点，有美味的热巧克力，空气中弥漫着不稳定的气息——这两个"大块头"的交谈是如此激动，以至于我担心桌子和椅子会被撞倒，玻璃杯和咖啡杯会被打翻。最后他们抢着买单，主教赢了；事实上，他整个下午都占着上风。他们穿大衣和斗篷时还一直在说话，对那些试图提供帮助的服务员不耐烦。到马车的路很短，在车里，皮萨尼主教递给我一盒盒上镀金的榛子巧克力。父亲几乎和我一样笑得很开心。它就像丰饶角①一样，我视之如圣杯②，把它紧紧握在手中。它看起来是如此珍贵，又像"公平的价格，萨尔马修斯的高利贷"一样神秘。谈话的内容像往常一样超出我的认知。当我们驾车经过一些纪念碑时，我的注意力会被吸引过去，不时想起战争。

首先去的是圣彼得教堂；父亲开玩笑说，这是出于忠诚。然后我们到阿文提诺山上的圣安塞尔莫教堂。他的居所类似于马耳他骑士团的布局：有着高高的花园墙和一扇门。主教让我透过钥匙孔看，我惊讶地发现，在夕阳西下的金色薄雾中，依稀可见米开朗琪罗式的圆顶。这实在值得纪念。我还发现了：

> 阿波罗尼乌斯与动物和平相处，
>
> 所以大主教在巨型天花板下

---

① 丰饶角（cornucopia），象征丰饶的羊角，角内呈现满溢的鲜花、水果等。
② 圣杯是在公元 33 年，犹太历尼散月十四日，也就是耶稣受难前的逾越节晚餐上，耶稣遣走加略人犹大后和十一个门徒所使用的一个葡萄酒杯子。

摸索着上衣左后方的口袋，

拿出了一件"旅行"主题的宝物。

或如奥古斯丁所说，

或教皇写给奥古斯丁的信上说的

"吃饱之人更易皈依"，

但这是在圣彼得驱车

前往圣萨比娜教堂途中

摆脱内心恐惧

（摩西式的）之前。

我推测着巧合和事情的线索——"……他把妻子缝制的二十根棉花的末端，系在一个深红色大草莓的茎上，然后把它给卡冈都亚①。这是为了教会幼小的卡冈都亚观察和寻找，做好准备迎接众神的恩典，无论他们是否会降临……"因此，当时出于慷慨和服从的冲动，赠送淡紫色的苏查德巧克力卷的行为并以"丰饶角"的形式获得回报，且是十倍的好处。十年后，当我在坦尼森公馆拜访艾略特②先生时，他"刚刚出院"，就像祭司从祭台拿东西一样，他弯腰从壁炉架上拿出一个相同的金色"旅行"盒子，带着命令的口吻给了我："这是给你儿子的。"那时，《诗章》第九

---

① 文艺复兴时期的重要文学作品《巨人传》的主人公。《巨人传》由作家弗朗索瓦·拉伯雷创作，共有五集，1545 年出版。

② 托马斯·斯特恩斯·艾略特（Thomas Stearns Eliot，1888—1965），英国著名现代派诗人和文艺评论家，出生于美国密苏里州圣路易斯。

十三章还没有写。

＊ ＊ ＊

1939 年 4 月，我第一次看到拉帕洛①。由于我去年夏天大部分时间都在学习，学校给了我几天假，让我能和将要去美国的父亲告别。

母亲在车站接我。我们驾着一辆马车来到山脚下，然后我们在一条宽阔的鹅卵石小道上攀爬了将近一个小时。狭窄石阶的两侧是灰色的护墙，道旁种植着橄榄树、桉树和柠檬树。此处的大海色彩鲜明而清晰，与威尼斯的海是如此不同。那是一个充满阳光、芬芳馥郁的春日，梯田里满是水仙花。

房子外墙采用的爱奥尼亚式立柱刷橙色的漆，一段由光滑的黑色台阶组成的楼梯通向半隐在弗吉尼亚爬山虎和金银花下的绿色前门。叮叮叮……咯咯咯，仿佛是在地面上压榨橄榄油的声音。噗噗噗……呼呼呼，也像水桶在井中溅水的声音。

喀耳刻②的炉火……在永恒的时空中燃烧。

---

① 拉帕洛（Rapallo）指庞德的另一个家，他的妻子多萝西住在那里。
② 喀耳刻（Circe）：赫利俄斯和珀耳塞的女儿，是个女魔法师，能把人变为牲畜。她是古希腊神话中最著名的女巫，具有强大的魔力，她能透过药草的协助，诵念咒语与召唤神明来施法，冒犯她的人会变成动物，并创造出不存在的幻影。后人已习惯将她的名字当作女巫、女妖、巫婆等的代名词。

房子里面充满了亮光，墙壁是白色的，显得空空荡荡，铺着抛光红砖地板。房子有一个正方形入口，四扇门全开后可欣赏到海景、橄榄树和盛开的樱花树。淡蓝色和粉红色的拱形天花板上绘有彩色牵牛花，花束和花圈错落有致。

没有上漆的家具全部是父亲自己做的。入口处有一个长书柜和一面镜子；餐厅里有一张桌子，四把简单的草编椅挨墙放着；母亲的房间里有一张写字台，一个用于音乐和小提琴的高大宽敞的架子以及一个安装在房间窗户下的窄书柜。橙色花缎沙发是房间里唯一一抹亮色；两把扶手椅——一把大号，一把正常尺寸，和威尼斯的一样，给人以安全舒适的感觉。"我的"房间里也有一张父亲制作的桌子，其余的家具是一张铁床、一个大理石台面的床头柜和一把椅子。他们把这些家具叫作"叶芝"家具，来自我祖父母从叶芝家族手里接手的公寓，是这间房子里唯一具有硬度的物品。

房子里可以闻到纯美的金银花香味，抑或是柠檬和橙花。还挂着一幅画，上面是蓝色的大海和白色的贝壳。厨房里，木炭上方一个铁烟囱，宽大的壁炉架上有一排深褐色的陶罐，没有垃圾，只有烛光，毫不杂乱。除此之外，房子里就没有别的东西了。

"喵"——父亲的手杖敲击地面会发出咯咯声。他满载而归，包裹里满是纸张和信封。我们一边进行贴面吻，一边帮他卸下重担。他径直走进他的房间，换身衣服，然后躺倒在橙色的沙发上。他的房间里什么都没有，除了两把凳子、一些换洗衣服和一个用印花棉布装饰的包装箱式衣柜。

在此期间，母亲泡好茶，我准备好蛋糕，并被要求将所有东西摆在她房间里的一张矮茶几上。她的房间处于房子的中心。在仪式般的喝茶和一些闲聊之后，父亲说："想来一支恰空舞吗？"

于是我大概是人生第一次听到巴赫的《恰空舞曲》，听起来很不错。母亲把铁制乐谱架放在房间的中央，自己则站在窗前。在威尼斯，我曾听过几个小时她的练习，并对她的音乐有着深刻的印象，但我从来没有在她演奏时观看过她。在别人家举行的音乐会上，我会时不时地将视线移到她身上，但从来没有正儿八经地观看。现在，一个全新的人站在我面前。我是通过父亲的眼睛看她吗？这是错误还是认知的相交抑或两者兼而有之？或许因为她是在为将要长途旅行的父亲单独演奏？爱意溢于言表。多年以后回想，我仍记得"琴声悠扬，就像鸟儿歌唱，我在一旁聆听，看着窗外的海景，同时获得了启迪"。在她演奏的过程中，我没有看到黑暗的阴影，也没有察觉到怨恨，紫蓝色的眼睛明亮闪烁。最后，我瞥见了他们真正的世界——天堂般的第三世界。但是音乐停止，这一切就会结束。母亲恢复了她的家长威权，并用第三人称语言说道："他带孩子去散步并给她看。""是的，妈妈。""你去和爸爸谈谈。"我们照做。

夕阳下的海边，我们沿着山路走到新奥雷利亚上方的老罗马路上，那里分别叫特里多和卡斯特拉罗。要想到达圣潘塔里奥，途中会经过一座靠近山路边缘的教堂，从那里可以俯瞰佐格里[1]的悬崖。沿途父亲一边叫出它们的名字，一边指给我看。我们在教堂下面的矮墙上坐了一会儿，凝视着瞬息万变的大海。当我们站起来时，父亲把手放在我的肩膀上搂住我，紧紧地靠在我身上——这是一个古老的游戏："我年纪大了的时候，请给我依靠。"他并不是开玩笑，而是认真地说，好像有什么东西压在他头上，影响着他的思绪。也许他想起了一个悲伤的问题。"祖父？"我知道在空气稀薄的山顶我们三个人的世界之外，在拉帕洛还有祖父母。爷爷来过盖斯，我在威尼斯和博岑都见过他。母亲礼貌地询问奶奶为何不来，得到的回答是长途跋涉对一位老太太来说太累了，所以她留在了拉帕洛。

我很喜欢爷爷，当我还在盖斯的时候，他给我寄了一张自己画的大照片，我对此视若珍宝。

就像把针放在随机的记忆上一样，你会很容易知道开头和结尾，往事浮出水面：爷爷想要再见到你。你可能已经不记得了，当他第一次在盖斯看到你的时候，他的背佝偻着，非常高兴，迫不及待地一把抱起你。你俩眼睛的颜色相同。但对于一位老太太来说，显然难以同时承受这两种情绪。如果我可以让任何人在那里听我说话，如果我可以对总统说些什么，阻止他允许这个国家被暴徒控制，帮助防止欧洲的毁灭，也许未来美国会成为一个适合我们所有人居住的地方。他们明天带我去船上，因为车里没有

---

[1] 佐格里是意大利热那亚省的一个市镇。

足够的空间。你母亲会带你参观热那亚①的。他还深入地谈了罗斯福的"新政"和乔治叔叔，但我能理解的太少了。然后又回到原来提出的问题，最后我意识到，出于某种原因，我不会和我的祖父母会合，他们陪父亲去坐船，而不是母亲和我。而且，他去美国不是出于任何私人利益或动机，而是因为他觉得他比美国官员更了解意大利，如果总统或相当一部分当权者能够听他的，他会提出对战争的补救措施。战争不是不可避免的，意大利和美国不应该介入，最重要的是，两者不应该是敌人。

父亲第二天一大早就离开了圣安布洛乔教堂。如果不是反反复复的拥抱的提醒，他看起来只像是横渡威尼斯的运河到他的工作室一样。母亲一度站得很远，远到看不到身影，但我瞥见了她的美丽，我对她的恐惧变成了一种崇拜。我很难准确地描述这种情感变化。此外，父亲前往美国，特别是这个新的幻想——我们很快就会去那里生活，让我非常兴奋，我为此变得忙碌起来。

一如既往，我听到了"快点，否则我们就看不到船离开了"。我对利古里亚的风景十分迷恋，中午在某家高到可以看到海港的餐厅吃午餐。下午，我去探索了港口后面的狭窄街道和热那亚市区中心的商店橱窗；回到拉帕洛后我看到了点亮的海岸线——这些似乎都是我美妙的独自旅行的前奏，让我忘记了没有看到祖父母的失望。

在黑暗中我们步行去圣安布洛乔教堂，发现了一些不可思议

---

① 热那亚，意大利西北部的省及其首府。

的东西，一些流动的、近乎可怕的东西。母亲似乎对每块石头都很熟悉，但她在伸手不见五指的地方为我点燃了一支火炬，萤火虫提供了星星点点的亮光。在空旷的高处，海湾灯光的反射和天上的星星让周围看起来不那么黑暗。

我们在萨利塔街的角落藏了一双旧的登山帆布鞋——"这是山上所有农妇进城时会做的事情。如果没有合适的鞋子，一个人很难在这些石头上行走。音乐会之后我把小提琴挂在肩上，我需要腾出手来拿我的乐谱和鞋子以及提我的晚礼服……第二天我们将和一些朋友一起喝茶，他们有一个令人愉快的花园。埃尔斯是一个非常善良的人，她通常会在音乐会前请我们吃晚餐，这让我有机会给我的鼻子搽粉……"母亲聊天的兴致很高。在爬完最后一段石阶后，我们终于到达教堂。我们在山顶一座灰色长石房前面狭窄的长凳上坐了一会儿——"我总是要在这里坐一会儿，哎呀，我有时真的很累。"

当时的画面记忆犹新：母亲穿着一双旧登山帆布鞋，背着小提琴，一手拿着一双金色缎面高跟鞋和一个音乐盒，一手提着长长的晚礼服，半夜独自走在山路上。在长时间的练习和独自走下去又爬上来之后，"哎呀"一直被她挂在嘴边。——"下雨时很可怕，因为小提琴很敏感"。

后来，父亲曾经告诉过我："你的母亲是我们家真正的艺术家。"我终于明白父亲说的是什么。

那条路有多远？

不再那么遥远——无论是时间还是理解。我十四或十五岁开始明白吗？或者只是记住和相信？

"没有个性，你是弹不好那个乐器的……"

"要坚持。"自 20 世纪 30 年代初期以来，拉帕洛一直在举行音乐会，他们的影响力稳步上升，名气渐响。成就的取得靠的是热爱音乐和诗歌产生的纯粹意志力，为的是维护和创造文化。音乐会上，我们关注"实验室理念"，比较旧音乐和新音乐，评估技术进步或倒退，并找到我们可以为音乐家和诗人做的事情。

* * *

在他无私不懈的热情的推动下，音乐家们频频到来，罕见而难忘的小型音乐会如雨后春笋般出现。一个人可以记住整块整块的音乐。"Block"（大块），在此处的语境下，是埃兹拉排练的时候提到的一个很棒的词。他不仅坚持在旧音乐的演奏中使用"大块"的明暗，而且总是要求节目要完整和连续。这个音乐季开始于莫扎特，他所有的小提琴奏鸣曲都至少被奥尔加·拉奇和葛哈德·蒙克演奏过一次。人们不禁要问，什么时候能够听到整个系列最后一集（如果有的话）的完整版？20 世纪 30 年代，庞德对安东尼奥·维瓦尔第大量未发表的作品产生了浓厚的兴趣，这在很大程度上要归功于奥尔加·拉奇的研究工作和那时起对公众开放的缩微胶片技术。维瓦尔第在拉帕洛的一些表演是作品"首秀"。匈牙利四重奏乐团演奏的巴托克[①]的作品，虽然专辑已经出版，但仍然非常前卫。埃尔斯喜欢尽可能地邀请当地的音乐天才，但他并不排斥优秀和卓越的专职演奏家，条件是表演节目不是为了表演者的自我炫耀，而是基于内在的音乐价值，也不能带有任何基于种族或国籍的歧视。除了前面提到的艺术家，我们还听到蒂博尔·塞利演奏莫扎特的《交响协奏曲》，以及他自己的作品。雷纳特·博尔加蒂演奏的巴赫、海顿、莫扎特和德彪西；奇娅拉·法诺·萨维奥演唱古典时期的作品和隆妮·迈尔演唱亨德密特[②]……

* * *

因此，一位英国人，德斯蒙德·邱特神父，在战后总结了这些活动。他曾经是"提古里奥之友"的一名长期成员。他们大多数是外国人，除了索尔菲丽娜·斯皮诺拉公爵夫人、因佩里亚利公爵夫人、加布里埃拉·索托卡萨伯爵夫人、尼科尔斯·迪·罗比朗伯爵等大名鼎鼎的人物外，还有多托丽莎·巴西加卢波、汤

---

① 巴托克·贝拉·维克托·亚诺什（匈牙利语：Bartók Béla Viktor János，1881 年 3 月 25 日—1945 年 9 月 26 日），匈牙利作曲家，20 世纪最伟大的作曲家之一，匈牙利现代音乐的领袖人物。他的很多创举剧烈震动了整个 20 世纪艺术圈。

② 保罗·亨德密特（德语：Paul Hindemith，1895 年 11 月 16 日—1963 年 12 月 8 日），又译兴德米特或欣德米特，出生于德国法兰克福附近的哈瑙。他身兼多职，是作曲家、音乐理论家、教师、中提琴家和指挥家。不论在音乐作品或是在音乐想法上，亨德密特都是近代重要的德国作曲家之一。

利夫人、布鲁克斯夫人、沃特金森夫人、娜塔丽·巴尼小姐等人，当然还有庞德夫人。巴兹尔·邦廷是音乐评论家。音乐会节目会有出版物，还会举办"法西斯文化研究协会"。这跟当年所有人都冲出去建造大教堂的热情并无二致。

这样的音乐会简直完美！

当地政府借出了市政大厅，节目得以在不同的酒店举行。作为回报，"提古里奥之友"帮助推介。政府支付了市政厅供暖的费用，"意大利全境和边境到拉帕洛的铁路票价降低了50%，门票有效期为三十天"。如前所述，聆听奥尔加·拉奇的小提琴，弗朗切蒂的钢琴，演奏莫扎特、塞萨尔、弗兰克、巴赫等人的作品，奥尔加·拉奇、葛哈德·蒙克，路易吉·萨桑尼等人演奏来自米兰的弗朗西斯的作品《鸟之歌》；还有特尔兹、伯拉德、巴赫、莫扎特、德彪西以及斯卡拉蒂和斯克里亚宾、博切里尼、珀塞尔等人的作品。没有国家补贴或基金会资助，音乐会在几乎没有限制的情况下成功举办——尽管它被认为是顺应"最新的思潮"。音乐家们内心所有的渴望和需求都是和平，建造一座迪奥斯城，所有的土地都是星星的颜色。

父亲相信，如果好好利用，语言是可以实现完美的。他是一个务实的人，一个预言家和实干家，总想找到问题的根源。他的想法正在开花结果，正对一个作曲家展示他的才华……他的力量足够了，古老的锡耶纳①音乐学院，每年都有一周的时间给一位作曲家或一群相关的作曲家，他们大多被遗忘或忽视。但父亲的兴趣决不限于艺术。好的艺术是建立在坚实的经济基础上的。在整个《诗章》中，我们都可以看到高利贷对艺术的危害……事情变得棘手。在这个时期，孔子是他的老师。孔子不仅关心《诗经》，也对历史和良政感兴趣。

*　*　*

现在，他正要去和那个在他看来本可以避免第二次世界大战的人谈话。不是狂妄自大，而是责任感到了极致。他打算倾其所有去说服一个他并不同情的人。和往常一样，他想通过对抗最权威的事物来证实自己的观点。

"我不是在坚持。我只想知道这在多大程度上是正确的。"这是他的口头禅。

但是，在纽约，他遭到了一家怀有敌意的媒体的攻击。

罗斯福从未接待过他，他只能尽可能多地与参议员交谈，乔治·廷卡姆给他做了一系列引荐。5 月 5 日，他坐在第七十六届国会的预留席上，主要是以 T.C. 庞德孙子的身份。他的努力和关于人品的不同观点被博拉参议员评论为徒劳：

我不知道像你这样的人到这里来

_____

① 意大利城市。

能做什么。

于是他回到了意大利，那里有很多事情要做。在拉帕洛，他是诗人。

我从船上收到了令人振奋的消息、彩带和明信片。虽然父亲付的是头等舱的钱，但他们给他提供了"总统套房"。这是意大利人的礼节。

* * *

1939 年的圣诞节以盛大的场面开始。弗罗斯特太太把她在大运河旁康塔里尼宫的一套客房租给了我们。尽管有一座巨大的壁炉，入口处的抛光地板和大客厅散发出阵阵寒意。虽然卧室看上去铺着舒适温暖的地毯，但父亲马上就说太冷了。

不仅仅是这个地方本身，我还对母亲告诉我那里的东西如何优雅和恰如其分记忆深刻。一年中的这个时候，她自己的小房子通常是租出去的。他们说父亲的一个朋友也会加入我们（他被称为"负鼠"）。父亲说，这是一种动物，却并没有告诉我它的样子。我们在威尼斯的熟人中，有一位"大象"太太和一位"贵宾犬"小姐，我的动物名字是莱昂齐纳。"负鼠"最终没有出现。在康塔里尼宫待了两个晚上之后，父亲受够了，决定离开。他不会为了保持优雅体面而去受冻。我不知道他们想要如何优雅地抽身。午餐之前我们都在扎特雷的佩希恩赛古索酒店舒服地躺着，暖气很足，食物非常丰富。母亲颇为我感到遗憾；对我来说，住在高水准的宫殿酒店本来是一次很好的训练。我并不感到寒冷，但我很高兴能住在扎特雷；那里的气氛更加轻松，我们可以看到外面的景色。

"不是大运河，但是是非常美丽的景色。"父亲多次感叹。一天早晨，面前的景色让我们感到惊讶：圣乔治岛、朱代卡岛[①]以及扎特雷两岸的驳船和贡多拉被雪覆盖，朦胧的灰色海面分外安静。上午过半，太阳出来了，天空变得很蓝，积雪晶莹闪亮，几个小时后开始消融。父亲和我在扎特雷漫步。尽管他从未来过下雪的威尼斯，他为自己曾看到沉入地下之前的旧钟楼感到得意，他慢慢地蹲下来，解释钟楼如何下沉。

母亲一如既往地忙着复制音乐和纠正奇吉亚纳音乐学院的公告，还参加了在邦利尼宫萨摩斯·考克斯家的客厅里举行的几场音乐会。萨摩斯·考克斯先生演奏大提琴，母亲拉小提琴，还有一位年轻的意大利音乐家巴格诺利弹钢琴。因为我已经上了好几堂读乐谱的课了，他们要我替他翻谱。这简直是噩梦，我担心我翻得太慢，而事实也正是如此。

萨摩斯·考克斯夫人是个短小精悍的老太太，她近乎失聪，但可以读唇语。她是我见过的最不屈不挠、最活跃的英国女士之一。她的客厅里摆满了大型的画作，大部分是她在普拉多临摹大

[①] 朱代卡岛（Giudecca）是意大利北部威尼斯潟湖中的一座岛屿。它属于多尔索杜罗区（Dorsoduro）的一部分。

师杰作而来。她的丈夫多年来一直在马德里担任领事。母亲的朋友中有很多外事服务人员，他们大多已经退休，文化水平高，见多识广。当父亲来参加这些下午的音乐聚会时，他总是静悄悄地坐在窗边的一把扶手椅上。

一天晚上，我们去看了一部金吉·罗杰斯和弗雷德·阿斯泰尔主演的电影，所以回家晚了。从电影院回家的路上，父亲蹦蹦跳跳、手舞足蹈并鼓励我也跳起来以变得"灵活"。母亲笑了，认为我们非常可爱。当我们准备换衣就寝时，我们听到父亲的房间里传来很大的声响——他脱掉了外套和夹克，跳起来，更自由地跳舞。母亲费了好大劲儿才制止他："亲爱的！别练习了，你要在半夜把房子掀翻吗？这样会打扰到其他客人的。"父亲感到羞愧和抱歉；在完全跳出他学来的节奏之前，他很难保持安静。

就像跳舞使他的腿动起来一样，乔治·桑塔亚那在威尼斯的出现搅动了他的思绪。我很少看到爸爸如此渴望而又如此满足："与一个完全诚实的人，一个高尚的头脑谈论哲学是一种解脱。"父亲所言不虚，两人谈论的话题不时地从哲学转向政治，并且在大多数事情上看法一致。他们相信墨索里尼具有基本的人道主义和和平意图，他性格中的某些弱点无碍这个国家在他的统治下显著变好的事实。他们都长时间住在意大利并抱有开放的态度，留心观察周围的一切。几乎所有的熟人都抱有这种态度，美国人和英国人都有，大多是已经定居意大利的老年夫妻。他们似乎已经在意大利扎根，似乎确信意大利不想要战争。难道布伦纳沿线所有的防御工事都不足以说明墨索里尼是不怀恶意的吗？如果民众的友好真的意味着什么的话，那么意大利是永远不会向英格兰和法国宣战的。

我只被允许陪父亲到桑塔亚那所在的达涅利酒店的入口处。"四十岁之前不要谈论哲学"是不让我进去的理由。但在回家的路上，我有时会产生把我作为一堵空白的墙来投射他的想法的感觉，就像对着墙壁打网球那样，父亲试图整理他的想法，明晰他的判断，然后击中要害。我对他所说的了解不多或根本不了解，有一些名字和类似宗教推测的概念我从未听过，因为父亲在试图让我理解某事时仍然不得不说意大利语，所以他像从正反两面验证一枚硬币一般小心翼翼地详细解释。有时他会加快步伐，开始哼唱，完全忘记我的存在，当我在他身后小跑时表现得异常快乐和兴奋。

母亲拿到在凤凰剧院演出的莱斯比基《火焰》的门票。她和父亲争论了一会儿后，他们倾向于拒绝这个邀请，因为音乐低于他们的标准。是时候带年轻人看一场歌剧了，他们最后决定，一旦有机会，就带我去看更好的表演。

* * *

在接下来的 9 月，当我去锡耶纳时，这个承诺被实现了。母亲在那个夏天租住的公寓非常小资，非常狭小。她不断重复："我希望你能尽早来这里，你应该看看卡波克瓜德里的公寓，看看景

观和壁画。"她也对父亲说:"她喜欢那里,不是吗?""是的,夫人。"他记下他所看到和喜欢的内容:

> 在研究利欧珀尔丁改革和锡耶纳牧山银行[①] 的历史时,
> 你不应该总是在阳光下散步或看着杂草在檐口上发芽。

> 有趣的事情是,奥拉齐奥·德拉·瑞纳被认为是:
> 彼得罗·德·美第奇私生子的非法父亲。

> 帕里奥:
> 他在我的窗户下给四头肥牛擦屁股,
> 通常是用来献祭上帝,
> 所以收拾得非常干净。

等等,等等。

在比萨时他这样写道:

> 卡波克瓜德里家门口的壁画广场上
> 孩子的脸,

---

① 锡耶纳牧山银行(Banca Monte dei Paschi di Siena)是世界上历史最悠久的银行,建于 1472 年。

以及写妈妈的服饰和发型：

> 她把头发烫成红色小卷，
>
> 可能是 19 世纪 80 年代的流行款式；
>
> 她穿的裙子是德雷科尔或朗万的，
>
> 看起来就像是一位光彩照人的女神……

奇吉伯爵打趣她，把头发染红是为了纪念红色牧师。维瓦尔第因其火红的头发而被同时代的人称为"红色牧师"。"并且，纵观历代，红色牧师的血液一定在她的血管中流动，因为她拥有令人难以置信的奉献精神和热情。"奇吉将她介绍为拉奇·维瓦尔第小姐，从而把玩笑推向高潮。

多年来，母亲一直担任奇吉亚纳音乐学院的秘书，奇吉伯爵是创始人和校长。他是最后一位完美的文艺复兴时期艺术赞助人。他自己的领域只在音乐界，他用精美的乐器装满他的宫殿，并邀请世界上最好的音乐家。母亲是在社交时由一位朋友介绍给他的。事实证明，她是伯爵梦寐以求的音乐学院理想的公共关系秘书。但这并不是她最感兴趣的东西，也并非因为最适合她才接受了这份工作，所以她被描述为"公众面前为数不多的小提琴手之一，在自己的领域表现出明显的天赋……她是一个音乐家""一个小提琴手，琴声清澈纯净，娓娓道来，悦耳动听，技术全面，技巧高超""拥有完美的小提琴的技巧，并呈现出音乐的本质""最有能力的艺术家，无可挑剔的技术"等。为了谋生，母亲被迫每年放下她的乐器几个月，依靠她的魅力、穿衣品位、精湛技艺、流利的法语和意大利语，当然还有她的组织才能和她对音乐及音乐家的知识来获得收入。

伟大的维瓦尔第复兴开始于锡耶纳——经过威尼斯和拉帕洛，"她靠一己之力成功了"——就像之前她在阿尔伯特音乐厅的音乐会、为墨索里尼举行的私家音乐会和在意大利胜利庄园[①]为邓南遮举办的音乐会一样。她很珍视前两次音乐会的纪念品：一张墨索里尼穿着便服和三只小狮子玩耍的签名照片，还有一只小银鸟，上面镶嵌着亮晶晶的石头，这是邓南遮用丝巾裹着塞在她手里的。

奇吉伯爵从一个叔叔那里继承了锡耶纳的宫殿和各种乡村地产，这些地产的收入足以维持这些地方的运转。他没有继承人，但对三样东西充满热情：锡耶纳、帕里奥和音乐。他也喜欢漂亮的女人。当他年轻的时候，家人为了让他去旅行，把他送上了开往巴黎的火车。他在都灵折返，因为他无法忍受离开意大利的想法。他甚至很少到佛罗伦萨去，这样就能像一个真正的锡耶纳人那样吐槽佛罗伦萨。火车、飞机和穿裤子或红指甲的女性都是禁忌。然而，他很乐意为来自世界各地的艺术家

---

① 意大利胜利庄园（意大利语：Vittoriale degli italiani）是位于意大利伦巴第大区布雷西亚省的一座建于山坡上的庄园建筑，曾经是意大利作家加布里埃尔·邓南遮的住宅。对意大利胜利庄园这座建筑的评价颇为两极，从"纪念碑式的堡垒"到"法西斯标志"都有。

支付旅费。他的客厅里收藏着我见过的最珍贵的照片，大多用厚重的银框裱起来：女王和王子、音乐家、舞者和歌手。房间里古色古香的相片这儿那儿地挂着，十分引人注目，他们的个性是如此鲜明，和当下的个性之间形成了强烈的冲突。

　　自从我上学以来，母亲就暗示要带我去锡耶纳，但我必须先学意大利语和法语，而且最重要的是，我得看上去漂亮、整洁和优雅。"还挺像样的！"父亲开玩笑说。他表现得好吗？是的。但是要让他去见某某人，参加聚会，总要花费一番口舌。母亲不得不把大部分时间花在宫殿里。我们通常会在一家叫作"愤怒的十字架"的小餐馆见面、吃午餐。当我学习希腊语和拉丁语时，父亲会发出低哼声，连续几个小时猛敲他的打字机。早晨过去后，我们会出去寻求食物和文化。第一站是"奥罗的大炮"，我们在那里享用作为开胃酒的橙汁和油炸圈饼。下午是苹果馅奶酪卷。这非常合我们的胃口。在锡耶纳，和威尼斯一样，父亲也找到了最好的糕点。但是自从他去了美国，就有肥胖的趋势。母亲为父亲失去他的健美身材而感到遗憾，在她眼中这几乎让人无法忍受，"让孩子放纵，增加婴儿肥，好吧，这简直太傻了"。因此，我们下午打很长时间的网球，以让我们的体重降低，也让母亲消气。父亲以极大的毅力教会了我正确的基本动作，当他厌倦了回我的球时，会脱掉一只鞋子，巧妙地把鞋子置于某个关键的位置，并说："击中它，我老了（打不动了）。"我很快取得了很大的进步，发挥得很好并且找到了一些乐趣，但对他来说这一定很无聊，毕竟他是一名如此优秀的网球选手。

不打网球时，父亲会谈论历史或艺术，他也同样信手拈来。像在威尼斯时一样，他会一点一点地向我讲述锡耶纳，从西蒙·马蒂诺的画作到壁画。

从马背上的里奇奥到蒙特布查诺①。

他特别解释了锡耶纳大教堂的地板，希望我能理解他所说的一切。自从我学习希腊语以来，"（日晷的）指时针"这个词在我脑海中挥之不去，意大利语中保留的希腊语让我着迷。中午时分，太阳光线照射到地上的黄铜圆盘，我们花了很多时间观察这一现象。他带我去参观锡耶纳牧山银行，也穿梭于镇上的不同建筑和喷泉。他最喜欢去布达润喷泉，然后爬上圣多梅尼科教堂。

其精髓在于石头……阳光下狭窄的雪花石膏和隐蔽的窗户——

像往常一样，他会让我用写作形容我们所看到的事物。他对我的描述很满意：圣多梅尼科教堂的内部呈"T"形。"是的，是的，T形，这告诉了读者一些东西。"或者走出教堂来到位于乡下的奥瑟瓦扎修道院，你会看到它完好而平静地矗立在一片橄榄

---

① 蒙特布查诺（Montepulciano）是起源于意大利中部的一个红葡萄品种。

林之上，在战后激发人们的忏悔之情：

> 奥瑟瓦扎残破不堪，德拉·罗比亚[1]
> 最好的作品七零八落。

　　当年父亲带我去看了歌剧，亚历山德罗·斯卡拉蒂[2]的《光荣的凯旋》），其中扎雷斯卡扮演罗西娜的角色十分讨喜。伯爵很高兴。观众对斯卡拉蒂高品质的作品如痴如醉。布鲁诺·巴里利担任音乐评论家。他和父亲是罗齐剧院庆典开幕式上最引人注目的两位人物，还有高高瘦瘦的奇吉伯爵，从头到脚都散发出光芒，纤长的手和脚以及精雕细琢的贵族特征，让人自然而然联想到他的身份。他总是取笑美国人的口音，强调他锡耶纳方言里"h"的发音和节奏。奇吉亚纳学院当时的校长和创始人是德拉，父亲很喜欢他，但很少和他说话，也很少提及他。虽然巴里利是一位优秀的作家和作曲家，但他在回顾锡耶纳点滴时仍不免怀旧之情：

> 在那里他们拥有帕里奥
> "托雷！托雷！猫头鹰！"
> 我相信他们没有假借修缮的名义

---

① 安德烈亚·德拉·罗比亚（Andrea Della Robbia）是意大利文艺复兴时期著名雕塑家。罗比亚一生都为美第奇家族服务，创作了大量彩陶作品。
② 亚历山德罗·斯卡拉蒂（Alessandro Scarlatti，1660—1725），意大利作曲家。

来摧毁旧剧院，

文艺复兴晚期的吉里比齐、巴里利在哪里？

巴里利：一块燧石。一条垂直的灰色鬃毛在他马一般的脸上闪亮，他裹着长围巾，不停地挥舞着细长的手。

所有人都离开了剧院。在一阵响亮的欢呼之后，父亲敲了敲手杖，巴里利大声叫好。现在两人仍然站着，先是彼此轻声交谈，后来自言自语，最后又安静下来，静得可以听见回声，直到引导员想要关门才打破沉默。

短小精悍的作曲家伊尔代布兰多·皮泽蒂和膀大腰圆的作曲家阿尔弗雷多·卡塞拉也在那里。这两位是老朋友了，他们在拉维扎的花园里喝了愉快的下午茶。母亲和父亲看起来十分享受，而我却被卡塞拉喜欢捉蝴蝶的女儿富尔维娅所困扰——她是一个七八岁，留着一头漂亮红头发的小女孩，她有各种各样的网，追逐任何有翅膀的东西并希望我能帮她一起捉。但当时十四岁的我已经有了自我意识，想和成年人一起安静地坐着，而且我对富尔维娅的残忍游戏感到震惊。

我们在锡耶纳停留期间，忘了是开始还是结束时，父亲带我一起去了罗马几天。这次旅行的目的可能是帮我办身份证，又或者是我们必须有一张身份证以满足住酒店的需要。我们住在喷泉4号的意大利酒店。父亲看上去很烦躁，好像失了控，也许他当时只是心情不好。他向我解释说，在意大利必须有一份有效的身份证明文件，一旦我们能够到达美国，我们就能立即获得合法地位和公民身份，但我们两个人很难都达到合法居住的要求。我不清楚我的身份有什么问题，也不关心。我很高兴能来罗马转转，见不同的人。我们的确遇到了很多人。父亲像一个重要人物一样忙个不停，在这样的场合下，他创造了他的第一个纪录——通过意大利电台向美国大众广播，最后关头实现了他在访问美国期间没有实现的愿望。"一个负责任的公民必须竭尽全力阻止他的国家发动不正义的战争。"他也谈到了无知，"无知是敌人"。我还是第一次听到这个口号。

我们去了几次涉外新闻办公室拜访雷诺兹·帕卡德，他们关于中国的如实报道引起了父亲的兴趣，他认为他具有政治洞察力和提供信息的能力："告诉美国公众，告诉美国人民……"但帕卡德只是一个媒体人，并不想成为救世主。与意大利经济学家奥登·波尔的谈话似乎让父亲更满意，和他在一起不会像和帕卡德在一起那样焦躁不安。我们也去拜访了一位大名鼎鼎的女性——看起来是一个重要的人，但是我已经忘记了她的名字，也许是因为我觉得别扭，我不喜欢她那副摇摆不定的羞怯神情。

1940 年 10 月我们在威尼斯度过了最后一个假期，父亲停留的时间并不久，因为太冷了，也没有游太多泳。我们去利多打了几次网球，在那期间也没有举办音乐会，与前一年形成鲜明对比。威尼斯火花与灵感不再，取而代之的是一片阴霾和紧张压抑的气氛。母亲的主要关注点是为房子寻找新租户。她此前一直租给外国人，现在他们都走了。一位身材丰满的老太太来看过房子。她上下踱步丈量房子并扳着手指算数，最后她叹了口气，放弃了："不，太小，太贵了。"当她离开时，母亲说道："多么可怜啊，所有这些犹太人都不知道何处可去又囊中羞涩。当然我们也没有好到哪里去。"我感觉我们家很缺钱，我的学费是一笔负担。我对父亲说："如果我回到盖斯，你会更好过一点吗？我可以不回奎尔特街而去拉帕洛帮助母亲。""可以，当然可以。但是亲爱的，我了不起的孩子啊，事情并不是那么简单。"

所以我回到了佛罗伦萨。经过前三个月的绝望，然后我轻率地，可能还微笑着，和一个乡下的年轻人眉来眼去。想起过去的三年，一切都那么美好。我祈祷、学习，一点点积攒着荣誉——"宝贝、天使、心怀抱负的玛丽女儿、玛丽的女儿、助手"，并于 1939 年 12 月 8 日当选为"玛丽的女儿"协会的主席。这是史无前例的，我是最年轻也是最快成为主席的——但也是最快下台的。事实上，在任期内，主席要像个主席。当时的情况是这样的——在神秘主义的笼罩下，我们在尊敬的蒙塔尔沃的埃莉诺·拉米雷斯的房间内进行了数小时的祈祷和冥想，我从她的床底下拉出棺材并在离开房间前亲吻了她（她已经死了十六年，仍然排队等待成为一个"圣人"）——鉴于我的强大，我被寄予厚望，会留下来成为一名修女。

然而，1940 年 12 月 8 日，教堂的荣誉墙上，我的名字被抹去。我已经公开宣称自己是异教徒，在阅读了弗洛伦斯·南丁格尔①的自传之后，我认为我的职业不是在修道院，而是在战场。我会成为一名护士，也许会学习医学。英雄主义的梦想在慢慢发酵。即使在修道院的学校里，收听新闻简报也成了日常必备。我们要为士兵织袜子和连指手套。我还从盖斯收到了男孩们被征兵入伍的消息。

但我的情绪变化，我的叛逆，主要是思想上的。"三位一体"的教条困扰着我，我试图找出一个系统，通过它，心灵、灵魂和思维可以取代"三位一体"的圣父、圣子和圣灵，这样上帝就和我同在了。我们在学习法国大革命，而理性是至高无上的学说让我着迷。拿破仑成了我的偶像。我读过帕皮尼、克罗宁、克鲁伊夫还有那个写《夜航》的作家圣埃克苏佩里。那样的日子太短暂了。我在床上看书，毯子下面有一个手电筒，很容易就被发现了并因此受到惩罚——"啊，小姐，谁在床上有守护天使"，一位在教堂打杂的姊妹和我来了一段有趣的佛罗伦萨式对话。我有大仲马，大仲马在索引上！

* * *

父亲寄给我一篇他发表在一份意大利报纸上名为《罗马子午线》的文章："这是你现在可以理解的东西，或者说你到了该学这些东西的时候。"修女们很困扰，按规定是不允许接收报纸的，但"事出有因"，而且她们也没在报纸中发现任何不道德的内容。

---

① 南丁格尔（1820—1910），英国护士业的首创者及医院之改革者。

我和我的意大利老师就"8世纪的腐败"发生了争执,她坚持认为这个用法是语言不好的表现,而且还是错误的,8世纪是一个辉煌的时代。这个埃兹拉·庞德是谁?为什么要发表这些言论?意大利没有人听说过他。"他是我的父亲,是一位诗人。"

无论如何,我来自……为什么要否定我的父亲?

我很惊慌失措,不知如何是好。"这是一个精致的名词。"在那一刻,我找不出更好的回答。这个名字对我来说有些晦涩,老师可能也不懂,除了《吉卜赛人》(The Gipsy)——它收录在《信天翁的诗》(Albatross Book of Verse)中。父亲在圣诞节时把这本书送给我,连同那些我早年必须做的"任务"一起布置给我。我的英语还很差,但我开始欣赏诗歌了。法语是必修的外语,我用法语和意大利语写充满想象力的信,有时也写诗。但总的来说我并没有浪费太多时间,还翻译了比老师要求的更多的奥维德的《变形记》(Metamorphoses)。父亲对奥维德颇有研究,没有人会质疑他的观点,他关于任何一个主题的看法都可以是我的"金科玉律"。我还认真地研读过他寄给我的儒家经典的《大学》(Ta Hio–The Great Learning)。伦理是儒家经典中最常被提及的话题。修女们和老师们就我的问题争论了一会儿后还是决定让我一个人待着,最后甩下一句话:"你的行为就好像全世界的重担都压在你身上。"我弯下腰,假装自己背上有一个地球仪。这样无礼的行为换来在一个废弃的小型音乐室里禁闭三天的惩罚。栀子花盛开了,它昭示着学期将结束。我很高兴,希望这种气味能持续三周而不是三天。

在我所有的神学困境和英雄梦想之下，我极其认真地听取了忠告：学习如何写作。我思考得很慢，思考——它是我的"拦路虎"。一个人如何进行"思考"？思考与描述、记忆和发明不同。这个问题似乎太复杂了。爸爸曾经写信给我：

11 月 17 日

你好，卡拉！

学习写作，就像你学习网球一样。你不能总当成是玩游戏，一定要练习击球。想想看：如果去利多打网球会有什么不同吗？我的意思是，这和以前去锡耶纳的不同之处在哪里？把它写下来。不是编一个故事，而是把事情讲清楚。这个故事的篇幅应该会很长。当一个人刚开始写作时，连一页都很难填满；但当他逐渐长大，长篇大论起来根本"刹不住车"。

想想看，威尼斯的房子是不是与别处不一样？威尼斯也不同于其他城市。假设一个"聪明人"甚至是一个美国人，他要找威尼斯的房子，而你和我去利多了，要怎么告诉他下火车后到加区252 号的路线才能找到？

描述一下我们或描述路易吉到达火车站的场景？他有钱吗？我们有钱吗？我们又是怎样的？

小说家通过一章的描述，让主人公从火车到前门。好的写作使人物的地点移动变得一目了然。更有甚者，一个聪明人可以利用这一章的描述找到房子。

再见！

在你把它写出来之前，好好想想吧。

总的来说，尽管不合时宜，但奎特是一所好学校，最重要的是，学校坐落在一个美丽的地方。我虽然没有在那里获得持久的友谊，但一直对一些修女保持尊敬和喜爱。弗朗西斯卡·奇娅拉修女人如其名，作为年轻的美国画家，她曾去阿西西临摹乔托。她被温柔的翁布里亚①征服，选择皈依，受洗成了一名修女。她似乎活在恍惚之中，与其他充满活力、忙忙碌碌的意大利修女形成鲜明对比。然而，她还保留着美国人做事的冲动，在附近建立了自己的护理学校。她教我英语，但我的阅读使她昏昏入睡，毕竟那时她已经是一位老太太了。

我再也没有回去过。

---

① 翁布里亚，意大利中部的大区，翁布里亚画派发源地。

Chapter 5

第五章

夏天我们又回到了盖斯。在经受了许多限制、礼仪和不自然之后，我们又回到了自由、快乐和常识的世界，能够回到田里工作是一件很有趣的事情。人们对待萨马·莫迪尔就像对待一个最明白的年轻女士一样。妈妈和爸爸不但没给我建议，反而寻求建议：由于希特勒和墨索里尼在有争议的边界问题上达成了一致，他们被迫要在德国和意大利之间做出选择，这使他们陷入困惑和不安全中。旧的价值观和信仰被连根拔起，他们的家园、田地和动物被计算成数字，成了假想货币。那些被希特勒征服了的国家将得到与之相当的货币。不稳定代替了稳定。而唯一的现实是战争。选择了德国后，那些年轻人被征召入伍。像《我们开车迎战英格兰》这样的歌曲已经取代了旧的《海玛特利耶》，变得风靡全国；不再是《我来自蒂罗尔》，而是《德意志至高无上》。如果我们唱老歌，也会有一个新的"胜利的救赎"的结尾。

　　他们对与意大利的联盟一点也不感兴趣，这只是一个可以原谅的政治举动。重要的是现在每个人都可以自由地唱德国歌曲，不仅穿着传统服装，而且穿着德国制服。听不到"意识形态"这个词。玛吉特长成了一个俊俏的女孩，有很多追求者。她弹齐特琴，唱歌非常好听。年轻人成群结队地来到我们家门前，那里有很多人唱歌、放音乐，我喜欢和穿着蒂罗利安服装或跳着阿尔彭吉格舞的年轻人一起跳舞，那些在训练结束后去前线之前的年轻人。

* * *

从田园自由和嬉戏又回到锡耶纳，我的步伐和审美价值必须再次调整。

母亲租了一间俯瞰市场的小公寓。父亲和我们一起参加音乐周。

接下来是维瓦尔第歌剧《朱迪塔凯旋》的重大夜晚。我想这是这部歌剧在 20 世纪的第一次演出。在门口，父亲向母亲和我伸出了手，要带我们去散步。从维亚迪·西塔走到坎波广场的阶梯底下，在那儿我们站了很长时间。有月亮吗？可能。我只记得晴朗的天空和星星。我们静静地站着，直到母亲说："说'哇！'——我从来没能让你们中的任何一个说一声'哇！'"父亲大笑了好一会儿，我也笑了，我们继续前进，没有说"哇！"

这是我们最后一次参加锡耶纳音乐节，当时还不确定母亲是否可以继续担任学院秘书，她是美国人。伯爵很苦恼，他的世界被搞乱了。母亲和我经常被邀请去吃午饭或晚餐。奇吉仍然在他的屋里存了酒、油、小麦和蔬菜。在我们离开宫殿时，管家会递给我们一个包装整齐的包裹，里面是一条自制的窗格干酪面包。

和我们在一起的时候，父亲一整天都在打字机旁写东西。我们的郊游现在只是去邮局，偶尔也会到科卡多罗去买糖果。饥饿的威胁感似乎笼罩着我们，然后他就突然离开去了罗马。

战争已蔓延到俄罗斯。在情感上，他不偏向德国，因为他不时想到在第一次世界大战期间德国人杀死了一些他最好的朋友。从文化角度呢？《诸神的黄昏》[①]的结尾和瓦尔哈拉[②]与他的美学意象相去甚远。

对我来说，这些事情似乎很有道理，将会非常重要。但是，当他感到自己被有意地误解或反驳，或是出于愚蠢时，他就变得愤怒起来，成为语言的牺牲品，而那些语言是超越自己意图的。他反复强调一个想法：人们必须知道他们的钱从哪里来，由谁发行，基于什么价值观。自给自足，自给自足；秩序，秩序。一个强大的意大利来抗衡德国，捍卫文明。他希望美国不会站在对抗意大利的一边。寻求真相。但很少有意大利人愿意开导他。在锡耶纳，他们大多是对政治不感兴趣的艺术家，或是只对保留旧特权感兴趣，摒弃一般性或智慧的贵族。他们不明白为什么一个美国人对拯救欧洲如此强烈，或者为什么一个诗人要为经济学而烦恼。

---

① 瓦格纳歌剧《尼伯龙根的指环》的最后一幕。
② 瓦尔哈拉是北欧神话中的天堂。

幼稚主义盛行，直到我们的时代，

只注意出处，不注意来源，

这就是：问题。

谁发行？如何发行的？

我对他的论点有一个大致的印象，这似乎与他当时和二十年后写的相吻合。他还没有像战后那样简明地定义高利贷："加在使用购买力之上的费用，不考虑生产而征收，通常不考虑生产的可能性。"但澄清、定义的过程在进行中。

* * *

在从罗马返回拉帕洛的路上，父亲在锡耶纳又逗留了几天：来告别。他要回美国去。

母亲不久就动身去了威尼斯，"去看看情况"，并安排好房子，以防我们也要离开意大利。除了在锡耶纳的工作，她在威尼斯的房子是她唯一的收入来源。我被安排到一个学生宿舍，暂时是一个人学习。我担心我的父母可能会不带我去美国，这使得我烦躁不安而无法学习。然而，大约两周后，母亲写信说我应该去拉帕洛，在此之前先去和伯爵道别。一个扎着辫子的尴尬笨拙的少女穿过宫殿里空无一人的庭院，走上左边宽阔的楼梯。管家把我领进大客厅，让我等一下，他去叫康特先生。那地方空旷又寂静，呈现出一个不同的空间；银框里的脸都睡着了。伯爵进来了，很可能只是他的影子："可怜的孩子。"他用同情的锡耶纳语大声地对我说，但我不知道为什么，我默默地同情他。他突然变得如此孤单，面色灰暗。

*　*　*

我们不是要去美国吗？甚至父亲也不去了？不，暂时不行。不可能回去。事情太复杂了。美国领事馆的官员非常讨厌。祖父的臀部骨折，病得很重，不能动。把老人抛在后面是很残忍的。

"我要把你冒充成为我的表妹。人们永远不知道外国人会有什么结局。许可证，向警方报告。我们可能会被剥夺配给卡。你用意大利身份证比较方便。"母亲这样说。

这让我很恼火。我很年轻，反对阴谋和伪装。当农民或店主们跟我谈论这位"女士"的时候，我吓了一跳：我感觉到他们的语气里有恶意。然而，我从来没有去问母亲，我沉浸在我们新的生活模式中，顺从很快就变成了满足。

母亲为我们俩制定了一个严格的时间表。她把起床闹钟定在早上六点，先在大厅的镜子前锻炼身体，然后把我叫醒。锻炼，梳洗，在我的胸部和肩膀上泼冷水，然后穿好衣服。快！我非常讨厌，不是因为寒冷，而是因为镜子里不是真正的我，我看到一个可怜的光着身子的女孩，试图用十次跪拜礼来欺骗自己，她手掌着地，膝盖僵硬，按时尚杂志的规定穿衣服，最后还有可怕的冷水淋浴。我为什么要这么做？战争正在进行，谁还会注意到我的穿着打扮？当母亲感到精力特别充沛的时候，她会看着我，纠正我，亲自把冷水泼到我身上，以确保没有一滴水被浪费。毫无疑问，她是好意，尽管，或者说她不知道，这样做使我感到耻辱。事实上我很懒惰，我得从井里打水，这是一口很深的井。我讨厌拉着那根无边无际的绳子，水桶会猛地撞在井壁上，水溅了出来，我又害怕会碰到童年时吓到我的英格尔斯比传说中的那个小女孩拉着水桶里的那颗被砍断的头。

但很快我就看到了我新生活的逻辑和美丽：严格的纪律和日常生活给一个人的思想留下了更多的自由。我为母亲坚持不懈的精神而感到欣慰。

母亲整个上午都在练习小提琴。我在她房间里安装的小铁炉旁工作，小铁炉驱除了屋子里的寒冷。我们烧松果，煮栗子和土豆。在某种意义上，我们的生活也变成了一件艺术品：没有累赘，没有浪费。我们唯一不得不忍受的"丑陋之处"是用电代替烛光。蜡烛不再在市场上销售了。

午饭前，我还有几个不太舒服的时候。也许是找不到合适的语言来表达。母亲会告诉我去呼吸一口空气：跑，跳。我会走到圣潘塔里奥那边的浦塔，坐在一块岩石上，从那里似乎可以直接跳到几百米以下的海中。我玩了一个游戏，伴随着大海令人迷醉的魅力，没有什么比让自己在海浪中滑翔消失，和迷路的英雄们一起生活在海浪中更甜蜜的了——每天都有人听到船只沉没，飞机坠毁在海中。我写了病态的诗句,也许是受德·拉莫特·福克的《乌迪内斯》的影响,这本书是神父给我读的,也是我爱读的。那些孤独的时刻。我想念盖斯和那些村里的人。

1941 年到 1943 年间,我看到的唯一的人是修特神父。我每周去他那儿两次。他主动提出要给我上法语和拉丁语课。至少可以用一本书,或者至少一章来写他。即使这样我也不能公正地写他——太多美学上的细节。他是一个英国教士,30 年代初定居在拉帕洛一座可爱的小别墅里。他是埃里克·吉尔的学生,写一手漂亮的字。事实上,他做的每件事都很完美极致。他是一个音乐家,有时在我上完课后,母亲带来了小提琴,他用钢琴为她伴奏。他画了几幅很好的叶芝、庞德、霍普特曼的肖像画。他写作,并抽出时间创作"好作品",聆听忏悔。一颗善良的心,有高尚的精神却带有一副懒散的外表。

他又瘦又高,长着一张苍白的脸,头发浓密,留着胡须(胡须被染成红色),在长沙发上戏剧性地舒展着身子。长沙发上有几层披肩和毯子,窗户上有三种窗帘,这些窗帘必须根据外面光线的细微变化来拉上,一系列的眼镜、眼罩和阅读灯。他的身体不好,视力很弱。但他一定非常自律,否则他不可能是一个如此有成就和诚实的业余艺术爱好者。他做每件事都非常谨慎,从不假装是一个伟大的艺术家。因为他同情母亲的困难,所以给我上课属于他的"好工作"范畴。他非常保守,当他的意大利管家给他带了一个不太热的热水瓶或茶壶时,或者我拉错窗帘时,他最私密的交流方式就是叹息或疲惫的微笑。除了问候之外，我们从来没有交换过一句与这节课的主题没有严格关系的话，而且我从来没有看到过他的眼睛，他对我来说一直是一个神秘的人。

因为他身体不好，而且他是一个在拉帕洛住了这么久的牧师，尽管他是英国公民，但他还是留在那里。他是一位优秀的老师，有时父亲会取笑他选择的课文。他最喜欢的读物是博苏埃的《奥拉西诺的葬礼》。我必须背诵非常长篇幅的文章。修特神父轻轻地背诵着这些话，似乎没有强调任何词或字，但由于内心的参与，这些话就像一条清澈的河流一样流淌着，也并不为其感到可悲。他也大声朗诵拉辛和科内尔的文章。他来自一个有着悠久戏剧传统的家庭，这一点很明显。我忘了我们学了什么拉丁语的课文——我想是维吉尔和贺拉斯。

父亲每天下午都和我们一起在圣安布罗乔度过。有时他来吃午饭，有时他留下来吃晚饭，这意味着我每天都要接受两到三个小时的辅导。晚上，母亲继续用英语进行辅导，有时在午餐后几个小时。就这样，在这两年的隐居生活中，我们通读了简·奥斯汀、萨克雷、史蒂文森、哈代，和大约十几卷亨利·詹姆斯，还有爱丽丝·詹姆斯的日记。

有了修特神父和母亲，我有条不紊地学习和阅读，但父亲有时连续地有时非常短暂地给我安排行动和工作。他把哈代的《在绿树下》（*Under the Greenwood Tree*）给我，让我翻译成意大利语。当我被允许进入他的工作室时，我感到受宠若惊又觉得有挑战性。翻译工作比我预想的要困难得多，但随着时间的推移，我越来越急切地盼望他的手杖声在上坡的鹅卵石上响起，然后是门的嘎嘎声，因为他给我带来的不是一种静止，而是一种广度和冲力。他让我觉得工作和学习是值得的，是令人兴奋的。

* * *

我们的生活以父亲的来访为中心，这种模式与 1939 年 4 月的那个下午（他前往美国的前一天）非常相似。但现在他不再带着沉重的包裹回来了。不过他从来不会空手而归，总是带些烤栗子或花生，一份粥或栗子蛋糕，用栗子或鹰嘴豆粉做的薄煎饼，作为我们的下午茶；还在一个旧信封里装着猫的食物或者剩下的午餐。

他给我们读他的广播讲话，而不再是读一堆信。我们是他的第一听众，根据我们在报纸上读到的和通过意大利电台听到的，这些广播讲话在我看来是清楚和合理的。

在读了他写的东西之后，就轮到我了：我必须背诵《奥德赛》中的五行并翻译。然后他读五行新诗作为我的下一个任务。他似乎有两种声音：一种是愤怒和挖苦，有时是尖锐和暴力的广播讲话般的；一种是平静和和谐，荷马式英雄式的，好像他在一场激烈的战斗后，正在令人耳目一新地沉浸到葡萄酒般深色的海中。

然后我不得不读我翻译的哈代的文章，通常是一两页。第二年是翻译《诗章》。这两项任务都超出了我的能力，但他从没失去耐心，只是纠正并重新更正："读完它，再用意大利语重写。如果原文是一首好诗，你的译文也必须是一首好诗，这也适用于散文。"但讨论通常是留到在萨利塔街上漫步时。

到喝茶的时候了——我们只能喝到甘菊茶或薄荷茶。但喝茶之后，仍有音乐紧随：莫扎特、巴赫、维瓦尔第、贝多芬。

> 时间是"非"，时间是邪恶的，亲爱的
>
> 亲爱的，时光
>
> 对着窗户的半光
>
> 大海在地平线之外
>
> 背光　控制镜头的线条
>
> 剖面图"雕刻阿恰亚"
>
> 在半明半暗中从脸上掠过的梦
>
> 维妮尔，赛特丽亚"奥特·罗顿"
>
> 利古里亚风，来吧
>
> "美丽是困难的"

在这里实现了。后来："鸟儿回答了小提琴，它和我之间有关智慧和海湾的看法。"

> 我什么都不想要

生活还在继续……

这是我当时写的一首诗的副歌。对我来说什么都没有，寂静要比所有战争都持久。我和父亲沿着小路走向拉帕洛。一幅清晰的图像出现在不断变化的大海旁的青灰色橄榄树中间。然而，有一场战争正在进行，有时我会有做点什么的冲动，但是我能做什么呢？战争结束后，世界最需要的是一个受过教育的人——他试图再进一步解释，回忆他小时候："现在让我看看，当我还是你这个年纪的时候……"然后开始说起地质学、算术、几何学里的一些东西来。

珍珠港的消息传出后，我们周围出现了戏剧性、紧张的时刻。父亲去了罗马。当美国正式宣布战争时，他停止了在意大利电台的广播。我印象非常深刻的是，看到信封里装着号召所有美国公民返回美国的信，得去与瑞士公使馆取得联系。母亲似乎很茫然。那我呢？我是什么国籍的？我是谁？

父亲从罗马回来，气愤而又气馁。他们不允许他搭乘出罗马的最后一艘快船，那是为美国外交官和新闻特使保留的。如果他和他的家人想离开欧洲，那就得坐慢船了，我们得在一条满是水雷和鱼雷的航线待上几个月。"这就是他们想要限制我的方式吗？"——有人提出去葡萄牙的火车是一条出路。我不记得细节了。我脑子里记住的字眼是：快船，最后一条快船；冻结的资产，冻结的银行账户。美国政府扣留了祖父的养老金，老人因臀部骨折还住在医院里。母亲在威尼斯的房子作为外国人的财产被没收了。

末日到了吗？

父亲继续他的广播讲话，言辞甚至变得更猛烈。但我记得最清楚的是，这份文件显然是存在的，是他写的一封长信吗？也许是通过瑞士公使馆递给美国总检察长的。在信中，他解释了他做广播的原因。

还有就是

没有自由广播讲话的自由言论等于零

圣诞节前夜，一位老妇人在萨利塔街上走近我："小姐，我有三个鸡蛋，你要吗？"这似乎是一个奇迹："是的！要多少钱？"我没有足够的零用钱，但她让我用东西来交换，我非常高兴，这将是对我们圣诞晚餐的一个辉煌的贡献。回到家里，虽然母亲对这份礼物很满意，但她说我们必须小心，作为外国人，我们不能做任何非法的事情。父亲不赞成，因为意大利正在打仗，不能沉迷于黑市。我的鲁莽给我父母带来不安全感。我和屠夫以及面包师相处得很好，总是给他们我最灿烂的微笑，他们慷慨地为我们的零用口粮称重。然而，仅仅靠配给卡生活是很困难的。

＊　＊　＊

1942年2月底，爸爸红着眼睛站在门口。他抱住我说："你的祖父死了……"祖父死了。

母亲把父亲领进她的房间。我知道他们需要独处。他很早就走了，我和他一起走在萨利塔街上。他沉默着，而我不敢打破沉默。

"老太太非常令人钦佩，几个星期来都是她自己一个人照顾他。他的死仿佛如释重负，他非常痛苦。"这是母亲第一次提到我的祖母。几天后，我们带了一些花去了坟墓。在拉帕洛公墓的新教徒区，这只是一个有数字的标记点。墓碑必须等到战争结束后才能看到，是修特神父确认过的。父亲遵循了儒家的某些仪式，在他父亲的身上放了一些玉石。

有几次回来，父亲一下倒在沙发上，只想安静地待在那里听音乐。然后，他又去了罗马。

当父亲不在的时候，我和母亲有时会到山上散散步，收集松果来生火；到了春天，我会摘一些蕨类植物挂起来，这样苍蝇和蚊子不会飞进屋里。有时我们从农民那里买无花果或栗子干，虽然不需要配给卡，但很难买到，这是我们唯一能买得起的东西。我们非常喜欢吃。我们也不时地一起去拉帕洛，在萨利塔街上，她会回忆起巴黎，她的公寓有多漂亮。"……我的钢琴怎么样了呢？"她描述巴黎、协和广场、圣日耳曼、塞纳河、音乐会、聚会、舞会。她和父亲是怎么穿着黑色多米诺披肩和红色和服去参加一个化装舞会。福特·马多克斯·福特是怎么问她的："你从哪里来的？""俄亥俄州扬斯敦"——"我不知道那沙漠里开着这么漂亮的花。"母亲对这位伟大小说家的赞美很满意。尽管他身材魁梧，下巴下垂，但他是女士们的最爱。他们又跳了一支舞，他又问："你从哪里来？"她大吃一惊："俄亥俄州。""我不知道那里竟能盛开这样美丽的花朵。"等等……如果战争结束了，如果她的任何一个朋友还活着，我们一定会去巴黎。

为了排除忧郁，母亲总让我背诵我在学校学过的所有法国诗歌，这是一个很好的游戏。我们也背诵了许多拉封丹的寓言故事，在那些故事中总是有人或动物要去某个地方或爬山，野兔和乌龟，马和苍蝇，那个拿着牛奶罐的女孩。即使是独自一人，我也会在头脑迟钝的时候背诵这些诗，这总会使爬山变得容易得多。

到 1942 年底，我已经沉迷于诗歌的翻译。《诗章》的声音、父亲在威尼斯经常读《诗章》的那种方式——即使那时我一个字也不懂，不知怎的，在我心中嵌入了一种非常和谐美丽的东西。但当我自己读的时候，我感到震惊，我就像一个饥肠辘辘的人，面前摆着一篮异国风味的食物，却不知从哪里下手，味道完全是新鲜的。也许如果我先读了第一诗章，事情可能早就顺理成章，但父亲不鼓励我按着顺序读，主要是因为我的无知和有限的英语水平。

有一天，父亲兴高采烈地拿回来一本名为《展望》的意大利文学杂志，马拉帕尔泰是该杂志的编辑，杂志里有路易·吉贝尔蒂对第二诗章的翻译。父亲很高兴，我想他不是对翻译作品而是对翻译这件事感到欣慰。他喜欢这本杂志大胆的版式和色彩，这是对"爆炸流派"的微弱提醒。我急切地开始读意大利语的第二诗章，但父亲把杂志从我身边拿走，说："你试着看看你能不能做得更好。"于是我的任务开始了。翻译哈代已经够糟糕的了，结果或多或少像是在学校里做作业。然而，我坚持不懈地，几乎翻译到了小说的结尾，父亲正认真考虑为译本找一个出版商。

然而现在，谁是里尔、肖尼、毕加索？我不得不为萨利塔街保留这样的问题，然后父亲说："没关系。盛开的仙女陛下，毕加索有一个很好的时期，也就是所谓的蓝色时期，这段时间他常常在他的绘画中加入很多蓝色。皮卡比亚其实更有天赋和智慧，但他很懒惰。我在为一个展览选择绘画，皮卡比亚说：'不，不是那个，那是我在乡下画的，不好。'我说：'好吧，无论如何，不是这个。'"

他说："不，那是毕加索的作品。毕加索的初衷是认真的，但后来商人给他的作品定下了如此高的价格，很明显，他们不得不跟上，以至于他对公众的愚蠢感到厌恶，他爱怎么画就怎么画了。"最初很少有直接的回答，但最终他还是会回到我的问题上来，并明确地说："'毕加索的眼睛'的意思是毕加索有着海豹一般的眼睛。庄周①是中国古代的一个神话人物。里尔，也许莎士比亚的《李尔王》是从他那里衍生出来的。肖尼是《奥维德》里的人物，旧式拼法。"

　　除非我陷入不可逾越的僵局，否则在我完成完整的一页之前，我不准他看我的翻译。他总是想把它撕成碎片。渐渐地，我意识到这是他用意大利语重建自己的诗章的一种方式，通过翻译自己的诗歌来尝试自己的翻译理念。"作者现在用意大利语写作，他会怎么表达自己呢？"在这种特殊的情况下，作者认为，自卡瓦尔康蒂和但丁以来，除了莱奥帕尔迪之外，意大利诗歌一直在走下坡路，因此他倾向于使用他们的声音和模式，而不是当代语言。如果我大胆地说"不是这样说"，他会说："当时他们是这样说。"或者，用一种哀鸣的声音戏弄我："'不是这样说，不是这样说'，把它译成意大利语是你的工作。"然后我就这样去破坏他的节奏。

　　我学会了用两个手指在父亲废弃的老式便携式日冕打字机上打字，我很怀念这样一个幼稚的想法：一旦一页纸看起来整洁，就不应该再碰它了。但父亲总是会改变一个词，潦草地写上另一个选择：试试这个。我又慢又仔细的打字作品又被搞砸了。最后我总结出一种宿命论：这不是最终版本，从来都不是。现在我知道我所有的翻译都没有"完成"，我多次听到父亲引用布兰库西

---

① So-Shu 是庄周的日本语译音。庞德曾经翻译过李白的诗《古风·庄周梦蝴蝶》。

的话:"但是得完成它!"

几周后,他要我尝试翻译第十三诗章;这是一个容易得多的工作。孔子成了他心爱的、熟悉的人物。诗章中的意象清晰,通过父亲的表现手法,孔子的思想非常容易理解,并且符合日常生活的规则:秩序、纪律、真诚——在空气中飘浮。我想知道父亲是不是在圣安布罗乔山上呼吸到了这种空气。像尼乌斯:

谁在巴鲁巴制造风暴……

不同的背景,但具有相同的魔力?

父亲正在把他的英文版《大学》翻译成意大利语,他写道:"我能给你的最大礼物是儒家的思想。"

圣人想在整个帝国中澄清和散播这种光明,这种光明是来自直视内心然后采取行动——"修身、齐家、治国、平天下"。首先要在自己的国家建立起良好的政府;想要在自己的国家建立良好的政府,他们首先在自己的家庭中建立起秩序;想要在家里建立秩序,他们首先必须自律;渴望自律,于是他们矫正自己的心;由于想要矫正自己的心,他们寻求对自己无法表达的思想(心灵奏响的音调)用精确的语言来表达;他们希望获得精确的语言表达,因而他们开始最大限度地扩展自己的知识。知识的完成基于将事物分为有机的类别。

当事物被分为有机的类别时,知识就朝着被获得的方向发展；考虑到知识存在极点，不善于表达的思想就被精确地定义了，"太阳的长矛将会停在精确的语言点上"。他们达到了精确的语言表达（换句话，这种真挚），然后他们稳住了自己的心，也就约束了自己；达到了自律，他们就把自己的家整顿好；在自己的家里有秩序，他们就能把好的政府模式带到了自己的国家；当他们的国家治理得很好时，帝国也就处于平衡状态。

从皇帝到普通人，从一个到全部，自律是根基。

如果这种根基混乱了，什么都治理不好。

这也许是一次无意识的对话，是一次想教育和拯救那个问他的人："你为什么要梳理你的思想？"

从孔子到现代世界的错综复杂及其革命情势，我是从第二十七诗章中间开始接触的。

> 让最后的五个人来筑墙。

指的是传说中卡德摩斯的战士，那些从卡德摩斯的龙牙中幸存下来的五个人已经纷纷倒地——他用石头打碎了一个怪物的牙齿。

"同志"是指俄罗斯同志。在俄罗斯，没有文明，因为没有石头，他们进行的革命没能达到任何目的。同志就像玉米，不省人事；像玉米，撒在地里，被烤着吃了。

而那个同志却没有目标地诅咒和祝福着。

当下半章进入流动模式时，我就可以从诗章的一开始朗诵："注意到这幅画是——"指吉卜林的一篇海军报告。他们选了一个布里斯特先生——"一个该死的乡下佬，想要成为一个诗人，他们把他带到巴黎，给他各种各样的荣誉和关注。当时我正经过巴黎……"然后用他更普通的语言这样解释："你知道巴赫的赋格曲是如何创作的，一种乐器进来，另一些乐器去重复这个主题。诗章从荷马开始，进入地狱。后来，奥维德—达夫尼，我自己编的神话，不是变成月桂，而是变成珊瑚。然后是但丁把所有能说的话都说了，所以我从马拉泰斯塔开始……"我和他一起下山回家，他一到家就把这些笔记记下来。我们转向马拉泰斯塔诗章，父亲带着书和文件出现了——《里米尼的历史》和他自己的笔记。我要了勃朗宁的《索德尔洛》，发现这比诗章更难。三本关于游吟诗人的生活和工作的书倒是变得轻松易懂。我越是全神贯注于诗章，就越渴望得到进一步的知识。

我们生活的模式，在不稳定中稳定了下来。在1943年年初，英国像法国一样投降或美国与轴心国达成和平协议的希望几乎消失了，看来战争将永远持续下去。

德国人开始在非洲和俄罗斯撤退；沃罗涅日和的黎波里塔尼亚被遗弃。斯大林格勒也拿不下了。（希特勒陆军将领）保卢斯没有攻下斯大林格勒，成了一名俘虏。绝望的乐观情绪在新闻公报中悄然出现。

对于父亲来说，不管前线如何转移，敌人总是在同一个地方扎根。"最后一个活在欧洲悲剧中的美国人"表达了这一论点，越来越多的"孤独的蚂蚁"在努力保存自己的思想和愿景——聆听着不同的战鼓声。

＊　＊　＊

当我们听到卡廷大屠杀的消息时，一股恐惧席卷了我们。意大利报纸上刊登了令人毛骨悚然的照片：数千名波兰军官被苏联军队射杀，并被扔进沟渠，有些人甚至还活着。我们直到战后才听到关于奥斯维辛和布肯瓦尔德的消息。卡廷是第一个真正的恐怖报道。苏联的残忍比英国的纵容更容易理解。

父亲以中立观察员的身份申请加入国际调查委员会。我想流亡伦敦的波兰政府要求国际红十字会进行调查。父亲想要加入其中的动机和往常一样，他想要真相，想要亲眼看见；也可能是希望如果他能告诉美国人民这不是一个宣传噱头，他的国家就会明白，与俄罗斯的联盟不是一个好的赌注。

他正准备冒险旅行。他觉得就算不允许他加入国际委员会，他也许可以自己去。我们等了几个星期才得到答复，最后他的请求被拒绝了。我认为父亲有一种模糊的怀疑，那就是意大利不信任他。后来，报纸宣布俄罗斯拒绝接受调查。到那时，德国人也放弃了斯摩棱斯克，完全撤退了。

也许他们是因为对音乐的不熟悉而摔倒的？

"这里！没有数学化的音乐！"

当慕尼黑把巴赫交给军团时，指挥官说道。

和母亲一起演出的热拉尔·慕尼黑，是拉帕洛音乐会上的一位老演员，也被征召为军队的艺人。他和妻子两天前利用一个短假来拉帕洛，他们看起来似乎是从过去的世界里走来的。

热拉尔

你是从地狱火河中出来的吗？

你的书包里有布克斯特胡德和克拉格斯，你的行李里有萨克斯的圣恩德布赫。

一次令人耳目一新的访问，但也引起许多困惑。

* * *

一天，我们在去拉帕洛的路上经过圣罗科教堂时，看见街的另一边有一个人，四肢伸展着，好像死了一样。父亲冲到他跟前，那人开始剧烈地颤抖，父亲跑向最近的房子，砰砰地敲门，使劲按门铃。一个女人走到门口。"快点，来点水，这个人病了。你有电话吗？"那女人只是抬头看了看街上说："啊，他们故意的——他是故意的。"但是父亲很坚定："请给我一杯水。"他冲回到那个人身边，把他的头抬起让他喝了一杯水。那人停止颤抖，伸出手乞求。父亲于是给了他一些里拉，我把杯子带回了房子。那女人一动不动。"只有外国人才会被愚弄。"她大声说道。父亲只是说："对不起，谢谢。"他似乎很困惑。我也是。这是我唯一一次亲眼看见一个意大利人讨厌父亲。至于被一个流浪汉愚弄，我们从未提起过这件事。在我看来，父亲似乎认为这事有一种不祥的预兆。

1942年的圣诞节，父亲把原来属于他祖母玛丽·韦斯顿的阿尔弗雷德·丁尼生全集送给了我，又给了我一千里拉。在我看来，这是一笔可观的钱。"你会怎么用？"这是当我拼命地感谢他的时候他问的问题。钱必须花，钱必须流通。这让我鼓起勇气去冒险："我想和你一起去罗马。"这真的是我唯一想做的事——和他在一起，就像以前那样，到处去看他的朋友。我想父亲对我的要求很满意。

我觉得他给我钱是来鼓励我工作。到目前为止，我已经有三件他认为足以在罗马的子午线出版社（Meridiano di Roma）出版的作品，都是在他的建议下完成的：弗罗贝尼乌斯的《埃勒伯特·埃尔德泰尔关于非洲农业》的翻译；W.J.格鲁菲德的《大卫·阿普·格维林》威尔士语和英语版中一章的翻译；还有我自己的一篇文章，是关于盖斯的民俗，父亲把这些民俗与约翰·巴勒伊科恩和酒神仪式联系在一起。他总是建议我写与我的生活和盖斯的背景有直接关系的东西，这对于意大利读者来说可能是新闻。当我第一次看到我的名字"玛丽·拉齐翻译"出现在印刷品上时，我兴奋极了，仿佛我的生活被重新创造出来了。

《南提洛尔民俗》那篇被拒绝了，理由是它不够具有文化色彩。我不介意；我认为，翻译这件事本身更为重要，父亲同意这可能是一种谋生和有用的方式。这两件事情在一起，有用并且自给自足。他可能已经意识到我对没有得到报酬感到有些气馁，尽管我几乎不敢相信我的作品会被印出来。他开车带我回家，告诉我只有当工作足够好时才能得到报酬。

为了去罗马，我必须克服一系列的困难。"孩子没什么可穿的。"我们于是拆开灰色校服，给校服染色。校服的材料很好，萨利塔的一个小裁缝把它们变成了可穿的衣服。"你不知道怎么弄你的头发。"——我开始练习不同的发型。但最重要的是，根据《时尚》杂志设定的标准，我太胖了，不够优雅，我的脸上有太多的婴儿肥和过少的表情。我不知道怎么微笑，一个人必须学会如何移动脸上的肌肉。

因此"击剑"和面部锻炼开始了。父亲一到，就拿着扫帚跳起来："一，二，背挺直，膝盖分开，向下！"他跳来跳去，我本来也应该这样做的，但当他伸出腿和胳膊时，大厅里似乎完全没有空间，我不得不在镜子前练习。我们会坐下喝茶，然后就又开始了："放松，放松了，手里拿着刀，肘部的动作，肩膀的动作。"父亲的动作非常灵巧，然而似乎我越练习，手臂就越僵硬。最糟糕的是移动面部肌肉。我感到很尴尬，但父亲似乎准备用最夸张的脸部表情，向我展示脸部肌肉是如何移动的。最重要的是，我必须用心学习"河马"，以便永远记住。

血肉虚弱，

易神经衰弱

我几乎准备放弃我的罗马之旅。——"如果你想和爸爸一起去，你一定要打扮得漂漂亮亮。"到了 4 月，我终于满足了母亲的要求，她给了我一枚可爱的祖母绿戒指戴在我的小手指上。

在罗马，我要和她的朋友诺拉·纳迪住在一起。火车因空袭、大雨和完全停电而晚到四小时。我没有按约定在车站外面找父亲，而是径直去了诺拉家，冲着去赶最后一辆有轨电车。父亲一直在等着。在电话里，他说"呃——"，然后挂了电话。

对于我那么渴望去的罗马旅行，这是一个非常糟糕的开始。我害怕第二天需要面对父亲。诺拉邀请他吃午饭。她是一个出色的厨师，做的饭无与伦比。她也很快乐、很漂亮。她是一个小个子英国女士，嫁给了一个很善良但很无趣，在某个政府部门工作的意大利人。父亲到来时，我看到他仍然很生气，但他只说："你错过了一顿丰盛的晚餐。"然而，到午餐结束时，他已经非常愉悦，告诉诺拉他晚上会带我回来。我将和他在外面吃饭，他想让我在下午见一个人，这样事情就开始如我所希望的那样发展了。我们去见了特鲁贝茨科伊公主，一个在意大利电台工作的白俄罗斯公主。她的宣传节目独特，对意大利生活进行乐观地描述，并将其传播到俄罗斯和英国。她两种语言都同样流利。父亲似乎对她有点不确定，但很明显，她非常喜欢他，并想要呵护我。她告诉我，意大利的年轻人非常优秀、聪明、严肃，她会把我介绍给她的一些年轻朋友。

我早上在罗马和一个叫贝德尔的人一起散步。我有太多想看和想探索的地方。父亲每天早上和下午的大部分时间都在收音机里录他的讲话，我们总是在午餐和晚餐时碰面。他的口袋里塞满了手稿，腋下夹着一捆文件。总会有人给他这样那样的东西让他阅读，我感到他的压力：他的时间既宝贵又短暂。第一天晚上之后，他放弃了"好好招待"我的想法，只允许我和他一起吃饭，不管他是在餐馆招待别人，还是被邀请出去吃饭，这让我松了一口气。第二天我们在圣卡洛和阿格雷斯蒂·罗塞蒂夫人共进午餐。他们之间有着深厚的友谊，她是让他感到最放松的人之一。她有扎实的文学功底，但同时对政治、经济和农业都有所了解。她曾在美国和俄罗斯巡回演讲，并与亨利·鲁宾一起成立了国际农业研究所，后来研究所成为世界粮农组织。除了谈罗斯福，她的内心通常非常平静和宽容。

两天后，一个星期天的下午，我们去她家喝茶。在她的客厅里有一堆人。我似乎还记得其中有文化部官员卡米洛·佩利齐和路易吉·维拉里。他们的谈话从历史话题到古代和现代的文学，他们无论是用英语、法语还是拉丁语讲话都显得同样自在。佩利齐给我的印象是非常机智，讲话略带讽刺，他咬一会儿烟斗，然后吐出一句话。维拉里说意大利语，带有英国口音，他的母亲是英国人，当提到主教时，他尊敬地放低了声音，说着阁下，尊敬的，诸如此类。但阿格雷斯蒂夫人会立即让他闭嘴。她坚信文化价值观而非种族价值观，尤其是意大利人那些良好的意识。

晚饭后，我们参加了一个完全不同的聚会，在弗拉蒂娜街费利斯奇兰蒂的房子里。与阿格雷西夫人客厅的和谐明亮相比，那些通向公寓和房间的台阶显得又黑又窄。我们遇到一群年轻人，他们愤怒、紧张，与其说他们是反对墨索里尼和法西斯意识形态，不如说他们更反对"墨索里尼周围的那群刺客"，墨索里尼周围的刺客，主要是法利纳西和西亚诺。他们有一份题为"起源"的文件，他们想邀请父亲一起合作。父亲心动了，因为他们提倡言论自由，能够在法西斯、反法西斯和马克思主义者之间坦诚交流思想。但情况很棘手，有一种阴谋的气氛。我第一次听到"抵抗"这个词。是不是一个新的政治运动？

"他们很清醒。"我们离开时父亲说道。但对他来说太暴力了。奇兰蒂十二岁的女儿曾建议毒死西亚诺：

> "我来干（毒死西亚诺），用一撮
> 杀虫剂。"

但是犯罪是愚蠢的，这不是正确的出路。毫无疑问，墨索里尼身边没有足够的好人：

……可怜的老贝尼托
　　一个有安全别针
　　一个有点线，一个有纽扣
　　他们都在他下面
　　烤得半熟和业余者
　　或者更多的恶棍

他不单单在这些年轻人身上看到了不满。

　　"只要他能摆脱西亚诺。"海军上将呻吟着说。

——他的好朋友乌瓦尔多。也因为他与但丁提到的祖先的相似性而被铭记：

　　……法里纳塔，跪在中庭，
　　建造得像乌瓦尔多，这是比赛……

可惜的是，像海军上将加兰图莫尼这样耿直的人，从来没有能够接近墨索里尼。

　　"十个人，"乌瓦尔多说，"会对准一个把他的名字写在

欠条上的人

　　扫一窝子机关枪。"

　　在拉帕洛的隐居生活之后，罗马及其中的政治动荡让我感到非常清醒。父亲有许多朋友，他们似乎都很想招待他、宴请他，他总是喜欢吃好的。一天，我们在拉涅利和圣福斯蒂诺夫妇一起吃午饭。因为私家车没有汽油配额了，我们便高兴地骑着自行车去那儿。饭里有春豌豆，米饭足够，父亲坚持要叫厨师出来，然后称赞他做了这么完美的意大利饭。他的老朋友莫诺蒂夫妇请我们吃晚饭。莫诺蒂夫人既迷人又快乐，还有其他客人——一些新闻记者，一个匈牙利人。他们对父亲十分钦佩。他称赞女主人在战时做了这么丰盛的一顿饭。但当该上甜点时，一瓶香槟酒被送来了，其实是为了表示对他的敬意。但他沉默了下来，他拒绝喝酒，说我也不能喝。抗议和恳恳都无济于事，他变得很生气，我们起身离开。我感到抱歉和尴尬，朋友们似乎为他的行为感到震惊和困惑。当我们走出家门时，他说："现在不是轻浮的时候。"

　　父亲在周末结束前回到拉帕洛。特鲁贝茨科伊公主将是我的监护人，她为我安排了一次野餐。这是一次四人聚会，我要去见她的一些年轻朋友：一个意大利男孩和一个捷克斯洛伐克女孩。她对我说他们已经订婚了。但是在早上六点时，在我们约定见面的教堂前，出现的却只有那个男孩，因为他的女朋友脚扭伤了。我们乘火车去了古城科里，距离罗马只有一个小时的路程，那里有庞大的城墙，还有一座通往朱诺的神庙。我带着旅行指南在罗马的考古区走来走去，与我在科里的经历相比，这次旅行把我带进一种更微妙的氛围。鹅卵石铺就的陡峭狭窄的街道，巨大的石墙，朱诺神庙中雄伟完美的柱子，让我充满了敬畏；但最重要的是空气、蓝天和山丘，我想起了歌德的罗马十四行诗。即使我不是一个人，我也会寻找诗歌中熟悉的风景，将诗行与我所看到的相比较，这已经成为一种习惯——走亨利·詹姆斯所描述的罗马行程，就像在做翻译时用英语和意大利语声音的不同。

幸运的是，这位公主的年轻朋友是一位细心的倾听者，脑袋里充满了想象力、神话和古代历史。而且，我一给他机会，他便也是一位迷人而才华横溢的演说家。当我们坐在一个老井边的田里野餐时，科西亚罗不知从何而来地加入了我们。不，他不是动物或伪装上帝的人，他只是这片土地的主人。他非常友好又渴望和我们交谈，没有什么比我们更为自然的了。"如果能给意大利和俄罗斯农民一个互相交谈的机会就好了！"特鲁贝茨科伊公主说，"最重要的是对年轻人说。"她已经在心里为自己要说什么描绘了一幅新的画面，先描述给科西亚罗听：朱诺神庙，平静而晴朗的春天，一个意大利农民乔瓦尼，她的年轻朋友——男孩鲍里斯，父亲是意大利人，母亲是俄罗斯人，父母都是美国人但在意大利长大的女孩玛丽，大家都能彼此理解和喜欢。那为什么要有战争？

所有问题的终点总是能回到同一个问题上：为什么要有战争？父亲的回答似乎是唯一合理的：一群渴望权力的金融家，根据他们的利益操纵战争。那个农民认为这很可能就是答案。他也认为墨索里尼更愿意让他的人民和平共处，只需要指挥粮食之战，去抗击饥饿。然后他让我们去了他家，在镇上一条狭窄的街道上，需要走上陡峭的台阶。是的，很可能是罗马式建筑，有着拱形厨房。他的妻子也很友好，她对战争深感遗憾。自制的面包加上了几滴橄榄油和洋葱片，味道好极了，以至于我从未忘记。她不收我们的钱，但后来还是卖给我们一些干酪。

在这样一个阳光明媚、田园诗般的日子里，比利古里亚的山丘更柔和、更明亮和更宽容的风景，和我们一回到城镇就听到警笛的情形似乎格格不入。那天晚上盟军飞越罗马并到处散发宣传单：非洲掌握在他们手中，意大利应该投降。根据意大利报纸和街头流传的议论，他们还丢下了钢笔和类似的东西，一旦被捡起来就会爆炸。

* * *

回到拉帕洛后，我又开始学习了，并且更加热切地工作。每天早上，我和母亲都会去游泳，去波泽托，或者去拉帕洛和佐阿利之间的小海湾。我们从不在海滩上逗留，因为有士兵驻扎在铁路旁边，海滩上也建了高高的水泥墙，整个海岸戒备森严。在非洲，德国人不断撤退，盟军开始在热那亚上空空袭。

父亲给我带来越来越多要读的书：齐林斯基的《西比尔》《巨大的房间》；《白骡子》，这是叶芝的戏剧，还有《诺赫的戏剧》，以及他自己的作品——《高迪尔·布尔泽斯卡》和《中国汉字》。《中国汉字》在许多方面为我提供了关于《诗章》和他的对话的启示，我一定这样告诉过他——因此他建议我把《中国汉字》翻译成意大利语。还有《神州集》：试试和我们这个时代相吻合的《胡关绕风沙》。为这首诗我工作了几个星期，他对结果很满意，认为他也许能把这首诗发表出来。他还给我带来了托马斯·哈代写给他的三封信，供我阅读和复印。他非常珍视它们：

> 所以我带了八十美元离开美国
> 还有英国，托马斯·哈代的信
> 还有意大利，一棵桉树
> 从拉帕洛往上走的萨利塔街……

母亲继续为他拉小提琴，现在也开始翻译阿瑟·基森的小册子。她读了各种各样的书，大部分是历史书，寻找支持父亲思想的事实，为他的演讲提供新的内容。演讲和文章必须定期撰写，我们现在都靠这些维持生计。

7月，母亲认为我应该回盖斯待一个月左右：换个气候对我有好处；我会在那里多吃点东西，同时也会把我的配给卡留下，这对父亲来说意味着一点额外的食品。他吃不饱而且工作过度：要把孔子的思想译成意大利语，写关于战争原因的小册子，为罗马子午线写广播稿和文章，把恩里科·皮亚的《摩斯卡迪诺》译成英语。

"试图拯救世界。"有人感到了压力，内在的还是外在的？还有目标和奉献的严肃性使"夸张"这个词变得轻描淡写。

我宁愿待在桑特的安布罗乔，不打断我自己的努力去抓住或是去捕捉他思想的闪光。我开始希望有一天，如果我能密切跟踪他，我会理解他说的和写的一切、所有的参考资料和意义深浅。他真诚的表情和意图赋予了他如此的尊严，我确信他在阐述永恒的真理，美妙之处在于他也坚信这一点。当时我从未想到轴心国可能不会获胜。但"胜利"已经变得如此抽象，以至于哪一方获胜似乎无关紧要。我们的敌人是无知。而且高利贷是所有战争的起因。

他一次又一次地告诉我，当他把他的思想转向货币问题、转向战争的起因，英国和美国的出版商就对他置之不理。他们准备重印他的《皮皮》，也就是他所说的早期作品，但这里面没有什么严肃的东西能唤起人们对经济问题的思考。钱是用来干什么的？从哪里来的？是谁发行的？关于货币和信贷的术语是如此晦涩难懂，没有人理解它。关注细节不是他的工作，而是经济学家的工作。意大利和德国至少有一些诚实的经济学家；他认为政府中的人，比如像罗萨尼和德尔克罗瓦，已经理解了货币券的机制——"货币可以预先定价"。

如果钱是以完成的工作为基础的话，金本位制就会被废除了，而钱本身也就会被征税了……有时，他似乎把所有的事情都弄清楚了，可以用一个简单的句子把意思传达给公爵将它付诸实施。这会让全人类都从中受益。如果他成功地将他的经济学理论用清晰的模式拼凑起来，普通老百姓就不会再被金融家欺骗了，公众就会拥有洞察力，从而控制他们自己的金钱和信贷。

> 钱，是银行从无中生有的，
> 对所有人都收取利息。
> "极少数人会明白这一点。
> 懂的人忙着从中获利。
> 公众可能不会懂
> 这是违背了他们的利益的。"

在我们的理想国里，我一直跟着他。他的目标是准确的：

> 广告活动持续……
> 在高利贷和想要干出一番事业的那个人之间。

在这场战斗中，他忙于意大利的广播和报纸，却完全不顾自己的福祉。他认为只有彻底的腐败、恶意，当然还有愚昧，会阻止人们看到真相，因此打仗，才是战争的真正起因。

*　*　*

但一场内心的形而上学的战争也在悄然发生着，而对此，他没有任何权力。时间本身产生的高利贷在他的内心起着作用。

时间是邪恶的。邪恶。
幽灵马车和高利贷相伴而行。

他正逐渐失控,我现在明白了,他失去了本最应该能够控制的东西,也就是他的话语权。

他的工作和言论的主人

——他不再是了。也许他感觉到了,并且更强烈地坚持着孔子的话,因为他自己的舌头在欺骗他,带他走向偏激,导致他过度地远离他理论的支点,而进入盲点。对于他某些暴力的表述,我想不出别的解释——也许因为无法让人们明白他内心的真正想法而感到恼火。美国对他保持的长期敌对状态一定让他感到巨大的压力,但他仍然没有顾影自怜。我想父亲和我一样,不太想让我回到盖斯。不过,盖斯仍然是安全的象征,食物和接待唯在这里能被确保。此外,他的教诲背后是他的信仰,他相信一个人不应该与土地长久分离;种植农作物应该是一个人的首要关注点,尤其在这个食物匮乏的时期。

因此,在 1943 年 7 月,我离开了"一两个月的时间",但从某种意义上说,这是有利的。

Chapter 6

第六章

在田地里干活大概一个月后，在一片高山牧地中我终于感受到了彻底的放松。高山中，一片放牧的牧场和一间大户农家夏天安置他们牲口的小棚子，就组成了一片高山牧地。通常来说，这些小棚子彼此之间都相对独立，然而在意大利边境线那边就坐落着一个全由这种牧场组成的小村落，当然那里一般也只有夏日才有些人烟。"一战"结束后，新的国界线划定，并没有人考虑过这片牧场，普斯特塔尔的农民们与自己的财产也被这些边境线隔离开来。不久后在政府的安排下，牧羊人和赶牛人获得了护照，然而所有事仍然被严加管控，尤其是考虑到附近层出不穷的糖精与烟草走私犯及政治犯。不过仍有些意大利边警也不知道的小道，专业登山者们一直偷偷往返于此。

这个被称为"猎人小屋"的村庄长久以来一直被视作人间天堂。在那里，还是个小姑娘的妈妈仍是个高山牧女，她的大哥也曾时常叫我去他自己的棚屋里坐坐。医生为妈妈开出的"高山空气"处方让她成功地拿到了护照，我下定决心，不管怎样也要在8月的第一个周日随她同去。

在山间草地割草期间，巴赫尔先生的外甥女路易斯获得了在那里待上两周的许可证。她也算是我的一位特殊的朋友吧，并且同时认识一个持有类似许可的乌滕海姆女孩。那个女孩已经打算把许可证借给我了，但这其实有点老套，而且这个刚被提及的姑娘其实才十四岁而已。如果我穿件呆板的农夫裙再扎两个小辫子，这个女孩看起来多少会有点像我。赶在一个周日的落日之前，我们踏上了征程，并在帆布背包里藏了一台相机，这在战时可是被严令禁止的。之前所有听到我们计划的人都没少拿我们取乐子，同时也没忘捎上一嘴，说他们绝对没胆干出这种事。

七点时我们已经到了莱茵。做完弥撒吃完早饭我们便继续前行。从现在开始我们随时都有可能撞见边境警察，尽管还剩下六个小时的行程。两小时后在一个小路的急转弯处，我们发现自己正在靠近三名同向行驶的海关人员。他们步履缓慢，此时我们唯一能做的，就是加快步伐直直从他们身边擦身而过，就好像我们跟他们享有同样的权利穿过这条路。如果我非得出示自己的护照的话，我怕自己是到不了边境线那边了。我们超了过去，他们倒还热情地向我们打招呼，我们没敢理会，匆匆前行。他们也只抱怨了两句我们的鲁莽，但幸好没把我们喊住。

当我们到达离边境线还有一个半小时路程的"昆虫"——一组四个小棚屋时，我们坐下吃了点提洛尔烟熏鸡蛋和面包来为最后一程补充能量。然而正当我们重新打包准备出发时，也不知道从哪儿蹿出来个警卫，站在我们面前并质问我们去哪儿。就在他让我们出示护照时，路易斯突然迸发出一阵紧张的大笑并答道："猎人小屋。"我开始止不住撸鼻子并把头尽可能深地扎进背包里，我大概能感受到他在盯着我的背看了，我的脸颊火烫般发热。他说我看起来比我的"护照年龄"大太多了，而且这照片也完全对不上。头也没转，我问道这是不是一种赞扬，如果是的话那他可太善良了。路易斯又咯咯笑了起来，这个警卫八成觉得我俩还算是有点意思，便把护照还给我们了，完全被我们的小伎俩支开。现在可好，我胆子上来后也直接问道：到底还有多远才能到，或者附近有没有什么捷径云云的话。大概是为我的意大利口音买了账，他还算是挺礼貌地回答了我们。不过就在我们分别之际，他还是顺带嘟囔了一句"我仍然不太相信这个护照是你的"。我微微一笑，大略让他安点心作罢，转身就加快脚步继续赶路。

马蹄印前的一湾碧湖——克拉姆，标志着我们到了意大利的边境，一座死气沉沉的灰色税务所和一面三色意大利国旗，看到菲尔格村，抵达一座奥地利村庄圣彼得斯，尽管距离林兹只有区区几里，但那里的德国警卫十分严格以至于我们不敢走得再远，我们已经被叫停一次，且假装证件被忘在了棚里。

最大的乐趣之一便是把碎雪与黄油堆搅拌成白色的黏土状，你可以把手伸进去用它捏小人，最终用一个木制卷棒滚一下，可以把所有的黏土制成一个巨大的球，上面还附有雪绒花、牛和玫瑰的图印。

接下来的周日，来自莱茵的牧师又来进行每月的例行访问，我们很好奇，在发现人群里有两个姑娘后他会说什么，但他看来是个明智的人，直接唱起了一首提洛尔民歌，开始了他的布道："高山之上，人皆无罪。"我对此坚信不疑。在听完二十个男人和三个女人忏悔后，他的脸上依旧流露出满意的笑容。

我甚至快忘了在这个仙境之外还有一场战争正在进行，但那晚我们正在载歌载舞，牧师也随舞步用脚打着节拍之时，两个边警冲进来说一家德国飞机在附近坠毁了，显然，它撞上了某座高山并引发了火灾。牧师和其他人们点起灯冲出房屋，而我们则被告知要和老人一起留在屋里。

两天之后，从林兹那边运来一支飞行中队，共七口棺材。在他们临走之际，队列停下短暂歇脚并在教堂外唱道："我有一个战友！"

我们的假日已接近尾声。的确，经过这场灾难后我也没什么心情在这里继续久住了。离开的前一天我们远行去摘雪绒花，我们想在回家时能带点什么显眼的"战利品"。托马斯也跟我们一路，因为最漂亮的白色天鹅绒星星般的花儿往往长在最危险的地方，我们需要知道这些地方在哪儿。他是个年轻的农民，在波兰失去了左胳膊，现在在放长假。在他的帮助下，我们摘了满满一筐子雪绒花、杜鹃花、龙胆草和其他几种高山花朵及一些可以治愈伤病的草药，篮子里的花草散发着蜂蜜般沁人心脾的香味。我们把花草放在奶酪房里的窗沿上。就在下午，两个面色严肃的德国边警来到棚屋里叫我们解释：因为透过窗口他们之前看到有三张海因里希的奶酪板，板上插着不同颜色和形状的轮子，但这景象完全被我们的花遮挡了起来。经过一番漫长的调情式的求情，我们终于得以留下这些花并把它们安全带回家。根据法律规定，没人能摘走多于十二朵雪绒花，因为它们正日趋稀有。

次日一早，牛群便被赶向南侧，那正是我们要去的方向，大部分年轻人都出来陪我们走了一段路程，到了那个小圣坛。在陶福斯，我们有幸赶上了最后一班火车，这样一来就省去了我们两个小时的路途。空气渐渐凝重起来，景色也趋于平淡。

玛吉特就在车站等我。怪了。那妈妈呢？她估计还要待上至少一个星期吧。玛吉特突然失声痛哭，如果真的是这样她是不敢回家的。到底发生了什么？"昨天下午姑姑不得不拿棉纱把他盖起来。""盖谁？""爸爸，他看起来像死了一样。"刚才我还沉浸在阳光与倦怠中。我不懂。当我们向家里走去时，事情逐渐变得清晰起来。就在我离开没几天后，爸爸的风湿病发作伤及了背。这其实也很常见，已经发生好几次了，甚至架子上专门放着一罐落叶松油就是为此准备的。平时一般都是妈妈来给爸爸擦油，然而事发时她恰好不在，玛吉特也没能做对。第二天爸爸承受着身体的巨大痛苦走来走去，后来就睡下了。玛吉特叫来了姑姑。她给他按摩了一番并帮他服用了烧酒，或许还说了些抱怨他妻子的毒话——到底是什么事能让她把丈夫扔在这里自己去高山牧场上逍遥自在?

妈妈和她的小姑子之间的感情深厚是陈年往事,但妈妈后来不理姑姑了,姑姑就在背后戳她脊梁骨。而爸爸却变成了嫉妒心的受害者。他茶饭不进夜不能寐,一个大清晨甚至独自爬向河边寻死。幸好玛吉特听见后把他拽回床上,他又开始向她呼天喊地,嚷嚷着非要淹死自己不可,从此她便是真的怕了。不过今早他倒看着还好,他起来后给自己好好收拾一番,还穿上了他最好的衣服,就那么一直坐在门前的长椅上等妈妈回来。当发现他手里握着剃须刀时,她又怕了起来,立刻把剃须刀以及厨房的刀都藏了起来。

一个身影,是爸爸的身躯,他突然从长椅上坐了起来:"你妈在哪儿?""她来过信了,下周就回来,那边天不错,我说服她尽量多待,可以多恢复一下。"他猛地冲进房间:"哪儿有绳子?快!给我条绳子!我要就此了断!"我一把抓住他,他如此瘦弱,但同时又如此强壮。我们诱骗他上了床,我在他身边坐了一会儿安抚他说我马上回来,而且妈妈明天也就回家了,我们完全忘了他还病着。终于他看起来像是睡着了。这怎么可能?才区区两周时间,他仿佛尽失气血,双眸深深下陷,鼻子发黄且尖如镰刀。然而玛吉特也无法回答我的疑问,这一切都始于一场风湿病并终于一场发了疯的嫉妒。我过于疲劳,没顾得上担忧或悲伤,也没心思琢磨什么或解衣入睡。我把鞋扔到一边,躺在客厅的沙发上半睡半醒,等着搭明早第一辆火车去陶福斯。

我没有多想，满脑子只有一件事：快！我不再是昨天那个漫步于静谧的树林中喜笑颜欢、无忧无虑的人了。如此紧迫，我甚至感受不到时间的流逝。我只顾在平地山间快速奔跑，丝毫感受不到疲倦。边境上的警察认出了我，这次不糊弄了。但大概看出了我脸上的焦急，他们也没想拦下身肩"合法差事"的我。赶在午餐前我就冲回了猎人小屋。一开始妈妈甚至不相信我还回过趟家，紧接着她意识到时间不等人，慌忙换完鞋嘱托海因里希把她的行李寄回家。我们及时在陶福斯赶上了最后一班火车，顺路还念了几句《玫瑰经》，但大部分时间则是在疯狂赶路，妈妈也一路哭个不停。

爸爸还坐在长椅上，冲着我们说家乡话，大致意思就是："终于！""一个傻瓜！"我已经听过不知道多少遍了，但是我从未见过他俩这般互相依偎在彼此怀中，妈妈还在深深地啜泣。两个完全不同的人竟然就这么在房屋前坐着挽着手低声谈话。我走进屋，玛吉特还在厨房的炉边等我。"都现在了还没人来吃饭！"我勉强对付了几勺子，我们彼此都尴尬地说不出话，我呆坐在厨房里盯着逐渐熄灭的余火。玛吉特出了门："你们就不想吃点什么吗？""吃的，马上就来。"她回到屋里，面色稍显放松："危机结束！"爸爸点起了烟斗，平静的气氛布满屋内，我终于可以安心歇歇了。几天来我的肌肉一直隐隐作痛，生活继续，就跟什么也没发生过一样。爸爸满怀欣喜地吃完饭，跟着妈妈在房子里团团转，她让他为自己的行为感到略有愧疚。至于这么小题大做吗！但是这听起来更像句玩笑话，好让她说这句话时的面容没什么变化。

*　*　*

我觉得，我可能随时都会回拉帕洛，所以在等待父母的信。我们没有收音机，最后才能知道几经辗转的消息。但意大利投降了，靠向协约国一边，德国人占领的事实渐渐变得清晰起来。我好奇这会怎么影响父亲，但其实除了继续在地里工作，也没什么好做的。在盖斯，最让人激动的便是赶走宪兵。

一天上午，妈妈正和我们一起喝牛奶吃面包，当我们都坐在大木碗的草地边缘时，她说有一辆德国卡车驻扎在宪兵的房子前，还有六个德国兵在站岗。爸爸的眼睛充满了好奇，他回去拿上他的锄头，沿着犁沟冲去，好像在寻找什么消息而不是甜菜。终于，午餐时间到了，我们都赶去村子。一群不寻常的看客聚集在警察局前。巴赫尔先生正从建筑物的木制楼梯上走下来，肩膀上有把枪。接着是四名宪兵、一名战士和一名德国军士。准将失踪了。他们去了情妇家找他，她把他藏了起来。爸爸认为离开是明智的。"你永远不知道，宪兵随时可能会回来。如果他们回来，我不想在巴赫尔或者莫亚的位置上。"德国人把宪兵的步枪和手枪扔在卡车后面后离开了。巴赫尔先生送手无寸铁的人步行到布鲁内克的德军司令部。他们的行李放在莫亚的马车里，马车跟在他们之后。

甚至连内部通信都被审查了，现在没有人有时间写信，所以我不知道在我离开拉帕洛之后不久，墨索里尼沦陷的消息如何影响了巴伯。

9月3日：盟军登陆意大利；

9月8日：意大利投降；

9月10日：德国人接管罗马。

在意大利被警方抓捕后的下午，我骑着自行车去了乌滕海姆，以便归还我借来的通行证。这是一个无忧无虑的愉悦的九月天。但是，当我从远处看到妈妈站在房子的角落，好像在找我时，我的心猛地一沉，她的双手奇怪地裹在围裙里，我知道这意味着她心烦意乱。我担心爸爸可能发生了什么事情。虽然自从妈妈归来以后他一直很开心，但我还是很担心。我停下自行车，她看到我没有抓住自行车，我脑子里满是爸爸。——"先生！""是父亲？"

"你好啊！""先生！""父亲来了！"

"是的，他走进厨房，但我没认出他来，我对自己说：'这个新来的乞丐是谁？'然后他说'你好'，我听出了他的声音，是你'父亲'！他说：'莫迪尔去了哪儿？'我说你去乌滕海姆了，应该很快回来。我拿水给他洗了洗，他全身都是灰，像个乞丐似的，但他一点东西没吃。他说累了，正躺在你的床上。"

我跑上楼。一阵沉默后，我终于尝试着开口："你怎么到这儿的，从哪儿来的？"他指着他红肿的充满水泡的脚和浮肿的膝盖："我从罗马来的。"然后他慢慢地告诉我，盟军登陆后，罗马当局非常混乱，所有高级官员都离开了罗马。有些向南，有些向北，没有人想到他。他回到意大利宾馆还账，然后把小皮箱和黑手杖以及宽边波尔萨利诺帽子留在了桌子上。他去了乌贝蒂家，他们借给他一双靴子——并不像一开始想的那样合脚，所以起了水泡，还有一顶窄边不引人注目的帽子和一个背包。他在诺拉家停下来告别，他想让母亲的朋友知道他去了哪儿：他告诉他们他将要去盖斯看他的女儿。他们试图劝阻他，让他住在他们家直到知道将会发生什么。战争可能在几天内就会结束，事情可能会恢复正常。不，他接受了诺拉为他准备的两个鸡蛋，然后离开了罗马。

他说我应该研究他从背包里拿出来的地图，乌贝蒂给了他一张非常详细的地图，边缘和背面写满了他自己做的标记和评论。"一直到了维罗纳，我才意识到这是一张军事地图，如果他们抓住我，他们可能会把我当作间谍。"他所处的困境几乎是怪诞的，甚至在他自己眼里也是这样。接下来的几天里，我们非常仔细地查看了地图。一旦他从疲惫中恢复，他便为他的壮举感到骄傲。他自然没有全程步行。博洛尼亚是最后一个不安全的地方。他睡在防空洞里。从博洛尼亚到维罗纳，只有一站火车，在维罗纳，他花了一天时间试图决定他应该做什么——是继续向北行驶还是乘火车去米兰？有几列火车正在运行，也许会开到拉帕洛。他决定坚持原来的计划，先来看我。他有一些重要的事要告诉我。

在我带给他晚饭之后，爸妈进来祝他晚安，他们完全没有隐瞒对所发生事情的困惑和好奇，他们也不知道将会发生什么，但是他们扼制了所有问题，以便让他好好休息一下。他开始说话了："坐下并熄灯吧。"他的眼睛感到刺痛。

"我不知道你们对这一点已经怀疑多少，圣安布洛乔的大门并不是完全隔音的。"不，那些门并没有关严实，但我从来没有听到他和母亲之间的任何谈话。我觉得他几乎希望我能听到，这可能会让他更容易对我讲他要讲的话。我不仅没有表现出好奇心，而且全然不知道他想说什么。他为了一个开始而喋喋不休。哪里？什么时候？差不多凌晨三点，他终于认为他已经说了所有的话。虽然接下来的几天他又多次回到这个主题。现在我知道他在拉帕洛还有一个妻子。他的妻子在英格兰有一个儿子。消息并没有作为一个秘密传播，只是现在我长大成人了便可以知道这事。事情会变好的，"如果这场战争结束的话……"一切都清楚简单。我没有怨恨，只有一种模糊的怜悯感。

晚安，好好休息。我踮着脚尖走进玛吉特的房间，她咕哝了两声就挪到了她的床侧。

*　　*　　*

山羊之歌

一切都清楚简单，但这不是这么来的。我听过山羊的歌。我瞥见了疯狂和异象：宙斯——赫拉——狄奥涅。谁的疯狂？谁的愿景?

阿加莎像山羊一样说话,咩咩,山羊一起唱了高尔斯,高尔斯。盖斯,一个新的北多多纳,在那里我们听到榆树下的嗖嗖声,在一棵古老的橡树上沙沙作响。

行动在话语之前。每个国家用自己的硬币付钱:祈求新年运气的小猪,代表春天复活的小羊,这首歌的山羊。

替罪羊咩着咩着,咩到秋天。柳树上有黑色的鸽子发出咕咕声,它的羽毛被风吹得起伏不平。虽然寺庙已毁,但甲骨文仍在池边嘀咕。欧蒂短暂的访问。绝非想象。

一个人的不忠诚引发另一个人的不忠。一个人无法转移感情。老人的痛苦是一个人的诅咒,一个人的性格决定他的命运。一个人无法转移感情。对欧里庇得斯和赫敏,一声雷鸣响彻晴空。悲伤。为什么要继续欺骗这么久?

　　　　我的泪水淹没了我

这出戏里可没有地痞小流氓。

唯有悲痛,直到悲剧化为一场闹剧。宣泄!净化!传来声音:"切莫丢了你那份幽默感!"我说:"别再操这份心了!"

多年之后在伦敦的星辰广场,艾略特先生面前放着一小碟蘸奶油酱的海鸟蛋,他就山羊抛出各式各样的问题:它们是黑的还是白的呀？它们有犄角吗？

这山羊可没戏份啊，档案里也没记载。谁给它们写？谁会写它们？

"非洲人比希腊人更讲理。"比白人还讲理？或许他们能解开这个谜团。

* * *

在爸爸妈妈的世界里，人间与上帝的天堂之间有一座岛屿，岛屿上由不受人类法律约束的半仙们组成。在这里，想象驰骋的空间更大，情感更加爱憎分明。不久之前我着迷于神谕、厄运和傲慢，在此之前我还被叮咛甚至被警告过要远离弗洛伊德理论和过于简单化，我在母亲面前不能放松。"赢得母亲的宠爱是不可能的"，现在成为一个事实。她曾经想要一个儿子，一个传宗接代的人。父亲的直率支撑了我，也支撑了他的愿景：

一道微光，像道疾光，引向光芒。

光辉啊，这一切都说得通了。那暗黑处回荡着威胁："让你的诚实做你的嫁妆！"李尔王的声音却没能深入我心。

每一个我所熟知的神话我都坚信且经历，并赋予它们新的曲折。这跟平淡的日常生活并不冲突，与我的天主教信仰也不冲突。此外，在圣安布洛乔待的这两年里，我逐渐开始享受并且热切地想参与到放弃作品的翻译工作中，通过研究去了解他的一些思想和理论。这对于我而言比合法不合法要重要得多。记录最终都会被更正，因为这些都有明文规定。捏造历史、伪造记录都与这有关：

> 如果一个人无规矩
>
> 他的家庭就无秩序……

之后对我人生有重要影响的是父亲内心的淡定，一切的一切都以此为基础。之后回忆：

> 你的最爱就是你真正的遗产

由于诗歌是真理的真正媒介，许多情感的阴影将作为神话而隐藏在《诗章》里。散文符合事实，但事实并不重要，它们可以简单地被记录为"部落故事"的一部分。

在罗马之行时我们找到了《诗章》的最佳描述：

> 从纳克萨斯来的人路过法拉撒比纳

> "如果你愿意留下来过夜"
>
> "对我们大多数人来说，确实只有一个房间。"

"钱是什么？"

"不，没有钱买面包。"

也不是为了雷区

"这里只剩下女人"

"我把它拖到了这么远，会留着它的。"

不，他们不会对你做任何事。

"谁说他是美国人？"

布兰达，博洛尼亚的一个静止的形式。

几天之后，我家有位外国人的消息一定传遍了，还传到了地方长官那里。布鲁内克的专员、屠夫贝尔纳迪先生和巴赫尔先生来到我们家。他们是老朋友，但当他们肩上扛着枪进来时，爸爸妈妈显得很害怕。在这样的时代，谁也不知道会发生什么。

"在意大利说自己是美国人的男人是谁啊？像那样的人在盖斯能做什么生意？"这样一来，一开始就那么武断。"萨马·莫迪尔的父亲，你知道那个男人，你一定见过他，他在战前常来。一个叫格沙伊多的聪明的高个子金发先生，他老了很多，你可能认不出他了。莫迪尔，去把他找来。"是妈妈在和他们打交道。父亲微笑着下楼，准备出示他的证件。但是他的证件就像他是"我们"女儿的父亲一样毫无意义。在提洛尔人眼中，唯一有害的事情是，他从意大利来，并出示了一张意大利电台的记者证，这让他可以以更低的价格旅行，简而言之，他与意大利有联系。尽管德国直升机释放墨索里尼的消息、法西斯政权的复活及其与德国重新结盟的承诺已成为官方新闻，因为提洛尔人的头号敌人始终是意大利：他们仍然一心想报仇，且非常傲慢。

但是，一个明显不是意大利人、不是间谍、不是法西斯分子、不是犹太人的人，该如何看待他呢？可惜他在罗马广播电台讲过话了，那是因为他相信轴心国。但提洛尔人不相信。事实上，即使他们现在认为自己是纳粹分子，他们也钦佩美国人，他们甚至不能假装不这样做，尤其是巴赫尔先生，因为他有一个兄弟在美国，并为此感到自豪。

调查很快就结束了，他们开始泛泛地谈论政治。爸爸在引导任何有关政治的谈话方面是专家，他真的很好奇，巴赫尔知道这一点。父亲在引导从政治到经济的对话方面同样是专家。在南提洛尔没有人听说过沃格尔实验，这个实验似乎很有趣：市长的马的直觉是可信的。非常有趣，但是这和战争有什么关系？这不是战争宣传，你在对美国的广播中说了什么？美国要么置身事外，要么帮助轴心国赢得对俄罗斯的战争。讨论继续着，两个小时后，姐夫进来了。

考虑到这家人不是很聪明：

他说什么？

马切尔先生说：犹太人需要钱。

爸爸对他的姐夫马切尔先生总结道：犹太人想要钱，他姐夫挂在表链上的唯一一个吊着的银币，把利息从纸币和印戳转移了。

> 从玛丽亚·特蕾莎来的银币……
>
> 在我们这个时代，他们创造了银币，
>
> 今天，英国人做到了，英国人自然做到了。

巴赫尔先生一直在研究父亲的思想。这位艺术家战胜了这位临时的爱国者和纳粹官员。如果他是个戈迪耶[①]，他可能已经开始用小刀在枪托上刻字了。"真是一个好头像！"一个有趣的头像，形状和内容都不错。他邀请父亲到他的画室去，很奇怪，第二天下午我和父亲就一起去了。虽然我小时候和爸爸一起在房间里听收音机，在厨房里或去他们的屋子里看巴赫尔的侄女们，但我从来没有踏进过巴赫尔存放他父亲、他自己和他哥哥的雕刻作品的工作坊。

> 但巴赫尔先生的父亲仍然按照传统制作圣母像
>
> 雕刻的木头你可以在任何大教堂里找到，
>
> 另一个巴赫尔也在制作凹雕

---

① 指庞德的挚友，在"一战"中伤亡的雕塑家 Henri Gaudier–Brezeska。

比如说在爱克佐塔①时期的萨鲁斯修②的作品，他们的面具都来自提洛尔。

玛多娜的文艺复兴

做一个玛多娜的文艺复兴
这就是我在提洛尔学到的。

父亲在猜巴赫尔先生到底会不会收他为徒？也许看看他那双手能整出点什么还会挺有趣的，他之前在布朗库西的工作坊里，或者是戈迪耶在雕凿大理石头像时尝试过，我也有点忘了。也许在这种情况下，他更适合去锯木厂，纯体力活儿或许会更好些。就这样在我们走向山脚下的锯木厂时，我实在想象不出父亲举起树干和木板在磨粉机嘈杂的声速下工作的场面，这么说吧，是个冒险的建议。他跟我提起过他祖父的木材事业，以及看着那些树干如何在河中顺流而下，但他真的尝试过去对付那些树干吗？不。对于木厂主来说他可能看起来着实结实，他们需要帮助，他们的孩子还深陷战争，有一个已经殒命俄国。他会再歇上几天，万一他要再待一段，我们会再打电话的。

---

① 指意大利文艺复兴时期的贵族马拉泰斯塔（Sigismondo Pandolfo Malatesta）为他和他的情人 Ixotta（亦 Isotta degli Atti）在里米尼建造的马拉泰斯塔大教堂。
② 指 17 世纪意大利副主教、政治家、经济学家沙卢斯迪奥·班迪尼（Sallustio Bandini）。

同时父亲无法让自己就这么闲着，他环顾房子四周有没有什么可以上手的，并开始在梯子上干活儿，这让妈妈很是高兴，也把爸爸逗乐了。"瞧瞧！这位先生在屋里待了还没几天，就已经开始做我二十年来一直喊你做的了！"让爸爸有些尴尬的是，父亲坚持要和我们一起在餐桌上用餐并完全参与到家庭的生活与日常对话中，并在某种程度上接受了提洛尔人的看法：

> 因此在布鲁内克阿尔卑诺雕像前放下的箱子
>
> 和慵懒飘动着的长长的横幅标语
>
> 相似的事情出现在达玛蒂娅
>
> 这个国家真诚的财富
>
> 其实是所缺少的诚实
>
> 没有例外可以拯救
>
> 这些狗屎般的南蛮子（意大利人）
>
> 他们政府的诚实和英国人的可信相雷同

布鲁内克的阿尔卑诺雕像一直是提洛尔人反意大利的象征之一。1943 年 9 月，他们在纪念碑旁边放了一个空的箱子，提醒意大利人是收拾行李离开的时候了。在父亲到达的第二天早上，我去布鲁内克给母亲发了一条电报传递消息，并要些法亚德①纸给父亲起泡的脚用。我没抱很大希望电报能准确送达，但居然成

---

① 法亚德（Papier Fayard et Blayn），法国的一种塑料纸的牌子。

功送到。几天后，我们收到了一封信与法亚德纸。自从他们的法国徒步之旅之后，他觉得这种纸特别管用，需要保持供应，可能更多是为了保存而不是实际使用。母亲写道，拉帕洛很平静，而父亲在盖斯定居并从事手工劳动的大致计划被立刻否定了。我们去过布鲁内克的地方指挥部，那是一个办居民证的邮政酒店。贝尔纳蒂先生把地方官——他的兄弟介绍给我们。为什么不去柏林呢？这样的脑子就属于那样的地方，德国广播电视台！父亲也就象征性地回了个友好的眨眼。妈妈清醒的兄弟们不停地在重复：这样的人就应该赶紧去瑞士，待在意大利完全是浪费时间。再说，由于这些混乱和政治波动，提洛尔也不是什么好地方。他们会告诉他怎么去瑞士的。

不，他一定会返回拉帕洛的，我们又去了一趟布鲁内克，此行是为了获得离开的许可。他们很勉强，不允许他离开博尔扎诺省。也许我们可以试试去问地方长官。我到底可以跟他一起回到拉帕洛吗？"不，最好等等看吧，你们最好去找边境防务长官吧。"但最终我还是陪他一起去博尔扎诺，整座城无比荒凉。

> 这里叫作沃尔特广场
> 我们在博尔扎诺听到

不再是什么胜利广场（改成德语了）。我们并没有去格雷夫用午餐，那里已经被德国军官占领了。父亲异常沮丧，并被这种傲慢的军国主义氛围所迷惑。看来还是得我来开这个口："看哪！这人得去赶火车了！"这里所有人都无动于衷不知所往，乘火车看起来还是带点名望的事情。下午一到父亲就拿到了离省的许可，尽管我知道，如果他可以不再那么谨慎小心、遵纪守法，他完全可以直接在没有获得许可的情况下离开。他登上的那列火车似乎带着不祥的征兆，只有一节车厢有供乘客坐的木椅，其他的则排列着装载着大炮的货车。"总有因缘"是父亲的经典台词，"我于1897年搬离爱达华州，这一年第一台旋转式铲雪机面世。"现在我久久站在站台上，心情沉重地等待着下一班返回布鲁内克的火车。

*　*　*

9月23日，墨索里尼组建了新政府：萨尔共和国。希特勒恼羞成怒，指责意大利人犯叛国罪。那些理想主义者尤其是年轻人们已经迫不及待地想要用血洗净耻辱的污点。与此同时，丘吉尔、罗斯福和斯大林在胜利中步步前进并逼迫着意大利投降。11月时维罗纳最大的法西斯政党上台，工作卡开始发行：工作是挣钱的基础。没有财产权，但有权为争取财产而努力。工作不再是经济的服务对象，而是经济追求的目标。

浮夸、虚荣、侵占公款所带来的对劳动长达二十年的摧毁

似乎已经结束了，墨索里尼开始了新的方案，明确又严格。

父亲一定是被其深深吸引，而这新计划的确成了一种主旋律。

> 为了维罗纳的计划
> 设计师的老手紧握狡诈

> 客房，萨尔，加尔多内 [1]
> 梦想中的共和国

只可惜这个梦想中的共和国落地太晚，也厄运不断。有的被视作诚实的掌权者随查诺一同被枪杀。博泰也藏匿起来。在德国人的警觉之下，不幸、压力与危险与日俱增。

外国人被赶出禁区。1944 年的春天，父亲被迫从水滨的公寓楼里搬了出来，移居到山区。随后他去了圣安布罗乔，他的妻子也随他去了六十号。

二十年来积攒的书、纸、手稿、信件、画作都被慢慢运向山上。老巴辛时不时也会帮上一把，但大部分还是父亲和母亲用公文箱和帆布包运上去的。

> 空袭来临，还好圣安布罗乔没落下什么炸弹。

在热那亚及沿海，丧心病狂的轰炸都是为了摧毁桥梁和奥雷

---

[1] 加尔多内（Gardone Riviera），意大利加尔达湖的一个旅游景点。

利亚的公路。在拉帕洛只有教堂和校舍被击中。

尽管如此，父亲依旧在没日没夜地工作着，就像一只孤独的蚂蚁，打着一场只属于自己的战争。他仍在为新共和国的报纸写文章，我也在科尔蒂纳拿到了一份复印件。年底的时候他已经用意大利语写完了第七十二和第七十三诗章。在1945的贝法娜节，他把它们送给我作为礼物，文中充满了活力与想象，不停地称赞着他的老朋友F.T. 马里奈缔，他是未来主义运动的发起者，一直忠于自己的"干涉主义"理论，并远赴俄国去战斗。还有乌贝提海军上将，他有一句不是很好翻译的名言，大意就是：对于忠诚的意大利人来说，死在今天便是思想境界的最好总结，毕竟失败早晚都得到来。理想主义与英雄主义也不都是站在墨索里尼拥护者这边。父亲也被那种决战的精神信念所感染。

就在盟军系统性地且无情地轰炸意大利美丽的城市里米尼的西西蒙多大教堂时，父亲也在系统性且镇定地整理自己关于孔子和孟子的翻译。印刷厂的孤儿还在为他印着色彩斑斓的海报，他把这些条条片片贴在拉帕洛的墙上。

大概是他想和我保持联系吧，但可能主要因为文化生活更加有趣，父亲在萨尔为我新找了一个传译的工作。但我对他的计划总是提不起兴致，不为所动。尽管对于父亲对新共和国所抱有的希望，我感同身受，作为提洛尔人我对意大利人多少有些不信任，我自我保护的直觉向来很强。我也无非时不时通过德国邮递员给他发去些食物包裹，但是最远也就能送到加尔多内，包裹从那里可以转运给他。

在博尔扎诺目送父亲在坦克大炮的护送下离开后，我回到地里挖了会儿土豆，也不知道是意志力丧失还是命运玩弄，我可笑地摔进了一个小沟里。

* * *

当时提洛尔的主要兴奋点是对意大利人的搜捕，我间接地受到了一些影响。到 10 月 3 日，他们已经除掉了治安官和他的两位女秘书，一年一度的感恩节首次在意大利当局不在场的情况下举行。然而，我还是觉得科施塔出了点问题，缺乏自发性，那热烈的叫喊声也没有唤醒小时候到处都能感受到的那种真正的快乐；最优秀的男人都不见了，没有什么能让人忘记战争。

那天晚上，巴赫尔先生出差来到我们家。这样的事情真的是违反了规定，因为在科施塔，人们平时只知道吃喝玩乐。他郑重地问道："你会打字吗？"我点了点头。"你会用德语和意大利语写作吗？"我点点头，很想知道他葫芦里卖的是什么药。"莫亚被选为市长。"听到这里，爸爸和妈妈发出呜呜的惊讶声。"他需要一位秘书，我们已经选你担任这个光荣的职位，尽管你的职位中有些事情是不合常规的。"

当他说完这番话时，他恢复自然，坦率地告诉我事情的来龙去脉：村里没有一个人懂得办公室各项事务（其实我也不懂）；年轻人们甚至不知道如何准确地写德语，因为在学校里他们只学意大利语，而且拒绝学习德语。

在市政部门工作的第一天，我听巴赫尔先生说了些闲话。他兴高采烈地描述了一群年轻人是如何拆了布鲁内克的意大利阿尔卑诺雕像的。那是一堆可怕的矗立在巴洛克式的方济嘉布遣会教堂前的廉价水泥和石头，使得这个小广场丧失了其所有特征。他们用一根绳子把它的头扯下来（它很容易地就断了），然后用长矛把其余部分都击碎了。"你应该看看意大利人的窘态：他们现在到处走动，两腿夹着'尾巴'，像'肮脏'的犹太人一样对你微笑。孩子们对纪念碑吐完唾沫后，应该是一个意大利菜贩子把头拿下来的。"

第一天之后，巴赫尔先生再也没有进过办公室，他想让大家明白他不是雇员。

第二天，我和我的"头儿"取得了联系。以前我们经常一起在田里干活儿，现在却在办公室见面，真是太尴尬了。就在那个夏天，我帮他一家收了玉米，在他们家里吃饭，晚饭后还念诵《玫瑰经》。我很喜欢他的母亲，总是找一些借口去拜访她，不仅因为我肯定能吃到她做的美味蛋糕，而且因为她那传统的房间里有着这样的美景：镶板很旧，漆成红棕色，角落里，桌子上方，立着一尊古董雕像；全能的主（看起来很像朱庇特），左手拿着一个圆球，右手拿着一根权杖。球上坐着耶稣，脚后跟朝外，愉悦又有风度地伸出右手的前三个手指；圣灵栖息在父神的头上，翅膀张开，爪子鲜红。其余的人都没有上漆，或是由于几个世纪以来复活节的清扫而掉色了，因为在任何一个体面的农舍里，连上帝都逃不过复活节的清扫。在同一个房间里，两扇深窗之间挂着一个巨大的十字架。它的尺寸令人敬畏，但它的身躯却如此轻盈，充满了爱，让人几乎有了拥抱它的欲望。绑在脚上那生锈钉子上的是一串串比胡桃还大的木念珠，每天晚上莫亚都用他强壮的手拖动这些木珠，他的父亲也在他面前……

我过去常叫他弗朗兹，但在一间骷髅般惨白的房间里，一台打字机，一张沾满墨水的写字台和一长排使公众无法接触到任何文件的抽屉前，他看上去完全是另一个人，非常自负，用愚蠢的怀疑的眼光打量着我。在这种情况下，我不能用他的教名来称呼他；另一方面，称他为市长先生又太沉重了，所以我决定用这个房子的名字，尽管很有礼貌，但总让他想起他原是个农民。

好吧，他就站在那里，在桌子旁边，处理着信件，傲慢而又无助，在那一刻，我完全意识到我已经被逼到了一个需要极大耐心的境地。

最后他不得不决定把那些信交给我翻译，因为它们是用意大利语写的。我问是否需要做书面翻译。"不用，我们不必为意大利信件操心太多。"但是出现了一个棘手的问题：其中一封信呼吁农民们送更多的牛奶和黄油，这封信来自意大利博尔扎诺省长，后来被驳回。这该怎么办？由于现在意大利已经失去了对自己的主权，必须视其为敌人，这封信寄不出去了。

我问他是否需要继续这些通信业务。"当然，但最好要安排得像德国的信件一样。"

最后决定让我做书面翻译。我一上午都在为这件事操心，对其进行了几处修改，以使之符合时局，当我第三次交稿时，莫亚才签下自己精心设计好的签名，把它挂在黑板上，非常高兴。事实上，他是对自己的"发布"非常高兴，以至于下午他让我再复印几份寄给我们教区四个小村庄的首领。

人们认为，一旦他们摆脱了治安官，他们就不必再像1918年以前那样为文件操心了，但他们很快就看到了自己的错误。食物仍然定量供应，新卡要到10月10日才到，而我，正要分发这成百上千的卡片。当然也有备案的文件，人们进来的时候也很有秩序，但几乎每个人都做出了一些变化，很多投诉都是说出来的，而不在文件当中。

"意大利人登记了两头牛和九个人，这是不对的。现在我们已经变成德国人了，我们总得把事情安排好，我们有十一个人，圣诞节又有一头牛要生小牛，我们现在只有一头牛能挤奶，所以我们至少应该要领四张油卡。"

我觉得他们说得有道理，于是我把油卡给了他们，又把面包卡给了另一个人。当莫亚发现时，他怒不可遏，说我在包庇所有的小农场主。我指着几个大农场主，说他们根本不应该得到任何卡片。他对我的反驳感到很恼火，但很快就克制了下来，说着"南边那棵树上有最好的苹果，你懂的，还有这些，是我妈妈送给你的蛋糕"想以此来讨好我。

一周后，食品卡的发放结束了，统计结果比我想象的要好。有一天我看着窗外，想知道接下来会发生什么。这是我第一次想起野生栗树，看着黄叶随着沉重的厄运飘落。那天太阳还没出来，无法听见在干枯的树叶间走动的脚步声。

一天早上，一个年轻人已经在办公室门口等我了，是猎人小屋奶牛场的牧民海因里希。当他认出我时，脸色发紫，望眼欲穿地想要逃离。我却恰恰相反，很高兴见到他，没有看出他的不自在，于是我开玩笑地问他要不要结婚证。他只是叫道："什么，你在这个办公室里工作？""是的，它没有采摘雪绒花和做奶酪那么有趣，但我还是来了，有什么事吗？"见无路可逃，他供认了"罪行"：他姐姐生了个孩子，凌晨三点出生。

我早就知道她要生一个私生子了，因为这类丑闻在怀孕的时候就已经成了街头的话题了，即使这女孩住在四英里外的一个小村庄里。我尽我所能地安慰他，然后开始想该怎么办，看着庞大的人口普查登记册就觉得有点敬畏；但我一时失去了理智，我让那个年轻人去通知莫亚。"哦不，我不会去告诉他这个孩子的事的，"他说，"但因为我要去布鲁内克购物，当我经过他家时我会告诉他办公室里有人找他，我回来的路上会再来的。"

他走后，我查了一下最新的登记册，终于如释重负地发现一张字条，上面写着以下说明：

关于私生子：母亲必须亲自前往；否则要求市政秘书必

须去家里；两个证人；助产士合格证；衣服、肥皂、香蕉奶嘴等物的票；等等。

幸运的是那不是教区里第一个私生子，于是我着手翻译那冗长的条款，因为我肯定这项注册还在德国继续。莫亚来时我给他看了译文，他对此思索片刻并最终同意了。但我担心出生证是用生僻的土话写的。

于是我想研究下我自己的证件。早在 1925 年，我在任何地方发现 Maria Rudge figlia di Arturo[①] 的线索时，都把 di 替换成 fu——也就是把 of（的）换成过去式（was）。这样就好了，我想我的合法父亲已经去世，一直是这样的。

在忙活完税表、出生证和配给票之后，又有一项持续一个半月的对家养动物和人口的统计调查。我突然被下令调到布鲁内克的市政厅工作，我是一个在因斯布鲁克受过培训的合格秘书，负责盖斯的政府事务。接下来的周一我乘坐晨间电车，于八点出现在市长的接待室。一个消瘦的、甲状腺肿大的黑人女性消沉地接待了我。她不知道我来做什么，我要等市长本人。当他来时我发现他是个很快乐的人，非常引人注目，大概三十五岁。作为市长，他没有工资，因此他很少出现，要靠干老本行糊口。据说他是镇上最好的牙医。他体面地接待了我，而我很快发现，把我调来根本不是他的意思；莫亚提起我之前，他都不知道有我这个

---

① 玛丽母亲的名字。

人。无论如何他使我感到时来运转。我的薪资会是每月一千里拉（在盖斯，我一个半月拿五百里拉）。而我的工作——好吧，暂且只是一些奇怪的活儿。这是在我最后一次面试之前，他唯一一次和我说话。

第一份活儿是为镇上的艺术收藏编目。看到这么多老绘画和雕刻依然存在，很是有趣。显然所有这些东西近二十年来都被藏在 M 先生的家里，现在意大利人走了，新的市议会希望开一个博物馆，从而靠艺术作品进一步证明他们的德国性。这项计划仍然是秘密，很少人知道这些宝藏，我想他们让我复制目录的原因是我在镇上没有熟人，而且觉得我太呆，发现不了真相。后来，当 M 先生来看工作进展情况时，他惊异于我竟然懂拉丁语。战后我才知道，德国人曾在意大利偷盗艺术品。

12 月的第一天，我被调去三楼和一个很胖的金发女人在一起。她新近结婚，有了家庭，非常看不起我。我们的上司冯·格雷布纳先生是邮政酒店的老板和当地镇上的头儿。

他的声音和举止与其说像人不如说像熊，感谢老天，他来得很少。他也没有工资，因为这是名誉职位，但他可以得到更多盐和人造化肥等好处，因为他和他的农场被托付去分配物品。现在我目睹了大农场主如何事事顺利。我的额外工作是管牛奶和黄油池，分配油票给没有电灯的人，进行马匹普查；如果去看兽医或需要使用其他服务，这些精致的动物实际要有比人更多的证件来（未必）准确地描述其姓名、性别、年龄。

接着，杀猪的季节到来了。肉量和人数都必须详细记录在案，工程量浩大。如果一个农夫数学不大好（比如说，认为一头猪就可以满足这么多人的配给），情况就变得更复杂了，需要填写更多的表。

在我逗留市政厅期间，我只与农民们来往——嗨，有的时候也和他们的妻子来往。事情比我待在盖斯的时候有趣得多，那儿所有人都知道我是谁；我有更多的机会来琢磨古怪的人。我的同事只对富有的中产阶级甜言蜜语，认为我与小农夫们用方言交谈是有失身份的表现，对我公然炫示她纡尊降贵的态度——她从乡村小酒店的服务生做到一家博尔扎诺糕点铺的店主，一路摸爬滚打直到成为萨尔茨堡电厂的一名雇员。尽管如此，考虑到其他同事一再感到困扰的小事与争吵，我得说我是非常幸运的，因为我们两个总是能维持融洽的关系，而对其他人，我没什么话好说。在圣诞节，所有的德国同事，不论是市政厅的看守还是德国委员会的领导，都被市长邀请参加一个派对。我们晚上七点聚集在少年宫中，这儿之前曾是法西斯大厦的所在地，现在这里点亮了一棵巨大的圣诞树。我们每个人的座位被标出，上面放着一本书。我有幸坐在瓦德纳医生的身边，根据我的观察，他是整个派对上最富有魅力的男人。我们当时才第一次见面，却围绕艺术以及我们的共同好友巴赫尔先生的八卦进行了一番非常有趣的谈话。市长做了演说，大家一起合唱《平安夜》与《圣诞树》，香肠和酒被端了上来。最后，派对在《德意志高于一切》的歌声中结束。

那天晚上，我第一次听说年轻女孩儿要应征入伍的流言。有一些女孩儿已经离开了，但她们是自愿的。3月末，电话局有两个女孩应征入伍了，我感到很惊恐。因为，既然我既不是纳粹的一员，也没有什么有权势的朋友，德国委员会很可能会毫不犹豫地让我入伍，这样的情况下，我只能选择进一家德国军火制造厂。

几周之后，我的同伴告诉我德国医院在招募打字员，这为我提供了新的思路。1944年4月15日，我步行至科尔蒂纳并尽可能地收集信息。听说波科需要一名秘书，我便前去寻找部门里的医生。我告诉他现在情况是什么，并且我很害怕被征走。他却很友善地提醒我："小心可别左右逢源。"他大致安排了下，以便我能在三天内知道自己能不能得到这份工作，随后他喊我去办公室打上几行字，好让他给负责招募的同事发个样本。

当一群士兵聚集在我周围开始口述时，我心中悬着的大石头终于落了下来。我的工作能力一定是被认可的，三天后我就接到电话说5月1号我就可以开始上班了。国籍似乎不是个问题，没人问过我——大概大家都自然而然地以为我是个来自市政厅的提洛尔人。

当我去市长那里请求辞职之时，我还从未向任何人提及过我的计划。他却说这不可能，现在是战时，而我们被视作可以动员的优秀力量，唯一可能被调去的地方就是部队，医院可不算，尤其是当你只是个普通的市民、工人时。然而随着瓦德纳医生的介入，我得以在4月30日脱身，谁让他刚好是柯尔蒂纳的市长，并且负责为医院输送工作人员。

次日早我搭火车前往多洛米蒂山中最引人入胜的地方。

Chapter 7

第七章

我无法理解自己为什么要在普克尔康复之家工作，这里清闲得很。可能是因为年轻的中尉主管或者那位绅士的老医生对我有好感。他们也没有什么可做的。康复之家一共有八十名士兵，虽然不再需要接受治疗，但是还不太适合回到他们的军团，他们就在这里闲逛，在留声机上播放唱片。只有在进餐时间，我才会意识到我并不只是在一个舒适的山顶酒店度假，因为所有人都聚在大餐厅里吃饭。我和医生、一名年长的护士还有中尉，坐在一张靠近入口的小桌子边；沿着墙壁在中心的，是士兵们坐的长长的餐桌。

那位名叫克莱门蒂娅的护士对我和蔼可亲，但是她让我明白我和她没有什么瓜葛——我必须做那些"男人们"要我做的事情。她表现得好像他们分别是她的丈夫和儿子。每一顿饭后，她去休息，直到下一次开饭。

男人们只要求我陪他们喝酒和打牌，但是我不喜欢喝酒，也不会打牌，所以我们朝着法扎雷格山口，但是从来不会走到科尔蒂纳。有的时候，我只是坐在办公室里全新的打字机旁边，默默地思考着这一切是多么奇异。

然而，一个星期之后，中尉得到了去往"前线"的命令。医生陪着他南下到科尔蒂纳，当医生回来时，他非常悲伤。不仅仅纳粹带走了中尉，我也要在次日早晨去贝尔维尤医院上班。我并不惊讶，我知道一个人不可能平白无故拿着一千三百里拉的月薪还能吃好住好。

在真正的医院，一切都不一样：工作是实打实的，战争也不知怎么地更加接近了。

我在这个酒店改造的医院里有一个床位，其实是在一间漂亮的公寓里。我和四个护士共用两室一卫。她们就是一些所谓的"小护士"——二十多岁的女孩子，没有经过高等医学考试。另三位全职护士，也就是护士长、厨房护士和夜班护士住在一楼的另一间公寓。没有医生住在这座房子里，只有两名医疗下士挤在一个屋顶低矮的房间里。

我花了一段时间才适应新环境。有三名护士是奥地利人，另外一个来自德国北部，她身材魁梧，古铜色皮肤，一张脸棱角分明，脸色铁青。她为人坦率，相当大胆，而且是第一个和我握手的人。在俄罗斯服役的两年里，她学会了喜欢那里的人，而她讨厌意大利人。

她一发现我不是意大利人，就在她的橱柜里腾出一块地方给我放东西，并告诉我早上必须首先清理浴室并整理床铺，还有，如果我想要什么就和她说："我是伊门嘉德护士。"我们成了好朋友。

护士们早上七点开始工作，我八点开始，而且我们其实见面不多。我们的房子里有两百二十个病人；我们隔壁两个小一点的房子里，各有一百个病人。当我第一次走进医生办公室（十六号房间）时，这位"教授"向我敬礼，但绝不是欢迎我的意思。我确信自己必须向这位教授做自我介绍。他是一个身材矮小的人，有着极细的腿和扁平的脚，戴着眼镜，宽阔的前额上稀疏的头发从中间分开，为了展现他的性格，他长了一张老鼠形的嘴，薄且苍白的嘴唇下，四颗不规则的大龅牙非常突出。

他从椅子上站起来，我告诉他少校医生命令我来和他一起工作。

"你会不会打字？"

"会。"

"速记有多快？"

"我不会速记。"

"那好吧，我自己工作。你最好下楼去等主治医生 P。"

他看都没再看我一眼就回到办公桌边，而我十分窘迫地离开了房间。

我去了一楼的办公室，那里有三名士兵，其中两个看起来格外疲惫和苍老，第三个是中士，稍微快活一点，虽然头发花白，但是动作灵活。这里没有人用"希特勒万岁"敬礼。他们讲着维也纳方言。我被告知教授心情很糟糕，因为纳粹带走了他的秘书。

"但是P是个好人。"中士说。我感觉这一定是真的，否则没人敢不指明军衔就提他的名字。我见到他时感到很自在。一张非常丑陋的脸上有一双和善的蓝眼睛，低垂的布满皱纹的额头上散落着一堆棕色头发。

"哦，那就是新来的女孩？快来吧，有好多工作呢！"

* * *

那天下午，我第一次和病人们有了接触。每个房间里大约有四个。我们在新来的病人们那里停下，医生用低沉的语调和尽可能多的拉丁词汇，向我口述他们的症状和病史。在病人面前，我羞于就不懂的地方提问，当我不得不把东西打出来的时候，我晚上大部分时间都在思考某些词是什么意思。向我口述之后，他转向护士长莉迪亚。对于她，一句话就够了：疗法。

大多数男人都患有疟疾、黄疸或胃炎。他们面容憔悴、双手苍白。我不知道是白床单和白衬衫的作用，还是因为他们躺在床上，才给人一种虚弱得发抖的感觉。毕竟，他们都是战士，我看不出他们与过去在街头游行的精锐士兵有什么相似之处。有些人已经五十岁以上了，牙齿少得可怜，秃顶或头发灰白，但是他们没有抱怨自己的疾病，战胜病魔的希望仍然存在，没有人试图撒谎。

如果他们说自己腿疼，医生就会让他们下床走动走动——有些人，尤其是年轻人，似乎对于自己不得不穿着衬衫站在一个女孩面前感到很恼火，而我也觉得不太舒服。那是一个令人沮丧的景象，衬衫下面杵着又瘦又黄的腿。我感到自己和这些男人之间有着不可逾越的鸿沟，但是在见到第一个死者之后，我就克服了这种距离。房间都收拾得很好。一进门，有人看见烟头飞出了窗外，这使得医生大喊大叫威胁他们，但是两分钟以后，他还是会拍拍他们的肩膀。

那天晚上吃过饭回来，我听见咖啡馆里的音乐，心生厌烦。我还不能把战争和生病的战士与音乐联系在一起，但是后来我做到了。

* * *

教授得了阑尾炎，他被送去维也纳接受三个月的特殊治疗。他回来的时候，我已经学会了很多，而且他似乎心情好了一些，所以我也有幸和他共事。要做的事情太多了，我过去常常自己把病例记录下来，并在医生去看新病例时做好准备。这并不总是一件容易的任务，尤其是因为我对医学知之甚少，并且有些男人十分愚笨，有一些甚至无礼。第一个问题是关于家庭以及遗传病、肺结核、精神病等，会问如有无兄弟、婚否、有几个孩子、妻子是否健康等。

第二个问题：在童年时得过什么病？许多人什么都想不起来，其他人至少记得六个。

第三个问题：参军前得过的疾病或发生过的意外。

第四个问题：服现役期间的疾病或伤痛。疟疾患者还要回答五个额外的问题。是第一次得病吗？如果不是，已经患过多少次了？热带疟疾还是第三代疟疾？在哪里感染的？部队中有多大比例的人被传染了？接受过抗疟疾治疗吗？（也就是说：是吞下了那些黄色的苦味药丸还是把它们扔掉了？或者把它们收集起来放到防毒面具里了？）

第五个问题：目前的疾病。什么时候开始的？有什么症状？如果主要症状是发热，我就松了一口气，但是如果他们开始提到自己的胃，甚至更糟糕的，提到心肺，我就担心了。胃病对于一个没有受过医学训练的人来说是相当复杂的。

最后四个问题：你吸烟吗？吸。吸多少？病人会露出困惑的表情，然后说："正常吧。"我坚持道："你觉得多少算正常？""能拿到多少吸多少。"这当然是事实，但是对于他想得到多少烟，我还是毫无头绪。通常的限额是一天四根烟。喝酒吗？"如果我能弄到的话。"运动吗？许多人会开始回忆自己赢过的所有奖项、爬过的山等，直到我不得不用一个他们不喜欢的问题来打断他们，而我自己也不愿意提出来。有性病吗？在我们院几乎没有这种病例。

二十号是个小房间，有一张单人床。它被称作"垂死间"，因为很少有人能够活着从里面出来。生存希望最渺茫的病人被安置在这里。当莉迪亚护士告诉我二十号又来了一个新病人时，我感到很遗憾。进门之前，我看了看他的治疗册的封面，因为他是从另一家医院转来的，所以已经填好了。飞行员彼得·舒尔茨，身高一米七，二十岁，学生，等等。他看起来像一个十四岁的孩子，一双无助的灰色大眼睛，金色的卷发环绕着他苍白湿润的前额。他的脸很瘦，几乎可以透过皮肤看到他的牙齿。他的手臂极其细长。

一看见我，他努力咧着嘴，露出一整排牙齿。我猜他是想微笑，因为他说："多么有趣的小医生啊。"

我靠近他，告诉他我不是医生。

"我知道，我知道。医生已经来看过我了，你只是一个有趣的医生。"

"不。彼得，我不是什么医生。"

他盯着我的脸看了好久，然后慢慢地摇头。

"那你为什么不戴护士帽？"

"我也不是护士。我是秘书。"

他又试着微笑，并示意我坐下。我照办了，自从进了医院，我是第一次这么做。

"我有一个妹妹在纽伦堡，她也要成为一名医生了。"接着，他开始和我讲他的家庭。然后，他要我看他的照片和银牌，他对这两样东西感到骄傲。我就把它们摆到床头柜上，这样每个人都能看到。我称赞了他的美貌——照片上，他穿着皮裤，健康活泼。然而我意识到这样的赞美是徒劳的，因为他现在几乎变成了一具骷髅。当我准备离开时，他根本不理，看起来更像是死了一样，把我吓得不轻。

"我想让你来照顾我。"他说。

这个要求太离谱了，我没法同意，于是我努力为白衣天使们说好话。

"我讨厌她们所有人，她们总是叫我宝贝。"

我向他保证这种事情不会再发生了，然后在他开启别的话题之前我就离开了房间。整个上午我都没办法把他从脑海中抹去。我和莉迪亚护士谈起他。

"他正在一个非常关键的时期，"她说，"但是如果他能再挺过一个星期左右，他甚至有可能痊愈。"

这让我很开心，于是我把我们的对话都告诉了她，但是她似乎很恼火。我已经注意到护士们很会为她们的病人争风吃醋，但是没想到莉迪亚护士也有这种毛病。

下午，当我走进彼得的房间时，她就在那里，正试图以最大的耐心劝他喝点什么东西。这一次他没有注意到我，所以我退到自己的房间去了。席德护士正在放留声机，享用着真正的咖啡（至少闻起来是真正的咖啡）。我是一个不速之客。

也许护士为了病人吃醋是件好事，因为莉迪亚护士就像母亲一样照料着"小彼得"，我想是她救了他。彼得在我们医院待了几个月，当他离开的时候，他看起来和照片上那个我赞美过的男孩没有两样。我想他已经把第一天和我说的话忘得一干二净了，因为后来他再也不想和我说话了。

他是唯一一个从二十号房间活着出来的男孩。

* * *

11月的时候，工作越来越少了，医生和护士的数量大大地增加。纳粹在清洗意大利中部。与此同时，我们的教授被授予NSFO（它的意思应该是"纳粹头目"之类）的头衔，因此他召回了以前的秘书，在此期间她成了一名护士助理。当然，她还得和护士住在一起。我不得不在月底给她腾出地方来。这并没有让我太不高兴，因为我很想有自己的房间。我找到了一间合适的，在医院和邮局酒店之间，里面有一个炉子。到这个时候，我已经在医院交了一些朋友，他们和管理部门安排每周给我送煤。我没怎么声张就在新家里安顿下来，感到非常满足。但是有一天早上，我一进办公室就听见"是的，是的……"

P倚着桌子，手里拿着电话。"是的，奥波拉兹特先生，是的。"我对这段只有"是"的话感到非常困惑。终于他放下了听筒，说道："我被调到维罗纳了。"然后离开了房间。这是个坏消息，于是我把电话打给了一个下级办公室，科长说他会和P一起去。

"你疯了吗？"我问。

"没有。我已经和这个男人共事了两年。他是奥地利人，我不想和他扯上任何关系。"没有一个人不为这个突然变故感到遗憾。只有教授，他无意对P感到非常骄傲，处之泰然，毫无抱怨。所有这些痛苦都会得到胜利的报偿，他一如既往地工作着，而我则尽力安慰那位没有被批准跟随P而去的中士。

据说有一个"五个孩子的父亲"要来做替补。第二天下午新医生就到了。我正在找教授，一进门就发现一个陌生人，正半躺着给病人检查身体。我问教授在哪里，他跟着我走出了房间。他自我介绍是医务官G。我告诉他我的名字，然后问他是不是来接替主治医生P的。

"我真的不知道，这里好像没人认识我。我昨晚从前线回来，今天午饭时候有人叫我来贝尔维尤。我找不到教授得到进一步的指示，而且护士长像条龙一样可怕……"

我为他感到难过，每个人都对他有偏见，但是如果P被送到维罗纳，那当然不是他的错。我看着他，禁不住笑了。他咒骂了一句，说他想立刻回到前线去。

"这对我来说不叫生活，这死气沉沉、臭气熏天的池子和里面泡肿了的青蛙。在这儿你以为你是谁啊？"

他看起来像一个真正的斗士，长得不太高，但是肩膀很宽，过紧的靴子卡住两条短腿，屁股上的马裤有一块皮补丁。他的夹克已经穿破了，肩上的银色徽章也很破旧。但是他胸前有三枚奖章：我从来没有在医生身上见过的铁十字勋章、意味着他受过三次伤的银章，以及战争功勋十字奖章。他昂着他的大头，棕色头发里隐约可见白色发茬，鼻子直挺，松弛的脸颊下面长了一张薄薄的嘴。

"不管怎么说，这儿有多少病人？这位大名鼎鼎的教授是个什么样的人？"

"他是一个很好的医生⋯⋯"对我来说，向一个陌生人描述教授是个怎样的人并不容易。我冒险说："有时候脾气有点坏。"

"啊哈，在这里都能干什么？"他看着我，补充道，"我想我问错人了。在这些战地医院里，谁也不了解情况，他们离前线太远了，每个人都不一样。"

我告诉他我很可能成为他的秘书，目前没多少工作——只有一百六十个病人，因为其他医院现在有自己的医生了。

* * *

医务官 G 在对前线工作充满激情的时候，说他曾经既给人治病也给马治病，人送外号"兽医"。他对消毒的不上心把所有护士都吓到了，他和厨房护士大吵一架，因为他擅闯她的神圣领域，自己动手拿了白面包和黄油吃。但是士兵们都很喜欢他，他对待他们很粗鲁，整天骂骂咧咧的（他会说不少脏话），还威胁如果他们不听从指令就把他们扔出医院。接着，他会和士兵们长篇大论地讨论他们的家乡、团和军官。他似乎对俄国和意大利整个军队状况谙熟于心。他讲的俄国故事很精彩，显然他打仗的时间比做医生的长。

他坐在刚铺好的、崭新的床上，当着病人的面管莉迪亚护士叫"母龙"。小护士们一开始很喜欢他，因为他总是愿意和她们随时做爱，然而她们很快发现他并不是什么"五个孩子的父亲"，而是一个单身汉，这在我们医院很少见。但是他非常不忠，很快就抱怨院里没有一个好女孩。他不是一个严谨的医生，虽然对小疮怪病得心应手，但是在严重的病例面前却不知所措，如果他的一个患者死了，他会难过一整个星期。然后他会再次抖擞精神，讲述他当船医的奇遇。他去过美国、中国和非洲，天知道还有哪里，那些故事当然很有魅力。他最讨厌的就是责任和文书。"这该死的文书工作！"——纸张之战。他不懂如何口述，总是颠倒人体的顺序，特别喜欢从检查和描述胃部开始，还对性病表现出极大的同情。

简而言之，再也没有安静、严肃和有条不紊的工作了。困惑的最初迹象和对胜利的怀疑随这个男人而来。他对教授的头衔嗤之以鼻，并为自己所拥有的身份感到自豪，他是防守（游击队员）军队领导，医疗队由他训练。

* * *

大约这时候，一个上尉来做肺部检查。他看起来并不强壮，他说自己为不能和其他人一起工作而感到羞愧，少校经常抱怨他太懒惰，但是他只是没有力气做更多事情。没有人把他当回事。

我们以为他是那种只是想休息一下然后去波科待两个星期的军官。但是当教授给他做检查的时候，教授摇了摇头然后马上让他卧床。一躺在床上，他就给人一种可怜的印象。他的夹克一定加了厚厚的衬垫。起初他总是很有精神。在放射科，B医生给我指了指他肺上的类似一层白色硬壳的东西，上面有各种黑点，怀疑是肺癌。所有人都知道这个人会死。

他四十三岁，对自己的未来有着最幼稚的计划，有时还有点疯狂。他曾经是苏台高市的一名教师。不知怎么，他对我有点好感，我时常会去看望他。他曾经在总部工作过，对凯斯林很了解，但不喜欢他，因为凯斯林曾让他骑行一百二十公里去取点鱼回来。上尉认为这是一种侮辱，就从总部辞职了。

极其无聊的一个月过去了，他的话越来越枯燥无味，但是他一再坚持要我去看他。他变得贪得无厌，虽然他不吸烟，但是每天都讨要他的那份香烟，把它们和自己大把的钱一起数上一遍又一遍。他不刮胡子，也不吃东西，一边的脸慢慢地缩向耳朵，导致他想笑的时候，别人只能看见左边的嘴。他想读狄更斯的书，但是哪儿都找不到。他不情愿地拿卡尔·梅做替代，要求我必须大声朗读给他听。而他闭上眼睛，两手交叉放在胸前。当我以为他睡着了时，我试图溜出房间，但是这骗不了他。他摇摇手指，说："别从我身边逃跑。一直以来，我都在和魔鬼们做斗争，在我左边有九个，右边有三个；如果他们看你在房间里，就不敢太折磨我，但是你一走，他们就很残忍，尤其是我左边的魔鬼，会用尖角刺我，和我玩各种把戏。"

当我坚称自己必须要去工作时，他一言不发，看起来凶巴巴的。他不吃肝脏："因为这不是健康的动物身上的，我不想污染我的肝脏。"最后他完全不吃东西了，当医生不让我再去看他的时候，我几乎松了一口气。原因是我在隔壁病房记录医生的口述时晕倒了，他以为是那上尉的呻吟和咒骂导致的。就在医生告诉他们不要以任何理由下床之后，所有的病人都从床上跳了下来，疑惑地站在我周围。事实是，我太急于从困境中脱身，连午饭都没吃。

一周以后，我听说上尉去世了。我去看了他，但是很后悔这样做。他整张脸只剩下皮包骨头，上面覆盖着两英寸长的胡子，左边脸颊上有个洞——根本没有办法堵上。两只耳朵怒气冲冲地从头发里伸出来，好像它们也想打架和咒骂。他浑身上下似乎就剩下两只巨大的脚了。

我们照例给他的妻子写了一封信，对他的病情做了一长串的总结，还把他所有的财产包了一捆。这么做毫无意义，因为他的妻子和两个孩子都在俄军占领区。所以这一切都归到了柏林的档案馆。

* * *

有一天，我在去眼科诊所的走廊上碰到了一个病人，我敢肯定以前在什么地方见过他。当我凑近打量他时，我想起自己在三年前的一个乡村节日舞会上和他跳过舞。我询问了他的情况，护士告诉我他的确来自普斯特塔尔，双目失明，没有治愈的希望。她把我领到他床边，我一直等着，直到他费了好大劲儿才再次回到自己床前。我不知道该怎么解释自己的身份，但是当我用提洛尔方言和他讲话的时候，他看起来很高兴，所以我解释起来非常轻松。他不记得我了，但是有许多我们都认识的女孩，我们聊了很久。"你记得这个人吗？你认识那个人吗？"一周之后我又去看他。在此期间，他回过家，他的父亲来接他，于是他请了三天假。我听到的唯一抱怨是："如果那些英国佬瞄准的是其他地方，而不是我的眼睛就好了。"

他是一个农民的儿子，二十三岁，长相英俊异常，身体非常健康。他把关于家里在马厩里养牛的事情都告诉了我，他不赞成父亲要买一匹他没见过的新马而让那些老牛瘦到脱形，它们身上的肋骨清晰到他可以用手一根根数出来。

战争结束之前他就被送回家了，有人告诉我，当听说德国输了的时候，他失声痛哭。后来，每次我在去布里克森的路上经过他的村庄时，都能看见他拄着拐杖小心翼翼地走在公路上，有一次，一个小女孩拉着他的手，他们看起来急匆匆的。车上有人问我是否知道那个人胳膊上缠的黄色带子是什么意思。是的，我知道。

双眼失明，他又找到一个

说着他的方言的人。

我们谈论着山谷里每一个男孩女孩

然而休假回来

他很伤心，因为他能够感觉到

牛身上每一根肋骨……

显然，我是把我的遭遇写给父亲的，在比萨他还记得我的故事。

* * *

4月初，我自己病倒了。其实只是心绞痛而已，但是足以让我在床上躺上两个星期。当我住院的时候，医院里有很多空病房。十天后，B医生说我必须赶快好起来，因为没有空余病房了——"而且我觉得你不会想让几个士兵在你床边打地铺吧！"像往常一样，他在开玩笑，但是来探病的人已经很多，我意识到发生了什么。

预想的圣诞节袭击没有发生。德国军队在撤退。维罗纳和里瓦的医院已经收拾好东西，把所有病人都送到了我们这里。野战医院毫无预警地送来上百个伤员，而意大利游击队员的尸体已经开始变成大麻烦。我离开医院时碰到的第一个人是P医生。他把野战医院里的病人都接过来，又开始在贝尔维尤工作。新开了许多病房，都是为伤员准备的，我也不得不在外科工作。

日本特使逃去了瑞士，他们的公使馆已经变成了医院。有两百名不知道哪里送来的病人，病情不是很严重，但是身上都是新伤口，都是些从波河灾难逃出来的人。大多数人不得不穿着脏兮兮的衣服和鞋子躺在稻草上。他们没有证件，也没有行李；他们都是战士，都是被打败的士兵。

每个人都发现了为这些人编写新的手册和定期制作案例记录的荒谬之处，但是没有人愿意或是有权力下达新命令。医生同时做着四件事情：检查伤口、口述、包扎和给护士下命令。

哪里都是一片沉寂。男人们像小孩子给你看猫咪一样展示着他们的伤口。许多人甚至没有注射破伤风血清，也有很多人从没换过绷带，到处都是脓液、灰尘、血和虱子，混合着令人窒息的药物气味。

石膏模已经不合适了，一切开，肿胀发炎的四肢就会冒出来。病人只会说："他们急着给我戴上，就是为了能让我回战场。"

一切都进行得很匆忙。医生和护士互相妨碍。由于德国人那边情况很糟糕，意大利佣工懈怠了工作，许多人离开了。晚上，我帮忙清洗伤口、运送食物以及去医院的班车上接回新病号。接下来的一周无事发生，只进来了在附近流浪的士兵。我们似乎与世隔绝了。我们给新病房立下了一些规矩。所有病人都有床垫（从酒店地下室收集的）和士兵证。接着，所有队伍突然穿过镇子。4月最后几天，暴风雪和雨交加。毫无疑问，战败了。我们接到指令，除紧急原因外不得离开医院。街上人满为患，到处都是军队，汽车日夜穿梭。士兵冲进医院找吃的，或是找一个干燥的角落歇歇脚。我们不得不锁上门。一张张苍白的脸从每一扇窗户向里张望。

在旅馆哨所里，一名上尉在一群饥饿士兵的掩护下向少校医生面前的地面开枪，他们想要吃东西。少校说，医院不可能养活士兵。后来，当平静以某种方式重新建立起来的时候，事实证明这是完全不真实的。仓库里有很多存货，特别是白兰地和香烟。

5月1日早晨，当我挤过一排排载着不知所措的马匹的卡车时，我看见几个脖子上缠着红手帕、衣衫褴褛、神情粗野的人，围着三个德国士兵，还夺走了他们的手枪。我戴着红十字臂章，他们凶狠地看着我，但还是让我通过了。我在贝尔维尤听到消息说，游击队员一大早就进城了。德军接到命令不准开枪，所以并没有打起来。所有平民都必须系上三色丝带以示对爱国者的同情，从而才能不受干扰。我没有这样做。

病人拥挤到门窗前，等着看他们的团经过。当看到自己的军团时，很多我们以为病重的人扔掉了他们的白衬衫，坚持要弗利茨——那个看管他们衣服的波兰人，把他们的制服和枪拿来。然后他们走进十六号房间："我的团正在经过。我要再次加入他们。"

教授已经完全失去了理智，以至于对这种不守纪律的行为做不出反应。他反而有时和他们握手，急匆匆地签完他们的士兵证，说："这以后可能对你有用。"但是在那个时候，没有几个人会重视一张有亲笔签名的手写文件。

工作混乱地继续着。筋疲力尽的士兵不顾阻拦冲进医院，一看到空床垫就躺下，或者直接躺在地板上。通常，当我走进一个房间或往走廊里看，想找到还没有登记病历记录（这时已经简化了）的人时，我发现眼前全部都是新面孔。其他人直接离开了。

"你怎么了？"他们自己也不太清楚。有些人只是受到了惊吓，认为医院是最安全的避风港。其他人是累瘫了。几天前，许多军官坚持要入境，现在他们改变了主意，宁愿趁着有时间越过奥地利边境。

"希特勒死于战争。"教授宣布道。许多护士都哭了，教授表现得很平静，但是看起来老了十岁。每个医生都以非常军事的形式向他的病人宣布了希特勒的死讯。他们没有对这一消息发表评论。听到这个消息时，医疗队所有年长的士兵差点抑制不住喜悦的心情：他们不相信他英勇牺牲的故事，就像不相信迪特里希拯救了维也纳一样。

一位病人说："我希望我没有活得这么久。"两小时后，他死了。

5月2日，游击队员正式占领了城镇。大部分队伍都撤离了。他们想强迫一名德国警察在教堂塔顶上举起意大利国旗，他拒绝了，于是在酒店的哨所门口被枪杀。他是唯一被杀的人。

游击队女兵在街上放声歌唱：胜利了！

我正在放射科站里写作。B医生望着窗外，看见一个女人从一名背着沉重包袱的士兵手里夺过一把手枪。B 冲到街上，愤怒地大喊一声，那个女人毫无反抗就把手枪交给了他。然后他走到士兵面前说："别再被一个婊子解除武装！别给我们丢人了！"他把手枪扔到那个人的脸上。士兵拿起枪，把手举到前额敬了一个礼，而没有像希特勒在被计划刺杀后所命令的那样举起手臂。医生对我说："那家伙好像有些心不在焉。"

阳台上挂着意大利国旗，医生们非常生气，不允许我们再往窗外看。

5 月 3 日，没人注意到美国人悄无声息地来了。有人说他看见一个"老美"站在一家超市的橱窗前，戴着头盔，但是没有配枪。午饭时间，我们看见大约二十个美国人路过我们的房子，手插兜，抽着烟，很明显没有武装。无疑，这对德国人来说是个谜，意大利人则非常失望。他们原以为美国人会感激他们，然后杀死所有德国人，或者至少把他们都赶走。

最后一支德国车队安然无恙地驶过，几辆华丽的车上载着军官和他们的秘书朋友。接着，十来个骑马的人跟在后面，那些马是我在德国军队里见过的能称得上漂亮的，还有一辆有两名士兵和一条狗的轻便马车，他们看上去很平静，就像骑马去赶集一样。军士长被逗乐了，他拦下他们，问他们打算走多远。"回家"是唯一的回答。"我们离边境只有四十英里①。"他们似乎没有意识到，另一边也战败了。

---

① 一英里等于约一点六公里。——编者注

下午，意大利国旗莫名其妙地被酒店管家收走了。我们期待着美国国旗升起来——"他们当然已经准备好了，而且和其他人一样乐意这么做……"但美国人似乎并不在意这种展示。他们在广场上自行升旗。

所有的医生和士兵都在等着缴械，然后被囚禁，但是一直没有接到命令，直到 5 月 7 日。教授被吓得魂不附体，与其说是被同盟国吓得，不如说是被德国人吓得。他曾是纳粹宣传的主要领导人，但是更糟糕的在于，他取代了维也纳一家诊所的犹太负责人。他臭名昭著，当然再也不能回维也纳了。然而，当警官收下所有士兵的武器后（没有提到军官），教授下令点名。所有能站起来的病人都被押到餐厅去见教授。他回了敬礼，念了一份新命令：

"整个德国军队都投降了，所有的武器都必须上缴美国司令部，所有的纳粹标志都必须从制服上取下，'希特勒万岁'的敬礼被废除，以前的军礼恢复，等等。"

宣读指令之后，他说了一段话：

"虽然我们失败了，但让我们保持德国人的骄傲和严守纪律的声誉。命运女神没有眷顾我们的国家。现在每个人都必须为自己的未来孤军奋战。军衔没有被取消，你必须跟随你的军官，我们将支持着你……"

病人被押回他们的房间，护理员和护士又开始做自己的工作。在办公室里，这段发言被批评了："现在说太晚了，他们之前就该和士兵们站在一起，现在太晚了。他们很害怕。我没有看到任何高级军官带着他们的部队冒着雨雪往回走。你可以肯定他们在最好的车里。但他们会得到报应的……"

当警官把一张可爱婴儿的照片挂在原来挂着希特勒画像的钉子上时，讨论在一阵哄堂大笑中结束了。"这个孩子不可能再搞出更大的乱子了。"所有人都表示赞同。

在十六号房间里面，医生不知道该如何处理这些康复病人。那些躺在地板上的人急需床位。那天下午，圣乌尔里希的党卫军医院转移到了我们这里——来的有病人、护士和护理员，但没有医生。我始终无法弄清他们的下落。幼儿园那里建了一座新房子，从那里可以看到一个小公园，景色宜人，安静整洁，还有一间阳光明媚的办公室。这些病人和党卫军士兵，通常躺在花园里或坐在入口处，但当有人喊"注意"时，他们立刻站了起来。他们来办公室接受治疗，没什么可写的。我只是个旁观者。整整一年，我只看见那些生病的、精疲力竭的、没有牙齿的、秃顶的士兵，看到这些人，我感到有点惊奇。他们中的大多数人虽然现在残废了，但是身体的美并没有消失殆尽。具有讽刺意味的是，我竟然在战争结束后才发现"超级种族"。他们中有许多拉脱维亚人，这些人当然是最漂亮的，都是学生、志愿军（至少他们的证件上是这么说的）。他们组成了一个小团体，其中只有几个人的德语很流利。我没有从他们身上感受到任何傲慢，他们似乎也不害怕；他们看上去很严肃，但很快，某种幽默感又回来了。不知怎的，这种幽默感在所有医院传播开来。

没有人聊政治。战争的日子从来没有被提及过，都已经结束了。

一楼的两个房间要腾空给六名美国医生住。德国人本想和他们谈谈，但没有人敢打破僵局。面对美国人，我觉得既尴尬又害羞。他们好像很保守。我告诉德国人我懂一点英语，所以有一天，军士长建议我应该告诉大兵不用蹲在前门外面的地上吃饭，而可以去病患餐厅舒舒服服坐着吃。然后克拉拉护士让我告诉他们可以在厨房洗水壶，我很快发现"厨房老母龙"和他们成了朋友，事实上是彻底被他们迷住了，虽然她一直是我见过的最狂热的纳粹分子。大家都很感激这里住的是美国人而不是意大利人，英语几乎成了十六号房间的官方语言。P医生是唯一一个对这门语言一无所知的人，他死也不学习英语，还尽可能取笑它。他们以友好的方式谈论美国人，虽然还没有发生有负面影响的事情，但是大家都在等着晴空霹雳。

*　*　*

大概这时候，一个病人需要输血，我主动提出献血。

当我躺在病人旁边的一张床上时，这个可怜的男孩看上去非常沮丧，但他试图挤出一丝微笑，而房间里的其他病人则显得困惑不解。他们似乎很忧虑，因为从未见过一个女孩和士兵们一起躺在医院的病房里。我被抽了三百毫升的血，但是除了手臂上紧绷的橡皮筋，我什么也感觉不到。病人羞涩地谢过我。他很快就康复了。

* * *

一天下午，我在去上班的路上碰见了警官，他看起来很兴奋，但是他没办法解释，因为士兵不能在街上和平民讲话。我一进大门就看到发生了什么事。半个地板上全是利口酒、酒瓶和无线电视，一位议员在监视着他们，这是我见到的第一个严肃的美国人。

办公室里，所有人都在放声大笑。我发现有几个人喝得烂醉如泥。他们在戒酒前放纵畅饮。教授把他的高级白兰地倒在了脸盆里。

伊门嘉德护士说："我的靴子里还有一瓶酒。他们没有找到，但是他们把我所有的内衣都扔掉了，还拿走了我的相机。"

"我知道很快就会有事情发生，"教授说，"我们不要忘记自己是囚犯。"

我回到入口，试图和议员交谈。他似乎很乐意打破非联谊政策。我问能否给病人们留几台收音机。他耸了耸肩。"这是我们必须执行的命令。"但是餐厅里留下了一台德国军事收音机。

七十三号房间里住着一名参谋和他的副手。他们已经在那里待了几个星期，我知道他们很受欢迎。收音机被收走后的那个下午，警官叫我到七十三号房间去，居然是请我喝茶！这是例外情况，但现在已经取消了严格的规定，工作减半，因为每个人都承认在士兵证上写账户是没有用的。以前这些都被送到柏林的战争档案馆，但现在柏林肯定没有这样的东西了。

当我走进房间时，我简直不敢相信自己的眼睛。两名美国医生与参谋的副手、一位少校和 G 博士坐在一张摆放整齐的桌子旁。大家都说英语，桌上放着三瓶白兰地。"你本可以藏得更多。"美国警官说。接着，克拉拉护士端着一大盘蛋糕、纯正的咖啡和罐装牛奶走了进来。

"现在我们可以让自己奢侈一下。战争失败了，没必要为了胜利留着这些。"然后她说了最新的消息，"昨天波兰人弗利茨带着一瓶尿去了实验室。一名议员拦住他，把样本拿走了。弗利茨试图用波兰语解释那是什么东西，但由于他那副醉醺醺的样子，议员不相信他的话，拿着它就走了。"

"嗯，昨天晚上过了一个小时，我们就不会注意到自己在喝什么了。"医护人员说。从那天起，德国和美国的医务人员定期见面，我们一起打乒乓球，玩得很开心，还成了朋友，但后来，他们很快就被转走了。

新来的卫兵严格多了，每个人必须有特殊许可证才能进来。去其他车站的病人要在脖子上挂一张卡片，上面写着："这位病人要去另一家医院接受治疗。"他们看起来就像乞丐身边的狗。不久，双方又达成了谅解，乒乓球比赛又开始了，甚至教授也试验了他的技巧！医生们开始在办公室里打牌，阅读卡尔·梅的作品。卡尔·梅是德国男孩大约十二岁时就会开始阅读的一位作家。图书馆里所有关于战争和纳粹主义的书都被烧掉了，这是德国联络官发出的首批命令之一。

后来有一天，科长告诉我，我可以和他一起去米苏拉纳湖。一些医疗器械被留在了那里的旅馆里。在德国人执政期间，我从未享受过这样的待遇。签了汽车通行证的美国卫兵甚至没有过问我要干什么，只说了一句："你好，亲爱的！"

我禁不住想，能在一辆救护车里有这样欢快的旅行是多么奇怪。以前，我经常在深夜坐着救护车，接医院班车上的病人回来。他们又脏又累，许多人缺胳膊少腿，或者染上了危险的疾病。我把这些告诉了警官。他正情绪高昂，因为有传言说，舒施尼格将在维也纳重新掌权。他坚决且自信地对战友们说："等美国人来了，你们就会发现他们是多么和善的人。他们绝不会伤害奥地利人。如果战争很快就失败了，我们就可以对皮吉夫进行报复……"

"战争当然有它的魅力，"司机说，"抬伤员那段时间很不好过，但后来我们也有开心的时候；我不在乎你怎么想，但你知道我不是奥地利人，我不会有什么好下场。天知道我的家人发生了什么，他们以前在布雷斯劳。我真希望这种生活能再持续几年。"

他不是唯一一个希望战争能继续下去的人。许多人有一种真实的恐慌，不是因为要去战俘营，而是因为战败后回家，一无所有，衣衫褴褛，而家里的情况可能更糟。很多人已经变得像孩子一样，他们早就习惯了向军队衣来伸手饭来张口，忘记了什么叫作"谋生"。

*　*　*

"红十字会的士兵将像其他人一样被拘留。"官方新闻。

7月初，我们医院只剩下二十三个病人。其中两个人预计很快就会死去，其他人都怀疑自己还能不能再有好转。他们的身体条件肯定不适合转移。

7日上午，当我快到医院时，我看到我们的房子门前有一排美国救护车，司机们散乱地站在街道上，德国护理员正把病人抬出医院。美国卫兵告诉我整个科尔蒂纳都要被疏散。我看见他们抬着一个垂死的人，就走上前去。那人非常激动，有点神志不清，向所有人都道谢，他甚至感谢了那位把救护车车门关上的美国司机。

屋子里一片混乱，大家都灰心丧气。医生、护士和护理员们愁眉苦脸地站在走廊里，猜想着病人们会被带到哪里去，猜测着这个或那个会死还是会好起来。

上午时候，少校医生来了，对P医生说，所有的医疗器械都必须收拾好，房子必须打扫干净，整理有序。这并不容易，因为在游击队到达时，大多数佣工已经离开了。

两天后，所有的护士和女医务助理都去了梅兰。他们接到命令要在八点钟准备好，但是汽车到中午才到。克拉拉护士早就预料到会发生这种情况，于是她整个上午都在继续为 P 医生和警官做蛋糕。当我们在一起喝最后一杯咖啡时，酒店管理员让电梯启动了。过去的两年里，人们为了修电梯费了很大劲，但显然一直没有修好。病人们不得不爬楼梯到顶楼，也从未有人注意过护士们的劳累。这件小事让莉迪亚护士不禁热泪盈眶，我以前还从没见她哭过。那天晚上，整座房子里都弥漫着一种特殊的悲伤。大多数医生和医科生已经搬到了贝尔维尤，因为他们的房子已经关了。唯一一个还有生气的地方就是大厨房。

最精致的菜肴已经准备好了，吃是唯一能让人感觉到愉悦的事情了，所以每个人都想抓紧这个机会。每天都是吃饭，一遍又一遍打包背包，谈论以后在集中营里要做什么，这样生活了一个星期之后，整个部队接到了搬迁的命令。

早晨，我去酒店哨所向少校和他的人告别。那里大约有三十名医生、十二名医科生和八十名护理员。一群旁观者聚集在汽车周围。我发现 P 医生不见了，没有人知道他在哪里。"看来不急着去格迪……"

我最后一次去了贝尔维尤，里面空空荡荡，寂静无声。我去 P 的房间看了看，他正裹着毯子打呼噜，靴子和衣服散落在房间的角落。我把他摇醒，当他终于明白我来的目的，看到他收拾好的行囊时，他说："这是我这辈子睡得最好的一次。"

我去厨房想给他煮咖啡，但是厨房里没剩什么东西了，只有一片干面包和被遗忘在一个旧罐头里的一点糖。当我们回到酒店的哨所时，所有医生都已经在巴士上正襟危坐。医学生强颜欢笑，护理员极度吵闹，又喊又唱。有人给过他们酒喝。

* * *

我坐吉普车回到盖斯。医院的美国卫兵已经通过情报员为我安排好了一切。在到达布鲁内克之前，我们超越了队列，司机停了车，卫兵们没有反对我再一次向俘虏们告别。所有人都喊着说，等他们到家了，一定要去看他们。最终，我向他们招招手，然后我们离开了，少校医生的秘书用旧摩托载着一个美国卫兵骑在列队的最前面，紧紧地跟着我们的吉普车。

妈妈的家里全是夏威夷人。他们在那里待了十天以清理德国兵营，而且感到很自在。妈妈当然已经把我的事都告诉了他们，还说我迟早会来的，那时他们就可以把他们想说的话都告诉我，因为我也知道"美国人"。他们是我见过的最有礼貌的士兵。

有一天，他们开着吉普车带我去了梅兰。我想看看谁还在那里，他们过得怎么样。那天下午，"德国艺人团体"在大教堂——一座华丽的哥特式建筑里举行了一场音乐会。美国卫兵都待在教堂外面。我和唱诗班登台表演，因为我认识其中一些演员。我是唯一的平民。教堂里挤满了士兵、护士和军官，不能走路的病人被人用担架抬了进来，在过道里排好队。我认出了许多医生和护士、教授，还有莉迪亚护士。

音乐演出持续了两个小时。他们演奏了巴赫和莫扎特。我已经好多年没有听过如此动听的音乐了。

那是我最后一次见到德国陆军医院。

Chapter 8

第八章

一直到 1945 年年初，我都能收到父亲的来信，信中他平静而热情地关注着自己的工作。父亲为我在战地医院的工作感到骄傲，也很高兴我没有让他们担心。

　　我本来完全可以——或许本来应该——在美国人抵达科尔蒂纳的时候就立刻离开德国军事医院。但我对老百姓这样做的行为感到厌恶，我决心留下来，一直到有事儿要做，或者说一直到我被正式解雇或拘留。众所周知，战争期间非警衔文职人员应留在自己原来的地方。然而，事情一平息下来，我就开始想办法去拉帕洛。我已经两个月没收到任何消息了。我徒劳地翻阅了所有能接触到的报纸，却完全无法得知我父母的情况。接踵而至的便是墨索里尼和克拉雷塔·佩塔奇及其随从被倒挂着的血淋淋的照片——

　　因此在米兰的本和克拉拉被倒挂着

这让我心中充满了恐惧和不祥的预兆，我从那些被游击队嘲笑的光头女助手身上看到了自己的影子。我感到羞辱和失败，敏感到像那些非常年轻的十五六岁的意大利孩子一样。

有一位不寻常的病人，是一名参谋，大家都叫他 E 博士，我曾受邀参加过他的聚会。我从来没有真正了解他的故事，当时并没有真正的兴趣，我太无知又一根筋了。但现在我清楚了他和美国人之间的友好关系，以及他与米兰的联系，在战争结束之前，他实际上一直在谈判，可能还在帮助游击队和美国人。他手上的轻微伤口要么是个错误，要么是出于某种安全措施（造成的）。科尔蒂纳是个等待事情平息下来的好地方。当我告诉办公室的警官想请几天假去拉帕洛看望亲戚时，他建议我去问 E 博士该怎么做。事实上，E 博士非常渴望给米兰的朋友们寄一批信件，因此他很高兴听到有人愿意走那么远（能顺道捎信）。他向我保证，他在米兰的朋友们会安置我，并协助我抵达拉帕洛。他其实还想让我去罗马，给他在梵蒂冈的朋友也送几封信。更奇怪的是，他给了我一个沉甸甸的金烟盒，告诉我它不仅珍贵，而且对他来说非常重要。E 博士告诉我，他的朋友们知道这个烟盒，我需要把它拿给威利看，这样威利便会立刻相信我确实是被他授权携带那些信的。而等我到了罗马，我需要把烟盒留给他在梵蒂冈的朋友××博士。很奇怪的是，我竟然忘掉了某些人名，它们实际上对我也毫无意义。我当时只留心于千万不要丢失或者被人抢走金烟盒了。

"你有什么证件？""一张过期的意大利身份证，上面只写着我出生在布雷萨诺。""我们会告诉美国人你必须去米兰上学。他们对任何想上学的人都很同情。如果你说你想上大学，他们就会给你行方便。"我想他当时应该是在跟联络官说话。当我去美国总部时，我得到了驾驶军用吉普车的许可。科尔蒂纳的快递员只到贝鲁诺，但我肯定能从那里搭车到维罗纳等地。吉普车早上六点到博斯特酒店来接我。那里有两个相当阴郁的士兵，我当时肯定非常紧张，以至于在第一次听到"放松"这个词的时候我没太听懂是什么意思，他们一定也对我探询的目光感到惊讶，毕竟我的英语说得很好。"坐下来，宝贝，抽根烟。"我没抽烟，但第一次尝到了口香糖的味道。在贝鲁诺，如我所料，几小时后，我被允许乘坐另一辆快递吉普车前往维罗纳。那里的一切看上去忙乱而无望。直到第二天才有美国车去米兰。我站在路上，期盼一切顺利。我离开了小镇，也离开了到处都是想寻找车辆的人群。似乎只有军用车辆。把胳膊举到每辆经过的汽车前是件很需要意志的事，这是一种乞讨的形式。解放者的热情并没有打动我，我必须去拉帕洛。我朝加尔达湖走着，旅途漫长，天气炎热，那条路就好像我脚下的脓水一样不断向前延伸。由于某种无法解释的原因，路面的沥青起了泡，就好像在那片土地上所发生的暴行和流血使地面膨胀了起来。最后，我搭上了一辆卡车，它隶属于一个长长的车队。这个车队是英国的。有个士兵说，他们是军队的面包师，从里雅斯特来，要到米兰去。他接着告诉我，有些要求搭车的妇女被车队赶上了小路，并且每遇上一条有小路的岔道口，他就会说："就比如这样的路，像我这样转一下弯，就能把她们赶进去。"他看上去完全疯了，令人生厌，是个瘦骨嶙峋的红毛中年人，说着别人几乎听不懂的英语。我不太懂美国俚语、伦敦腔和其他英国方言。

下午两点左右，在布雷西亚，纵队停了下来。我看到我所在的卡车是在队伍的尾部。回想起来，小路把我吓坏了，但我不敢离开座位。英国人在路中间生了一堆火，然后沏茶。司机走了过来，把他那半空的水壶递给我。我不愿用它来喝水，我敢肯定这个人得了什么重病，但我无法拒绝，实在太渴了。水使我清醒了些，让我以不同的方式看待事物。也许在阳光下生火，在路边喝热茶并不是一件很疯狂的事情。我感到很幸运。不管那个面包师的意图是什么，他一直很好心地让我搭他的车，现在又给我端来他的茶。他大概觉察到了我的感激之情，因为离开布雷西亚后他就不再说话。前面有辆卡车抛锚了，我们等了很长时间，日落时分到达米兰郊外。令我吃惊的是电车还在运行。我找到了那条去往 E 博士所说地址的路。一位迷人的中年女士打开门。"E 博士？"她用起伏夸张的口音说，"进来！"她非常热情地说，"我是卢德米拉的母亲。"她是个白种俄罗斯人。她女儿不在家。两个英俊的南非军官摊开四肢躺在客厅里抽烟。"两个朋友，"女主人有点困惑地说，"我们正等着带卢德米拉出去吃饭。"卢德米拉回来了，她有着令人惊艳的智慧和美貌，匆忙中说着一口流利的英语，听起来既亲切又快乐。"多么可爱的 E 博士啊，给我们捎来了消息。母亲，照顾好她。"晚饭他们款待给我罗宋汤，还告诉我怎么做，说一个真正的俄罗斯人会有多么渴望它。那时我想，摸黑出去找威利不太明智。女主人把她房间里的空床让给了我。第二天早上我醒来时，发现她蜷着双腿。过去整整一个晚上，她都蜷缩着，看上去像个瘦小的妇人，几乎要僵硬了。我很钦佩她。她是一名舞蹈演员，在坚持练习，计划很快要重新开办她的芭蕾舞学校。当我那天早上离开米兰时，我不禁想，她是多么勇敢啊。这个城市给人的印象像是张被打掉了牙齿的大嘴。威利的房子里挤满了女人：妻子、三个姐妹和岳母。他会回家吃午饭，我不得不留下来。他们似乎很高兴，一切都得以平息使他们松了一口气，而且他们很明智，并没有利用战争的机会在科莫湖上买一幢别墅，因为以他们的身份很容易就能买到。他们的身份我不太清楚，但午餐非常棒，威利容光焕发，像年轻的日耳曼神一样，受到一群女性的侍候。他告诉我没有必要去罗马，并要我把金烟盒和信都留给他。一切都很好。我将在去往拉帕洛回来的路上停一下，到时候他会给我一封给 E 博士的信。我为终于摆脱那块金子而松了口气。

第二天早上，我登上了开往热那亚的火车。最糟糕的是从热那亚到拉帕洛，但我已经学会了跟随人流盲目地往前挤。我乘坐火车工人在车站周围常用的那种平板拖车离开了热那亚，随后搭上了一艘从佩格利开往圣玛格丽塔的摩托艇，上面一定有二十来个人，为了不掉下来，大家都紧紧地抱在一起。这条隧道似乎无穷无尽，我不得不用嘶嘶的声音抗议在我身上摸索的手："——住手！"我的声音充满了愤怒和羞窘。在圣玛格丽塔，等其他交通工具似乎不值得。我步行出发，几乎不敢相信，大约两个小时后我就来到了圣安布罗乔。在萨利塔街我谁也没遇上。母亲开了门，脸色苍白，神情紧张。"父亲呢？""亲爱的，我不知道。"我们拥抱着哭了一会儿。

慢慢地，我所有的理智和感情都随之沉沦，乃至于枯竭，灾难总是导致这样的结果。

两个游击队员听说一个美籍诗人的命值五十万里拉的赎金，其中一个人为挣点儿奴隶钱而发了疯，他后来被指控为过失杀人罪而被判处死刑；另一个因偷窃而入狱。圣安布罗乔山上的农民对他们很了解并且鄙视他们。

他们用枪托敲门。父亲一个人在家，忙着翻译孔子的著作。他去开了门。"跟我们走，叛徒。"他把孔子的书装进口袋，跟着他们走。当他停下来把钥匙留给住在一楼的安妮塔时，他以一种开玩笑的姿势，用双手挡在脖子上。安妮塔问那两个男人："你们要把他带到哪里去？""去佐格里的突击队。"

"他是个绅士，不要伤害他。"在她的热那亚的歌曲中。

前一天，盟军已经抵达拉帕洛。母亲很早就到城里去了，听说他们要在海滨的一家旅馆里设立总部。当她回到家告诉父亲时，父亲决定立刻去报告——他没有负罪感，并准备解释他的想法和行动。但当他进城时，美国人已经离开了，其实没有人有权逮捕他。他回到家里继续翻译。第二天，母亲又到城里去收集资料，买了一份报纸。当她回来时，安妮塔告诉她，"两个长着丑陋鼻子的人"把先生带到佐格里去了。于是，母亲从山的另一边走下去，来到佐格里。她被告知他已经被带到基亚瓦里。之后她又去了基亚瓦里，在那里被告知父亲已"去热那亚的移民局"。她去了热那亚，发现他戴着手铐在移民局的等候室里，和一群人待在一起。美国军队拥有十分丰富的食物，却忘了给他一点吃的，所以之前没有时间吃饭的母亲出去找了一些帕尼尼。到了晚上，候诊室里空无一人，父亲没有受到审问。他戴着手铐，但还没有入狱。有个和他在一起的妇人，拒绝离开他，因为不知道他会被带到哪儿去、会面临什么情况。一名警卫告诉他们可以在等候室过夜。他给他们拿来毯子，他们就睡在长凳上。第二天早上，他们喝了热咖啡，父亲接受了审讯。移民局仍然不知道该拿他怎么办。华盛顿方面还没有下达任何命令。三天后，他们几乎适应了在等候室里的生活，感激在夜里那个地方全是他们的，白天还有提供给他们的热咖啡和三明治。母亲被少校安普里姆——我记得这是他的名字，叫了过去，告诉她必须回家，但是必须随时听从美国当局的命令，以保证在父亲被审判的时候能出庭作证。可是在哪里审判呢？什么时候呢？谁也不知道。父亲被拘留了，在接到进一步通知之前，任何人都无法见到他或者和他交流。

过了几天，安普里姆少校来到桑特·安布罗基奥家里，他翻阅了父亲的文件并且带走了一批。一个星期后他又来了，拿走了打字机和更多的文件。他非常有礼貌，很周到，但是对不起，他什么也不能说。三个星期后，父亲从热那亚被带到比萨附近的纪律培训中心，乘着敞篷吉普车穿过拉帕洛，和一名被控强奸和谋杀的黑人铐在一起，他们都被判死刑。但直到六个月以后才有人知道。马格纳，一家酒吧的老板娘（父亲战前曾在那儿建起了自己的文学中心，朋友和家人也曾在那里留言），说有人告诉她看到"诗人"在一辆全速朝佐格里方向驶去的吉普车里。母亲回到热那亚去打听消息，但是什么也没有发现。没有人告诉她他在哪里，也没有人向她保证他还活着。那是意大利狂热的、毫无意义的杀戮的日子。私人恩怨由仇杀了结，受害者被指控为法西斯分子、叛徒、反犹分子和奸商。尽管安普里姆少校曾暗示，人们对父亲的反犹太言论怀有强烈的怨恨，但我们还是抱着一丝希望，相信父亲没有仇人，并且可能还可以得到美国人的照顾。

没有人能做什么，也没能向任何人求助。我在圣安布罗乔待了两天。那不再是我熟悉的地方了，房子里的光线和空间都消失了。屋里堆满了家具、箱子、书籍，但更可怕的是紧张和绝望。

1943 年，父亲回到拉帕洛时一定告诉过母亲，他把他有个妻子的事情告诉了我。我是间接知道他的妻子在我的房间里住了一年多的。多萝西[①]去看那位老妇人了，所以当游击队员来抓父亲的时候，只有他一个人。当我从热那亚回来的时候，我发现她

---

① 庞德妻子的名字（Dorothy）。

已经收拾好行李，给我留了张便条，说她已经去和那位老太太住在一起了。那似乎无关紧要。我主要的想法是：他在哪里？他会遇到什么事情？我们呢？母亲在乌尔苏拉学校教英语，在过去的一年里她一直保持着这种状态。

我向母亲保证，我把大部分工资都存了起来，并把我身上剩下的一千里拉给了她。她说："我们必须做好准备，将会有一场审判。他很危险，我们说话一定要小心。"显然，我在德国战地医院工作过的经历会形成一种负面的公众印象，这对我们很不利，很可能毁掉父亲。黄媒（过度渲染、言过其实的媒体）可能会对他的私生女进行恶意报道，损害他在公众舆论中的声誉。一切都很重要。对我来说，待在盖斯，永远不露面也许更好。

这样的小事真的重要吗？我感到非常沮丧，几乎宁愿自己之前就已经响应父亲的号召，从市政厅和医院工作的安逸和安全中逃脱，然后径直前往萨罗被游击队枪杀。尽管我有这样的感觉，但我毫不怀疑我会激怒他们。但这些都是没有建设性的情绪而已。试着找份和美国人共事的工作或许才是明智的。这个想法使我反感。经过长时间的争论，母亲给了我一本过期的美国护照和父亲的印章戒指。那种感觉就好像我被赋予了圣杯一样。这个场景深深地印在了我的脑海。我需要去热那亚的移民局。也许一个年轻姑娘更容易触动军官的心，他也许能告诉我父亲在哪儿，也许甚至会允许我去见他。可是我运气不好，安普里姆少校不在，一位冷漠无情的官员似乎既不相信我，也不关心我是谁的女儿，他说："对不起，我什么也不能告诉你。"他什么也没问，我被赶走了。

我拿着护照，脖子上挂着的小包里装着戒指，动身回科尔蒂纳。母亲觉得手提包很容易被抢走。被动手动脚的噩梦一直缠着我。戒指是一种莫大的责任。不知怎的，它让我看到我和父亲联结的那一根线是多么脆弱。也许是出于我的不安全感，我从那时起就开始崇拜他。现在我甚至不知道他的下落，他不再仅仅是先生、师长、父亲，更是个英雄、受害者、一个正义的人，他曾试图拯救世界，却被邪恶的力量所俘虏。他是我绝无谬误的绝对信仰。他从罗马来到盖斯是为了告诉我真相，告诉我他的意图，并且尽他所能告诉我他的感受，这对我来说意义重大。在我所能把握的范围内，我完全坚信他的思想和理想是正确的。但对于我如何才能帮助他的问题，我唯一能找到的答案便是祈祷。神圣的天意似乎是人类可以求助和信任的力量，因为这世界，或者说至少意大利，正处于巨大的骚乱中，在此情形下，人们无法辨别他人是敌是友。我意识到在战地医院工作会负面地影响父亲，但当时看来是唯一合理的事情。当工作结束后，我回到了盖斯，收到母亲的一封信，信上说我应该尽快带着我所有的东西去拉帕洛。她仍然不知道父亲在哪里，但她猜想他已经被带到美国去了，她觉得我们必须设法到那里去找他。母亲很不高兴："等一等，等一等，你怎么能走这么远，没有道理，待在这里帮助我们，等着听他发生了什么事，等到火车再通的时候。路不安全，你会被抢的。"

行李确实是个问题，如果没有行李，搭便车去拉帕洛相对简单。在我的第一次经历之后，我知道一个人必须随时准备走很长一段路。不幸的是，夏威夷人离开了。在布鲁内克的美国总部，我设法见到那个中士，可是他说他们没有可以搭载平民的吉普车。我花了很长时间才找到交通工具。我一定已经通知了整个山谷，因为有一天，在圣格根纸浆厂工作的一名妇女说，每周都有一辆卡车从热那亚开来取一车纸板，我可以试试去搭这辆卡车。卡车到达的那天，我在工厂里转悠，直到我能在司机们吃午饭的时候和他们说话。他们会在下午晚些时候离开，开一晚上的车，然后在第二天的某个时候到达热那亚，这取决于在吊桥上升时排队的队伍有多长。是的，他们最远可以把我载到热那亚，我运气非常好。我给他们每人一包香烟。我省下了配给粮，那是当时最被接受的货币形式。不，前面没有地方放行李，但如果不是太大的话，几个手提箱可以很容易地放在后面。我应该在下周的同一天下午四点前准备好。

我决定把我所有的东西放在一个大箱子里，箱子又大又重，没有人能把它带走。如果我看起来很无助，总会有人帮我拿着它，或者贿赂香烟肯定奏效。我把我锁住的宝贝盒子放在了里面：父亲的戒指，我的翡翠戒指，祖父荷马送给母亲，然后她又送给我的金胸针，还有那条有着三颗浮雕宝石的金项链，以及所有我存下的薪水。除此之外，还有父亲的一些书籍，写满注释的地图，几段诗句和我的照片。另外，我了解到母亲的食物和钱都不够，于是装了一包德国军队的罐头——这是过去几周里医院食堂慷慨分发后的剩余部分，还有美国军队留下的罐头——夏威夷士兵给母亲的一些美国咸牛肉、花生酱以及起酥油。尽管爸爸认为我填满行李箱的想法很棒，在我打包行李的时候，妈妈全程攥紧了双手，重复道："不要去，不要去。"并且当爸爸用两轮运货马车送我时，她竟然哭了起来，就好像我要被赶到绞刑架上去似的。"同两个陌生人一起，去那么远，整整一个晚上，你还有那么多东西，然后还要到美国去！"她觉得这一桩桩一件件都是莫大的不幸。

爸爸和马似乎都不情愿地掉头回家，其中一个无疑对人持怀疑态度，另一个则对汽车持怀疑态度。这辆卡车显然是为长途旅行设计的，在驾驶座后面的隔板上，有一张小床。可是，我们三个人一开始都是坐着的：我被允许坐在窗边。司机是两个身材魁梧、沉默寡言的人，每当他们来到一个坑洼处，他们就会大声咒骂战争。不久就开始下雨了。令人沮丧，我已经很沮丧了。战前我曾梦想着和父亲一起去美国，但现在我的梦想变成了恐惧。父亲不会骄傲地在那里向我展示他的国家，像我们在威尼斯和锡耶纳漫步时那样快乐而充满热情。对母亲来说，看到父亲被关起来，又预想到他被带到死刑电椅跟前的不散阴霾，将是一个双重的折磨。

在博岑之后不久，我阴郁的思绪突然停止了。这时天已经黑了，下着大雨。卡车莫名其妙地抛锚了。司机们闲逛了一会儿，然后决定弃卡车进城去，在一家旅馆里过夜。在黑暗中，在雨中，他们什么也做不了。我能做什么？他们对我的困境毫不同情。"来和我们待在一起，明天我们继续。"我不想，这听起来很可怕。"我不能丢下我的箱子！"后来，当我回想起我所有的错误时，我责怪自己对那只箱子表现出了太多的关心。也许他们从一开始（从我表现出关心的时候）就决定要把我的箱子留下？正当我在考虑是否可以在路边的卡车里过夜时，另一辆车开了过来，停下来看发生了什么事。司机们大声交流了几句技术细节，咒骂了几句，然后又启动了卡车的发动机。"停，停！你要去哪里？""米兰。"很快我就想：多么幸运啊！我们将在白天到达那里，我能成功办到。不，他们没有想到会在这两者之间的什么地方停下来：是的，他们会载我一程。跳到后面去。当帆布啪的一声打开时，其中一人的手电光照在摊开四肢躺在地上的人身上。前面是两名黑人士兵闪亮的面孔。一个意大利人的声音听起来像是醉了："来吧。"一个刺耳的女声诅咒着他。这看起来确实很糟糕。我走到司机面前，问他们我是否可以坐在他们前面。一个人笑着说："是的，女孩们可能害怕失去生意，她们会揍你。"但是，又没有地方放箱子了，必须放到后面去。我恳求两位司机把箱子从卡车上卸下来，搬到新的车上。"好吧，但快点"，他们已经受够了在雨中站着。我看见他们把箱子从卡车上取下来，又把它搬到另一辆车上，急急忙忙地赶着往前走，上车。

在加尔达湖边的路上，我听到一声可怕的撞击声。"我的箱子！"我喊道，从瞌睡中惊醒过来。司机放慢车速，把头伸出窗外。"一定是一个我没有注意到的坑。"他似乎并不确定，但还是继续往前开。我把脖子伸出窗外，什么也看不见。后面一片漆黑，一片寂静。我恳求他停下来，但他说："别担心，没有人能从移动的卡车上跳下来，更别说提着个箱子。""是的，但他本可以先把它扔出去，然后再跳下去。""你想下车去找吗？我不能再浪费时间了。"我闭了嘴。清晨，卡车停在米兰火车站后面的一个广场上，一群满身泥污的男男女女和士兵从车上跳下来，空手或提着小箱子向四面八方散去，我的行李箱不见了。车夫们在人群后面喊着，几个人回来了，他们什么也不知道，什么也没注意到，都睡着了，从来没有注意过箱子是装上了还是取下了。是的，他们只记得卡车中途停了一次。司机们表示遗憾，耸了耸肩，他们所能做的就是告诉我警察局在哪里。我在人群中等待，直到办公室开门。最后终于轮到我，我走进一间积满灰尘、堆满文件的办公室。一个昏昏欲睡的警察把登记册取了下来。怀疑吗？第一辆卡车的两名司机可能做了手脚。天黑了，他们可能只是把箱子从卡车上拿下来，而不是把它转移到另一边，然后放下来，因为他们知道我会走在前面。沿着加尔达湖颠簸而过。确切的位置在哪儿？名字呢？地址呢？什么都没有，什么都没有。"恐怕我们帮不了你。""但是，"我说，"警察肯定能找到那枚戒指，它是如此独特的一件东西，上面有一块红色的石头，纵截面几乎有一英寸长。""任何得到它的人要做的第一件事就是把石头从底座上取下来，然后把金子熔化。"我很绝望。丢了。接下来怎么办？

我身上只带了几百里拉，如果我必须坐火车去拉帕洛的话，这点钱根本不够。除此之外，和箱子一起丢失的还有一把梳子，几包打算作为礼物送给司机们，或者可能对前往拉帕洛有帮助的香烟，并且，遑论其他，最紧急的意外是丢了意大利身份证和美国护照。

我想起了卢德米拉在米兰的慈母。我到他家时，邻居说他们出去度假了。于是我去了威利的家。他的妻子和嫂子都很友好，也许我至少可以洗个澡，休息一会儿，好好考虑一下。幸运的是，有一位修女在家，令我惊讶的是，E博士在前一周就到了米兰。"贫穷，贫穷。"当我告诉她所发生的一切时，她说，"吃午饭前休息一下，他来的时候会帮助你的。"像他的朋友威利以前一样，E博士容光焕发，还穿着便服。他一定猜到了我的惊讶，并解释说我给他带的信加快了事情进展的速度。两名英国军官来梅拉诺"解救"他，并开车把他送到米兰的朋友那里。我记得他的家在维也纳。我把我的伤心事告诉他后，他立即掏出一张一万里拉的钞票递给了我。这似乎是一大笔钱，我说我不可能接受它。"我有很多钱，"他笑着说，"你帮我的忙比你意识到的还要多。"他看上去似乎是花掉了很多钱，但实际上是他的自信使他能够这样做的。他的富有使得他即使在医院里也散发着一种幸福和荣华富贵的感觉。因为他现在是一个平民，战争是过去的事了，也许是因为我希望通过他与英国和美国官员之间的联系，或许能知道一些关于父亲的事，我告诉他我是谁，说我有美国护照，虽然已经过期了。这下轮到他感到惊讶了。"但是你应该去找美国警察，而不是意大利人。他们更有可能帮助你，无论如何他们会开车送你去拉帕洛。"他告诉我应该去哪里。父亲的名字对他毫无意义，在这一点上他也没有什么建议。他让我明白，他的获释来得如此迅速，是因为他在拯救奥地利的犹太人方面发挥了重要作用。

我听从他的建议去找了美国宪兵。我已经慢慢决定了行动的方向。如果可能的话，我会让他们开车送我回盖斯。也许只是为了告诉妈妈她的预感是多么正确，并鼓起勇气去面对母亲，但实际上是为了收拾我那几件之前扔在那里的衣服，再拿些吃的来。并且，我脑海里浮现出疯狂的想法：也许我们会在路上找到箱子，或者我可能会找到工厂里的司机，抑或是遇见他们的卡车。这对听我讲话的警官来说挺合理。"好，明天会有两个人开车送你回家。到娱乐中心去，他们会给你一个房间并照顾你。"我被领到一家非常舒适的旅馆。我对他们的从容举止感到惊讶，而这一切只因我说：我是一个美国人。他们甚至没有要求我出示护照。他们只告诉我，明天早晨七点以前到客厅去，让我好好休息。我立马上床睡觉了，为终于独处而感到欣慰，接着便哭着哭着睡着了。

第二天早上，两名国会议员军士在休息室里等着，一个金发碧眼，矜持、身材瘦削、沉默寡言，另一个肤色黝黑，秃顶、圆滚滚的，看起来挺高兴，那里堆满了玛斯巧克力棒和口香糖。在德森扎诺的某个总部，我们停下来吃午饭。他们给我吃了很多东西，以为这会让我高兴。它也几乎做到了；但是在盖斯，妈妈可怜地绞着双手，为锡罐、衣服和钱哭了起来，而我为无法弥补的丢失的东西痛苦万分。

当我匆忙地收拾被我丢弃的东西时，两个中士被留在了房间里，爸爸在那里做东，他一边静静地吸着烟斗，一边把新来的弃儿抱在膝上。那两名议员看墙上的画消磨时间。随着岁月的流逝，两扇窗子之间的中央嵌板，变成了一种神像的祭坛，钉在木头上的几十张照片，有 1917 年塔特当兵的照片，各种兄弟姐妹的结婚照，最重要的是母亲抚养的许多孩子的照片，其中大多数是我在不同年龄段照的。所有这些都被放在父亲的大相片周围。这看起来很奇怪，但妈妈对她的布置很自豪。

当我进来说我准备好了时，爸爸怀疑地小声说："我在观察他。" 那个快活随和的警官把愤怒的黑眼睛转向我说："小姐，你跟那头猪有什么关系？"

"他是我的父亲。"

金发的警官脸红了。为了打破尴尬，他说："准备好了吗？"我犹豫不定，仍然不明白怎么会有人认出父亲来。首先是愤怒，幸好妈妈和爸爸还没有明白过来，虽然他们显然感觉到出了什么问题。脸色阴沉的警官跳到了方向盘后面，专注于控制速度。换下衣服后，他闷闷不乐地坐着，皱着眉头。尽管我对他的话感到伤心和厌恶，但我还是忍不住被逗乐了：他看上去就像迪士尼电影《白雪公主》中那个永远愤怒的小矮人。我想到他也许为他所说的话感到抱歉，但我不敢解释，也没人要我解释。他们把我送到娱乐中心门前，好像我又有了一间免费的房间。金发警官说："保重。"我告诉服务台的士兵我明天一早就走。

我坐火车去热那亚，被人照顾的惊喜和宽慰是短暂的，事情没有那么简单容易。我决定再一次照顾好自己。但事实证明，这也并非易事。我找了个座位，旁边坐着一个穿便服的年轻人，他正在读《爱之西风》，空座位上放着一堆英文杂志。他很有礼貌地为我提着箱子，由于他的外表和阅读材料，我用英语向他致谢。渐渐地，我们开始交谈。或者更确切地说，是他在说话。我读过康普顿·麦肯齐的《西风、南风、北风》吗？我没有。他阐述了它们的文学价值，它们所蕴含的哲理：多么杰出的一位作家啊！直到今天我还没有抽出时间来读他的书，我宁愿看那个年轻人的杂志。到了热那亚，结果他也要去拉帕洛。一路上都无法摆脱他，他非常有礼貌地帮我提箱子。到达拉帕洛后，又再次帮忙提箱子。我很着急，我不可能和一个陌生人一起出现在母亲的门口，告诉她我把戒指丢了已经够糟的了，也许是后者的恐惧使我失去了摆脱他的坚定。在去圣安布罗乔的路上，他一直滔滔不绝地继续着他那旋风式的谈话。不出所料，母亲很惊讶地看到我和一个陌生人一起出现，但他的外表显然很有教养，而且是英国人，她请他进来喝杯茶。但也就这样，他立刻离开了。母亲评论道："我不喜欢他看我们书的样子，要小心。现在似乎每个人都是间谍。"而此时，书架上麦肯齐的《西风、南风、北风》仿佛在注视着我。

现在，关于我箱子的悲惨故事展开了。一开始母亲充满了同情，因为我忍不住哭了，她拥抱我，试图安慰我，直到我几乎感到宽慰。但突然她又说："但你还有父亲的戒指吧？""没有。"一开始我没有勇气说出来。她把我推开："淘气、愚蠢、顽皮的孩子，我就知道你靠不住！这是一个征兆，这是一个征兆。"她哭了起来。她说的每句话都让我感到焦灼难耐，我知道，通过"一个征兆"，她担心父亲会倒霉。这变成了一个挥之不去的念头。接下来的六个月，我都感到紧张和痛苦。

*　*　*

最后，父亲来了一封信，是用铅笔写的便条，地址是打在一个棕色信封上的，上面有着"基本审查"（BASE CENSOR），或者类似的印记。他一直在比萨附近的纪律培训中心，离拉帕洛只有二百英里，他的妻子被允许去看他。10月2日，他的"未成年子女"获得了看望许可。我们高兴极了，又担心怎么才能找到他，我们反复思考着在这宝贵的半个小时里该说些什么。许可证上说，每月在两名警卫的陪同下，面谈时间为三十分钟。

驻扎在拉帕洛的只有南非人。下午晚些时候，一辆吉普车要去比萨，第二天回来，他们允许我们搭车。我们到达营地时天已经黑了。南非人说他们会等我们，他们建议我们在比萨的美国红十字会过夜。

母亲把通行证递给哨兵，哨兵对着电话喊道："两位小姐。"然后，他把我们看了一遍，又说："庞德的未成年孩子在大门口！"我们曾担心母亲可能不被放进去，因为只有我的通行许可，但或许是因为它假定一个未成年人必须由大人陪同，或许，更有可能的是，在戏剧性的情况下，她自动变成了一个不可抗拒的力量，我们都被领进了一个大帐篷。我记得里面有一张桌子和三把铁椅子，我的记忆很模糊，我的眼睛一定是盯着帐篷的开口，然后又盯着父亲。

我最后一次在盖斯见到他时，他疲惫不堪、满身灰尘、衣服皱巴巴的，因此他的样子对我来说并不奇怪。他老了很多，眼睛发炎了。他说，那是因为灰尘和阳光，但现在他正在接受治疗。他听起来很感激，他一直保持着对小恩小惠的感激之情，他把医疗护理和被允许在帐篷里睡觉说得像是巨大的恩惠。在加比亚，他病倒了。他认为是由于严重的中暑。他用意大利语描述笼子，因为我们没有见过笼子，所以不清楚他的意思。直到几年后，我去华盛顿圣伊丽莎白医院看望他时，他才详细描述了大猩猩的笼子，以及他是如何感受到锋利铁钉的威胁的。为了不让他伤害自己，腰带和鞋带被拿走了；然而，当他们毫无理由地用更结实的铁网加固笼子时，他们把旧铁网从地面上剪下大约十英寸，以便在它周围形成一圈低矮的尖刺篱笆。他把这解释为一个不太微妙的自杀邀请：最简单的割腕方式。我意识到，在某些绝望的时刻，这种邀请的诱惑是巨大的。

在他在美军战俘营的职业生涯中，他用最美好的记叙写成了《比萨诗章》(*The Pisan Cantos*)。尽管他曾徒步旅行到远方，熟悉地穿梭于山川和大海，但他从来没有像在比萨的泰山下，在一个被水浸透的死牢帐篷里，将所有的目光都寄托在一只蜥蜴身上的时候，那么地亲近、依赖自然。

> 当
> 死亡的孤独感袭上心头
> （下午三点整）……

> 而
> 当思绪随一片草叶摇摆
> 一只蚂蚁的前脚可以救你……

他告诉我们，他现在可以在下班后进入医务室使用打字机。他并没有失去他的幽默，解释道："因为我的模范行为。"他顽皮地向母亲眨眨眼。他还指着没有系鞋带的鞋子，为自己不整洁的外表向她道歉。他像往常一样，用眼睛比用语言表达得更多。一个卫兵站在帐篷的门口，他因为不得不站在那儿而显得很尴尬，但还是让我们在那儿待了将近一个小时。当他不能再让步时，他说："是时候走了，庞德先生。"他让我们单独留在帐篷里道别。"这种时候任何事都不要做，因为任何事都不能做……"这样的表现对我们和卫兵来说是互惠的。

除了帐篷和几个卫兵，关于美军战俘营我什么也记不清了。在我的记忆中，父亲仿佛置身于一个巨大的前景屏幕里，他头发花白，双眼通红，没穿袜子，套着美军衬衫和裤子，还有双无衬里鞋，他脸上闪着昔日的光芒，朝我张开了一个大大的熊抱。

我们看望后不久，第一组《比萨诗章》就写成了。他要我把它们打出来，复印几份。为了让它们通过基本审查，他写了一份说明，大意是，其中没有包含任何煽动，没有私人代码或个人信息。但对我们来说，它们包含的不仅仅是这些。我被打字的责任压得喘不过气来。如果我拼错了怎么办？我记得我对"Vai soli"思考了好几个小时，不知道这句话的出处，我觉得肯定是"Mai soli"，但不敢改。喷泉锅吗？——灰尘撒在喷泉的平底锅上？

直到我把自己从打字的烦琐和责任中解脱出来之后，整篇文章才逐渐在我眼前成形，我顺着诗人的视野看到那钢尘中的玫瑰：

安详的水晶黑色里
像喷泉抛掷出的光球

（魏尔伦）如钻石的清澈

泰山下的风有多轻柔

在那里忆起一片海

地狱之上，深渊之外

逃离尘土，远离其中惑人的邪恶

西风／食客

这液体一定是

精神物质

意外　只是个元素

头脑的构成

是动因和作用，否则是喷泉锅上的灰尘

你见过钢尘中的玫瑰吗

（或天鹅绒？）

那催促是那么地轻柔，那黑色的铁花瓣是那么地整齐

当我们越过勒斯。

　　我们是已经越过勒斯的人。对我来说，他已经进入超脱的境界。这种感觉与英雄崇拜或病态的依恋无关。这是尊重、玄奥的。我没有把诗章的片段缝进衣服里，但我确实把它们紧紧地裹在我的脑海里。我想，正是因为某些段落提供了强烈的享受和深刻的见解，这些章节才慢慢成为我不可或缺的一本书。如同朋友们经常取笑我的那样，这就是我的《圣经》。

但我并不是唯一一个对它们有强烈感情的人。我从没见过母亲像她读第八十一章时那样情不自禁地哭：

摘下你的虚荣心

八十一章的哭声比其他任何一章都更个人化，表达了近两年的压力，当时他的感情幽闭于两个爱他的女人中，他爱她们，而她们冷漠地互相憎恨。无论她们对外有着怎样文明的外表、礼貌的举止，还有在面对世界时勉强粉饰的门面，她们对内的仇恨和紧张都在屋里渗透。

做六十岁的年轻人很难

在此之前，人们对待个人情感的态度多少有点亨利·詹姆斯式：情感是其他人拥有的东西，从来没有人提起过它们，也没有人把它们展示出来。

* * *

在过去的六个月里，我们心照不宣地恢复了1942年至1943年的生活方式，但有两个令人难过的不同之处：没有父亲；母亲没有拉小提琴，而是通过教英语来挣我们的生活费。对我来说，提高英语水平仍然是主要任务，现在又增加了一个恐惧：如果我们被叫到美国去，而庞德的女儿不懂英语，那会给人们留下很坏的印象！在战争的最后两年里，修特神父被德国人关在山里一个偏僻的地方，现在他已经回到他的别墅里去了。他不再给我上课，而是给了我一份工作。他在编辑埃里克·吉尔的信，让我负责打字。原件的笔迹非常优雅，人们可以看到他在书写漂亮的字体上所倾注的心血。

我从里斯太太那里得到了另一份工作，她是英国在拉帕洛殖民地的长期居民，战争期间曾在斯特林的一家医院里实习过。她是一位和蔼可亲的老太太，不过当她谈到她的儿子时，就不能这么说了。她的感受也许是有道理的，但是当她表达出来的时候，她的表情变得可怕起来：那张沉静安详得像佛陀一样的脸变得又硬又丑，她的言语也变得荒谬可笑。

我要把她的书整理好，大声读给她听，然后玩比乔克牌。我按了门铃，冲了茶，有时还为她准备一顿很清淡的晚餐。她被严重的关节炎困扰着，当然还有年老的忧愁。除了得到一些零用钱，我还学到了一些有用的理念，比如如何用一个鸡蛋做六个煎蛋卷，如何做出各种各样的十字绣图案，以及威廉·莫里斯那句宝贵的格言：家里只放那些你认为既实用又漂亮的东西。

一天，门口出现了一个又高又瘦的身影，她长着一张小脸，钢蓝色的眼睛，戴着一顶笨重的黑色居家式贝雷帽，头高高扬起。她那件宽大的披风像是缝在一起的布帘，而不是裁剪缝制的衣服。这让她看起来苗条、飘逸，不是没有吸引力，而是遥远，几乎不真实。"你一定是玛丽,"她说,但没有做自我介绍,"请你把这本书还给里斯夫人,告诉她庞德太太一点也不喜欢。我下次再去看她。再见。"她突然转身,抓住栏杆,慢慢地走下楼梯。

里斯太太是个聋子。我用最高的嗓音传达了这个信息,但没有传达我不知道来客是谁的事实。她以为我知道,所以我知道了我不应该知道的东西,尽管我肯定她不是在有意搬弄是非。我的祖母似乎有非常坚定的文学观点。

当我把这次邂逅告诉母亲时:"她! 那是个借口,想看你长什么样!"仿佛父亲的妻子多萝西一出现,就打开了母亲谨慎克制的闸门。

我对中国皇家习俗和秩序的看法被否认了。母亲受了冤枉,这很难受,但我所能想到的只有:可怜的父亲。他的妻子和他的母亲在一座山上,和他女儿的母亲在另一座高得多的山上礼貌地交谈着。马格纳夫人的咖啡馆是我们的私人邮局。没有人见过。

距我们第二次访问比萨美军战俘营的时间越来越近了:许可证上说,每月一次,半小时。我们进城去安排交通。南非人再次愿意让我们乘坐他们的吉普车。但是,当我们买了一份报纸后,我们看到埃兹拉·庞德因叛国罪被押往华盛顿受审。我们不再需要乘车了。

在马格纳夫人的咖啡馆,我们遇到了约翰·德拉蒙德,他是我们家的老朋友,战前曾住在拉帕洛,但现在在英国军队服役。不知是有意还是无意,一个非常年轻的美国士兵走进了酒吧。他脸色黝黑，戴着眼镜，显得虚弱而腼腆。德拉蒙德认识他，他困惑地低声介绍：原来这就是奥马尔！多萝西的儿子。我在想：他知道我是谁吗？难道我们不应该拥抱吗？

我们的关系并未破冰。我们显然毫无共同之处。

奥马尔去看望他的母亲时，在比萨夏令营停了下来，并在前一天被告知了这个消息。在回家的路上，母亲说："他加入美国军队是件好事，这对你父亲来说很有用。"是的，毫无疑问，而我曾在一家战地医院与战败方一起工作，这对他不利，这使我伤心，这讲不通。那时我还不够成熟，还没有意识到母亲这样说只是想控制住自己内心的暴怒。八十一章，八十一章！

父亲走了，什么也没有留下。我会回到盖斯，回到那里的兄弟姐妹们身边，尽管他们根本不是我的兄弟姐妹，但至少那儿没有虚伪。不用说，我讨厌美国官员不通知我们，他们三天前难道不知道要把犯人空运到美国吗？他们就不能让我们跟他说声再见吗？监狱里的看守们并没有恶意，他们都很善良。但是匿名的力量，因为它是匿名的，所以冷酷无情。

* * *

所以我决定对这让我无法接受的情况置之不理。当时我以为我有选择的自由。我确信什么是对的，什么是错的，什么是真的，什么是假的，什么是真诚的，什么是狡诈的。"倾听自己的内心，然后行动。"如何？我对儒学理念的信心是不可动摇的。

我不会错太多。我在威尼斯、锡耶纳和罗马看到的那个世界显然已经崩溃了。那个有着优雅的环境、伟大的思想，曾寄托着我模糊希望的社会，被战争击溃了。美国，一个大大的问号，在黑暗中，触手抓住了父亲和我，这使我恐惧。但拉帕洛也是狡猾奸诈之地。我感到无聊和不开心。我写的诗糟透了，我还长胖了。对母亲既没有帮助，也没有安慰。我讨厌我自己。

最后我鼓起勇气，宣布我将回盖斯。"那可能是最适合你的地方，但首先要完成你的工作，还有读完这个。"这是份遗嘱。我仔细阅读了，但没有意识到它的重要性和深远的影响，更别说理解"文学执行者"的含义。

我的工作包括把父亲的报纸和书整理出一个目录。我们一听说他被带到华盛顿，母亲就决定我们必须把他所有的文件整理好，封好，把所有的杂志和书都整理好，列出来，把他写的东西标记出来，等等。因此，在接下来的几个星期里，我将他放着自己私人信件并封存好的莫里翁多巧克力盒子，还有他放置着复写本、文学及与政治记者来往信件的文件材料统统用绳子捆了起来。我把报纸和杂志整理好，分门别类，用包裹包起来，标上号码和标签。小册子、旅游手册、大报、每一张小纸片都具有至关重要的意义：一句无关紧要的话可能有助于他的解放。我喜欢这样做，因为这使我与父亲的工作保持联系。但在整个过程中也有一种遭遇厄运的感觉：他读过或写过的每一个字都被封存起来，永远保存下来。

我不再吃花生酱，不再写诗。我严格地规划自己的未来。令我良心不安的是父亲的戒指不见了。不管我原本是不是可以凭借更大的谨慎和勇气来避免失窃，事实已经发生并存在了：那枚戒指是托付给我的，我必须对它的丢失负责。我解释道：

> 另一个巴赫尔仍然在凹雕
> 比如伊克索塔时期的萨鲁西奥

作为我自己重做的一个提醒。然而我完全没有绘画天赋，但我练习了好几个小时，临摹高迪尔·布尔泽斯卡为父亲画的肖像。我会回到盖斯，请巴赫尔先生让我当学徒。我会学习如何雕刻和制作凹雕。成为雕塑家的想法使我热血沸腾。我一直无法决定我用什么语言来表达；无论我写哪一种，结果似乎都毫无价值。我无法掌握语言，我将不再依赖文字来表达图像和情感。所以我对旋涡派画家宣言充满了热情，开始阅读我能读到的关于雕塑和绘画的一切。埃里克·吉尔的信件或许对唤醒我对一种手艺的渴望起到了帮助。但影响最大的无疑是罗纳德·邓肯的《农夫日记》，因为它显示了一个人如何能同时从事农业和做一个手艺人。一本充满智慧的书，适用于我唯一有经验的领域：农业。我知道我得自己谋生。邓肯描述了一个人如何能够在两英亩土地上自给自足，并拥有一份兼职工作。我知道光说"我要回盖斯学习雕塑"是不够的。只要我跟妈妈和爸爸住在一起，我就得过他们那样的生活。1943 年我发现这很难。按照他们的节奏在田间工作意味着完全参与农村生活，包括去教堂、跳舞和遵守农村习俗。

巴赫尔公馆后面是一间小农舍。当我还是个孩子的时候，它失过一次火。我吓坏了：从卧室的窗户里，我们看到邻居家农场上闪着光，一时不知道那是什么，它看起来那么不祥，那么不可思议。当我们从房子里出来时，闻到了烧焦的气味，我们半穿着衣服，在无能为力的消防队员的一片哗啦声中奔跑着。那是隆冬，河太远了，水出不来，喷泉结了冰。我记得看到厨房窗台上的两个空瓶子像蜡烛一样慢慢融化，被火烟弥漫。但后来我像其他人一样往巴赫尔木棚上扔雪球。人群向邻近的谷仓扔雪，以防它们着火。消防队员把雪硬塞进火里。到天亮时，房子已变成几堵摇摇欲坠的墙。这是一间非常古老的农舍，已经空了好几年了。战前，它被重建并租给了扫路工人。周围的土地不够养活一个家庭。我毫不怀疑，巴赫尔先生更愿意让我当房客，因为他与扫路工人的关系臭名昭著。我确信那个地方一直在等着我。就在我出生的那年，这个房子的合法主人离开了村子，再也没有回来过。

我知道如何种植蔬菜、小麦，如何挤奶、割草、晒干草。我养羊赚钱，也养蜜蜂。我唯一的资本是 E 博士在米兰给我的一万里拉。但我敢肯定爸爸和妈妈的一个哥哥会借给我一头牛。我的生存似乎依赖于一头牛。很明显，我并不指望一开始就能做出完美的凹雕，所以我就按照威廉·莫里斯的原则，用我所有的工具和陶器来练习。父亲提倡自力更生和自给自足：我将把他的想法付诸行动，直到最细微的细节。我要改进我的纺纱技术，也许可以向我认识的两名织工之一学习如何织布。一切必要的东西都是在盖斯生产和制造的。

三个月来，我培养了我的梦想，制订了计划。父亲似乎又一次消失在我的远方，安静得像沉没了。有一封信是从加林格医院寄来的，但没有详细说明他的情况。朋友们劝母亲要有耐心，保持安静，待在原地，最重要的是不要试图去美国，因为那样可能会引起谣言。有人建议说，如果我试图加入移民配额，也许我最终会被一所美国大学录取。出于某种无法解释的原因，我对"移民"这个词最反感。我还认为美国的大学制度和欧洲的一样，这意味着我在没有学位的情况下还要再接受五年的教育。二十岁还回学校读书是荒唐可笑的，我想我得谋生；此外，我从来没有听父亲给我推荐过大学教育。

母亲受到了来自各方的伤害和羞辱。我为她感到难过，但又无能为力。她猛烈抨击妻子和骗子。她是对的，我很难过。最后，她提议如果音乐学院重新开放，就回锡耶纳去。也许奇吉伯爵可以给我一份工作。不。我坚持我的决心：务农和雕塑。里斯太太赞成我的计划。她给了我几本书，为我的小屋准备了一块十字绣的桌布。她一定告诉多萝西我要回盖斯去了。有一天，我们在对面的人行道上相遇。多萝西穿过街道，说："我听说你要回盖斯去。我很快就要去美国了。如果有什么我能帮忙的，你一定要让我知道，把我当作你的继母。"她眼里含着眼泪吗？我忘了，除了谢谢和再见，我还能说什么。我不需要继母。我在马格纳百货公司收到一个圣诞包裹，上面有一张签有 DP 字样的便条。她和祖母听说我的箱子丢了。多萝西送给我三本父亲的书；那些书很破，她很抱歉，因为它们在战争期间被埋在一个花园里。祖母送给我一些皮草，其实我更愿意收到去看她的邀请。祖母想不惜一切代价去美国。给我们提供消息的人是修特神父。他不赞成我回盖斯的决定。他认为我应该和母亲待在一起。原则上我是同意的，但我不想成为她的经济负担，我的陪伴没有使她振作起来，我对任何人都没有帮助。然后他说了一件奇怪的事："记住，在上帝的眼中，根据我们的天主教信仰，你的母亲是你父亲真正的妻子。"战争使他成熟起来，使他懂得致力于减轻人类的痛苦。他不再过分地克制。

到了 3 月初，父亲的所有文件都被整整齐齐地捆好，封好了，他所有的东西都列了出来。他的写字台很整洁，铅笔和生锈的回形针等着他的手再拿起来。他的帽子挂在门边的钩子上，酒红色的睡衣挂在床边的钩子上，破旧的拖鞋和凉鞋在碗柜下的地板上一字排开，旧内衣被缝补并整齐地叠好，撒上樟脑球、桉树粉末。巴松管、网球拍、手杖，所有的东西都经过防腐处理。东西非常重，让人难以忍受。光亮从屋子里逸出来，在外面灰色的橄榄枝间穿梭盘旋，渲染笼罩，又随风呜咽。当我离开时，白光自窗边那一棵黑色杏树旁进出，分明像是白色的泪水。

母亲勇敢而固执地紧紧抓住神龛，护着它不让雨淋，不被偷走，但这无济于事。悬在门上想要被铭记的格言：无法投递的信。"以一种让你的子孙感激的方式生活。"那他们这样做了吗？还有锁呢？但这都无济于事，亡魂已逝。挂在床上方白墙上的那幅高迪为父亲画的肖像，使房间里的寒意更深。很久以来，太多人在这所房子里感到不快乐了。这儿的空气淬着毒。这个神圣的地方被封印了。

我渴望开始我自己的生活，自由、有明确和崇高的理想，当然，还有"过分"的骄傲。我想我是在拒绝所有的谎言、矫饰和妥协，拒绝母亲阴暗的怨恨、祖母的固执，拒绝多萝西和奥马尔，不管他们是谁。我把一切都抛在了身后。我想要保留的只是一些信仰——自由地过着我认为父亲想让我过的那种简单而辛劳的生活。我动身了，除了母亲的失望之外，没有别的遗憾。但事实上，我远远没有完全离开的念头，我只是开始构建一个空中城堡——城堡在幻想中延伸到实地上，城堡里每一个人、每一件事、每一阵蕴含着绵长感触的哗啦声，还有所有的废弃物品和所有的纸张文件都被绑在一起，永恒地封存，然后被一大群门徒、出版商、学者、秘书、贪婪的寡妇、可怕的妻子们抛掷、撕扯、毁坏，于一片忙乱中在阁楼与阁楼、卡车与卡车间被来回乱扔……

全都是因为摩科瑞，为了好玩？他已经有一年多没给我发电报了。

在我动身去盖斯的前几天，在山脚下，一个从电报局出来的机警的男孩推着一辆自行车，递给我一捆东西，是来自红十字会车站、德国突击队员、邮局的六张包装纸，里面写着："圣诞愉快，新年快乐！鲍里斯。"

我和特鲁贝茨科伊公主4月份在罗马郊外野餐时遇到的那个男孩在北方没有朋友或亲戚。1944年，意大利红十字会（Italian Red Cross）从南方向北方发放免费的圣诞问候电报表格，所以他想到了我。

那年4月，我和父亲在罗马度过了属于另一个时代的时光，但我强烈地渴望与人交流，渴望与人进行某种思想上的接触，在盖斯我没人可以交谈。于是，信件开始飞来飞去，我的通讯记者男友对一个自己创业、务农的女孩很感兴趣。在他看来，没有什么比这更清晰、更可靠的了。他写道，他愿意在一头奶牛身上投资十万里拉。他能来看我吗？

我还跟妈妈和爸爸住在一起。我和巴赫尔先生谈得很认真。"所⋯⋯所以⋯⋯"他挠着头笑着说，"有意思，有意思。"租下这座小屋似乎已经足够可行了，尽管这意味着要一直等到米迦勒节，那时候合同才到期。但鉴于我马上就要去他的工作室当学徒，他要仔细考虑一下。我看得出他非常喜欢这个想法。我等待着。到了种植土豆的时节，我们都很忙，一个人整天在新犁过的土块上走来走去，又累又脏，弯着腰，在合适的间距安置好"眼睛"（块根）。终于到了周末，我们都干完了，我骑着自行车回家，只想着洗衣服和星期天休息。在盖斯，在播种或收获、土地被犁开的时候，总是有大事发生。1943年父亲从罗马前来时，我们正在收获。1946年，当一个男孩从永恒之城罗马来到这里时，我们正在播种。

一个长着天使脸的瘦长男孩躺在屋外的草地上。"你的客人是从罗马来的。"妈妈说。我没想到他来得这么快。我们几乎认不出彼此，他可能没想到我在决定下地工作时如此卖力。显然，我们都没有把对方的信看得太认真。

为了缓解彼此的尴尬，我立刻带他去看了"我的"小屋。他起初丝毫也没被吸引。但是当他抬起眼睛：多么漂亮的城堡啊！是的，纽豪斯[①]。城堡、教堂还有农场，这些都在图片里。如果不把它们纳入视野，就不可能真正欣赏到我的家和萨马。至于我的小屋，它在树林的边缘，在山脚下，它就坐落在那树荫的正下方，我叫它舒坦那。小屋的名字一直吸引着我，我喜欢住在象征着历史和艺术的阴影下。巴赫尔先生的房子挡住了舒坦那的去路。

在意大利，纽豪斯被称为卡萨诺瓦城堡。我十分了解它的传说和历史。人们一年中三次列队上那儿去。白色巴洛克教堂坐落在离城堡不远的草坡上，中间是农场。在我的童年时代，它曾是一家酒吧，星期天下午，我和妈妈、爸爸一起到那儿去。目前，这处房产似乎没有主人，这是1938年政治选择的结果。一位德国前军官半秘密地住在里面，他显然是个伪君子，他对村子里的人说，他有权到那儿去，因为他和伯爵的女儿订了婚，并接受了

----

① Neuhaus，德语意译"新房"。——译者注

出售城堡的委托。鲍里斯立即宣布他要让他父亲给他买。

"你要一座城堡做什么？"

"哦，邀请我的朋友。"

"做什么？"

"画画、写作、学习。此外，我想重建卡诺萨的秩序，我需要一个爵位。"

"卡诺萨的秩序是什么？"

"你没有听说过马耳他教团吗？"

"当然，我甚至通过他们大门的钥匙孔看过圣彼得大教堂。我从《诗章》里学到过有关圣殿骑士和亚尔比根教派……"

"是的，1289 年，十字军战士雷蒙多在我家为纪念他的姑妈玛蒂尔德·迪·卡诺萨创立了一个教团；在梵蒂冈博物馆保存的12 世纪的发亮的羊皮纸中，多尼佐尼讲述了整个历史。我们是罗萨的后裔，罗萨娶了泰奥多琳达的女儿为妻，泰奥多琳达是隆戈巴国王的合法继承人，尽管有萨利克继承法，通过联姻，她的兄弟已经被废黜了。公元 900 年，斯格弗利都仍然统治着伦巴第。"

或多或少……一个人怎么能记得那么多的过去，历史的尘埃冲他迎面扑来的时候，他怎么还闻得到土壤的味道！但我很感兴趣。这几乎像《诗章》一样有意思；自我和父亲上一次在萨利塔大街散步时起，我就再也没有听到过这样的话题。

"我们的座右铭是'卡努西娅锋利的尖角修整'……"，卡努西娅的尖角……他的眼神，他的优雅，他的魅力在一刹那使我心折。我觉得很高兴。我想，"智慧，上帝的荣耀"就站在我面前。终于有人可以和我说话了。他很快就掌握了父亲的思想和诗歌，虽然1943年后他支持盟军，他最好的朋友之一也在阿尔迪廷的福斯被德国人杀害，但他充满了同情。

"阿托是首领，精明又狡猾／但是高贵的西格弗莱德更高尚……然后又有了部落的故事：

"……制定了一些法律……

"一个新的王朝在罗塔里告示的宣布下诞生。一切又回到过去？从奥布索拉到那个九夜吊在狂风飘摇的树上学习咒文鲁纳斯的众神之王奥丁。它们都在一个背景之中：奥萨和他不可思议的统治；戴着铁王冠的泰奥多琳达，门前一直等着位皇帝的玛蒂尔德姑妈，十字军战士西格弗雷德，还有另一边的哥萨克人、蒙古奶奶，以及来自彼得堡的建筑师。可是那些土地呢？都送归了教会。那些家呢？都归顺了国家。那顶皇冠呢？蒙扎家里的铁冠。那座城堡呢？巴拉提斯城堡变成了废墟。废墟，债务，还有摇摇欲坠的宝物。

"但是基因呢？"

哦，基因比以往任何时候都更充满活力和力量。我写信给父亲，告诉他我们已经结婚了。我想把事情清楚地告诉他，并且在那个地狱之洞：确保他是健康的。母亲在奇吉伯爵的礼拜堂里想象着婚礼的场景，描述着她和我将要穿的婚纱，这时候她非常快乐。但她警告说：等等，有迹象，等着看他的父亲是否真的给他买了城堡。

他的父亲来到盖斯。我问爸爸我能不能给富克斯套上挽具驾马车去接他。"如果你认为他的钱包太重，他不能从车站走到我们家……"过了桥，马吓得直哆嗦。它后腿腾跃，向旁边踢去，好像要把我连同车一起扔到河里去。我不得不下车，把它带回家。它不停地轻推我的肩膀，好像很高兴似的。一个人不能对一匹马生气很长时间。一对父子步行跟在后面。我不喜欢那个父亲。晚饭后，当我们看星星的时候，他说："让我们为这次拜访留下美好的回忆吧。"

回忆？哦，不，这不是什么值得记住的事情。这就是未来。这是爱。有人告诉我："我要娶你。"他们离开了，因为要考试。

两个月后，我想我不能再忍受分离的痛苦了。我忘记了所有的决心，违背了对自己的所有承诺，坐火车去了罗马。那时我二十一岁。

Coda

结　尾

尽管我们已经尽可能在公共场合不随便说英语，我和这个带着一半俄罗斯血统的意大利人之间的婚姻还是使我和盖斯的纽带日渐松散。他来自罗马，对于提洛尔人来说，令人鄙夷的"那片地"就是所有邪恶的诞生地。

在那些日子里我逐渐发现，比起宗教歧视而言，民族偏见简直不足一提。伊莎贝尔祖母是个天主教徒。尽管嫁给一个意大利人这种事情已经发生过，但把一个新教徒带到盖斯，我祖母肯定接受不了，即使妈妈也不会原谅我。她握紧手求我不要这般无理："找个医生来这边可要花上好几个小时，更何况冬天你甚至不能保证我们真的还能喊来医生。牧师根本没法给她行圣礼，而且你还有个无辜的小孩在这间屋里。"

那么善良呢？不是说好要构建一个尊老爱幼、亲密无间的和谐家庭吗？

他们不会让她安入圣土的，多么耻辱啊！压力之下，妈妈总会胡言乱语些年代久远的感情宣泄语和介于不同语言间的词根，就像外军压境的洪潮中抛出的浮木。"多么耻辱啊！等她去世了，人们甚至不会为她鸣铃。"

铃啊！铃啊！这都争论些什么啊。我们自己不就有座尖顶小教堂，里面还有两个铃。

我们进入纽豪斯后的一个周日的中午，山谷里映着阳光的白雪，闪闪发光，在此之上，那些铃儿的声音多么清脆悦耳，又洋溢着节日的氛围。

这是一种风俗：当主人住在家里时，租客就会在星期天敲响钟。但是房客并没有去为我们敲钟。虽然他已接到伯爵的命令，要他把城堡的钥匙给我们，但他仅仅把我们看作闯入者，两个不名一文的孩子。此外，他也不确定伯爵是否有这权利。

"我们自己敲吧！"在乡村教堂的钟声停息很久以后，鲍里斯爬上钟楼里摇晃的楼梯，他敲钟的声音又长又响。我站在拱形城堡的门口，又笑又哭，满心欢喜。我们赢了。我们住进了纽豪斯。几个星期后，牧师来拜访我们，说我们应该坐在祭坛旁的长凳上，这是博格沃纳家族的特权。于是，特权和负担都开始了，我们不得不去教堂敲钟，甚至在我们觉得不能去的时候，因为：

"孩子成功了！"——我怎么能让他失望呢？他是唯一没有痛骂我们婚姻愚蠢的人，他理解我们，并从伊丽莎白医院发来了一封题为"我爱故我是"的信笺：

与他同行的房子是那样美丽

如同芙蓉花的树枝，

那么美，那么美

江夫人

你腰带上的宝石

发出的细碎声响

会持续到

一切都过去

因为你的真诚……

"选自《陈氏颂歌》。致玛丽与鲍里斯·伊万诺维奇，或者不管叫什么名字。"尽管他总抱着这样的看法："俄罗斯人！！我什么时候能看到这些俄国人的末日！"家人和朋友们的没落的贵族头衔，住在卡普里的那些老人们自从逃离了圣彼得堡之后，就没有停止过窃窃私语，住在罗马的那些老人们唯一权威性的东西是一对祖母绿耳环（如果有的话，与弗朗茨·李斯特的某种关系可能会有些分量），谣言在锡耶纳、威尼斯、罗马的宫殿里，在姑母们和仆人们中间流传："奥尔加小心……她父亲没有一分钱……很体面，很迷人……但是，但是……可怜的小矮人……但是可怜的小矮人也没有一分钱——那不是他们所需要的那个美国女继承人——不，不——一个来自山区的农民——不，不——她是那个人的女儿——她父亲——一个叛徒——疯子。"

后来，母亲带着父亲的手杖来到罗马，说："鲍里斯，不需要你了。"鲍里斯鞠了一躬，说道："夫人，玛丽的文件一准备好，我们就结婚。"在库克餐馆，当她说"两张拉帕洛的票"的时候，我说："不，一张。"

　　然后我和鲍里斯走到广场上，看到我们的结婚预告牌张贴出来，我们松了一口气，又对这种可笑的忙乱和喧嚷哈哈大笑。这似乎很有趣，但没持续多久。我们陷入了困境。鲍里斯慢慢地把画室里的家具、留声机、收音机、照相机都卖掉了，我们又回到了盖斯。

　　纽豪斯现在空荡荡的。它不属于任何人。普斯特塔尔河谷是要并入奥地利还是意大利？谈判仍在继续，就边界、财产、公民权等问题争论不休。没必要买东西，因为没人能卖，也不需要钱。我们获准住在里面：免租金，直到——

　　于是，在1946年的圣诞前夜，我们带着一条黑面包、一瓶牛奶和一棵圣诞树搬进了新家。现在看来，如果我一个人要有座小屋，那么我们两个人就需要一座城堡，这是很自然的。幸运的是，家里有大火炉，还有大量的干木柴和妈妈给的牛奶、面包和鸡蛋。

　　我们一进纽豪斯就过着美好的生活。我们除了要保暖和让自己活着之外无事可干。1月、2月、3月都在深深的积雪和寂静中悄然流逝。有时我们走到村子里去，希望能从鲍里斯的父亲那里得到一笔汇款，并从妈妈那里得到更多的牛奶和黑面包。星期天做完弥撒后，她招待了我们一顿丰盛的午餐。

铃！铃！鲍里斯似乎总是知道正确的程序，就像永远优雅地在天底下跳舞，挥舞着萨满的衣袖，梦想着那些事物会实现，轻松地去创造那些永远流动着的、从不僵硬，并且独立的、无法被拥有的巧妙的东西。我要花一天的时间在一扇没有了的门或窗前筑起一座街垒，用锤子敲打、搬运重物——他则在两边各放了几个空瓶子，用细线捆在一起。如果有人想伤害我们，他会被噪声吓跑，而我们会听到瓶子掉落的声音——没有人会怀疑这里有根线。

他的这种心灵手巧让我印象深刻。我们有点害怕，所以睡觉的时候会在床边放一把斧头。城堡是那么大，那么空，那么冷，每一只鸟儿或狐狸都在哭泣，每一块吱吱作响的木板或砰砰作响的百叶窗都在白色笼罩的树荫里发出尖锐的声音。但是我们待在有大火炉和高窗的木镶板房间里，感到快乐、安宁和温暖。鲍里斯向我大声朗读着俄罗斯的经典著作，而我则用战时的剩余材料给尿布缝边，那是一捆来自德国医院的纱布。在往返村庄的路上，他给我讲了他童年时代的英雄法米菲里诺的故事。因为我不擅长玩游戏，他就一个人下棋，而我则干些杂活儿。他拿着画板做实验，画了埃及象形文字，研究了《死亡之书》，费朗切斯·圭卡蒂尼和其他一些梵蒂冈外交课程需要的文本。

4月1日，我们去了梅拉诺。食物仍然是定量供应的，我不得不去医生那里拿证明来获得更多的糖。我知道孩子要在复活节出生，但医生说不，会早一点儿。离开罗马后我感觉很好，但他说我的肌肉不强壮，分娩会很困难，我不能在家里分娩。

为什么我们选择了梅拉诺？可能是医生的建议。现在我也不知道，布鲁内克医院非常沉闷，而且他们也没有房间。我们下山赶早班火车时，月亮还在升起。天气依然寒冷。我抬头望着城堡时，感到一阵剧痛，一个几乎是虚幻的苍白斑点出现在了巨大的杉木上。我并不害怕，但我不禁产生这样一种感觉：我再也回不了纽豪斯了，我正在失去它，从某种意义上说，这是真的。

那是梅拉诺的春天。马丁斯布伦诊所看起来像是天堂。面带微笑的白人修女会端上茶，盛在小巧的银质罐里的奶油，与精致的牛角面包。那两三天的时间里，我尽情地享受了这些，然后我对这件事的恐慌开始越来越大。我漫步在苹果花间，为如此多的美丽而感谢上帝。我在塔帕尼威格走了好几个小时，恳求孩子快来。

复活节那天，鲍里斯回来了，我们出去散步了很久。他想去参观在马丁斯布伦看到的那些城堡，尤其是最近的那个，就在提洛尔城堡下面的那个看起来很奇怪的城堡。而我只剩下一个想法：让孩子快点出生。

我们在傍晚时分到达布鲁伦堡，绕着城堡转了一大圈：图斯坦，圣彼得，提洛尔城堡，那个村庄，然后沿着一条陡峭的小路向下走。外面的大门闩上了。一个女人从农场里出来，用意大利语喊着，让我们千万不要试图进去，这是被禁止的，而且非常危险。然后她看着我补充道："你不应该在这种情况下上路。""危险吗？""是的，屋顶、墙壁随时都可能倒塌。"我们以为她疯了，好奇又兴奋地躲在外面。这些墙在我们看来很坚固，唯一的麻烦是：除了从门进去，绝对没有别的路可走。我们注意到窗户上没有玻璃。很明显，这个地方被遗弃了。真是个奇怪的巧合：布鲁伦堡俯视着马丁斯布伦，就像纽豪斯俯视着肖特娜小屋一样，因此每当鲍里斯从我所在的地方，或想要去的地方抬起眼睛时，他们就会看到一座无人居住、等待主人的城堡。

修女们听到我们走了这么远，都吓坏了，但她们对布鲁伦堡都知之甚少。她们认为它属于政府，二十多年来无人居住，人们说它闹鬼。

就在那晚，苦痛开始了。第二天，也就是复活节的周一，随着警笛与钟声宣告中午已至，我们的儿子在高声哭喊中到来，而我感觉到了超乎想象的快乐。也许，我还为自己更多把他视为我父母的外孙而不是我丈夫的儿子有一丝愧疚。但鲍里斯在为他取名时得到了补偿：西弗雷多·沃尔特·伊戈尔·雷蒙多——以他最荣耀的祖先们命名。只有沃尔特是他父亲的选择，以纪念沃尔特·冯·德·沃格威德。

我一起床就走到窗前，看到下面花园里的玉兰已然绽放，不禁为这美景和其中的好兆头而欢欣鼓舞。盛开的玉兰看起来如莲花一般，我儿子的影像在我脑海中闪着光，而现在在我记忆里住进了一个小小的菩萨，他跪在莲花瓣上，淳朴而又甜蜜。

紧接着对账款的担心再次占了上风——分娩后的一周,我动了一个小手术,因为我在那之后有轻微的发热症状,医生不让我回家。又一个星期后,我已不再漫步于盛放的苹果花下,而是跪在教堂里祈祷:亲爱的上帝啊,在我们能靠自己谋生之前,赐予我们一些钱吧!而那之后的一天晚上,我正哭红着眼睛踏出教堂时,有一位修女给我递来了一封鲍里斯发的电报:额外的钱。父亲的结婚礼物拯救了我们:一百美元的意外之喜!这笔钱之前一直被政府机构存着,直到我们迫切需要的时候才给我们。

　　当一个人在春天里把她的新生儿抱在胸前而感到幸福时,总会有无穷无尽的勇气。那时我感觉可以把整个世界都扛在我的肩膀上,从未想过下一个寒冬会到来,而我也会筋疲力尽。

　　我的艺术雕刻计划简直一无所获。不得不说,要把城堡变成一个可以居住的家,我还有许多工作要做。为了代替丢失的戒指,父亲得到了一个外孙。他写下"BANZAI"(万岁)这个词。他享受着自己扮演的"外祖父"的角色,而忘记了周围的一切。万岁!父亲可真是太棒了!——如果说这信念来自他的话,那我的工作就是让其实现,创造、维持并打磨它。

　　鲍里斯很快就开始布置大厅,据说沃尔特·冯·德·沃格威德曾在那里演唱过(尽管历史上曾被否认),奥司沃德·冯·福尔肯斯坦也曾在其中被囚禁过。他再次表现出了领主的样子,活力也回到了他的体内。充满各式想法的信件蜂拥而至。我们的梦想也尽情翱翔：我们将实现治外法权，我们将争取从美国引渡他，而他将在一片住满了艺术家的领土上做统治者，他最终会得到他在《流亡》当中疾声呼唤的宫殿。

维持一座城堡的方式是开放给付费的游客。在孩子出生后，我在南墙下布置了一个狭长的厨房花园。

然后我们的第一位游客来了，是骄傲的赫敏。祖母伊莎贝尔没能去美国，多萝西没带她，自己去了。祖母的髋部和一只手臂骨折了，背上满是褥疮，但她的精神是完好无损的，她一直在"战斗"：而这一次是在拉帕洛医院。她很高兴自己找到了一个家。

她之前不被允许充分发挥自我，以享受大诗人母亲的角色。现在，她的儿子为她提供了一座城堡来主宰，还有一个曾外孙，她可以在恰当的时候给他朗读朗费罗、华兹华斯、滕尼森和拜伦。

母亲顺应形势，放下原有的怨恨。她开着一辆黑色轿车，和老太太一起，从山上的拉帕洛医院驶到山脚下。村里的干草制备再一次被扰乱了。爸爸把农民们从田里召集起来。他们在帆布躺椅的板条之间穿过长杆草耙和草叉，临时做成了一个轿车式的装置。老太太不会听到抬担架的声音。

嘿嗬！他们把她举到肩上，慢慢地抬上山，她像一位皇太后般庄严、直挺，后面紧跟着更多背着树干的男人，和我所有带着坐垫、包和篮子的盖斯小兄弟们。老太太在不断地讲话，尽管她的话因为湍急的山流而几乎听不见。树林、溪流、红色油漆地板让她想起了爱达荷州，她曾外孙胸前的挂锁和雷伊的一样金黄。他就像婴儿加根图亚一样准备好了向上仰望。非常有进取心，没错，相当有进取心，老太太一直在说这个，因为他对一切密封物，无论是摇篮还是婴儿围栏都高声抗议，在六个月大的时候，他试图通过攀爬那巨大的轮子来让其转动。

那不朽之椅的巨大轮子，在那上面祖母伊莎贝尔靠阅读和重读堂吉诃德度日，指导我如何把鸡蛋煮到完美的地步，如何以美国的方式经营一栋房子；她还规划着一条足够大的从威尼斯到米兰的运河，大到大船可以带着他们的货物通行。

* * *

当我们在周日的弥撒后走上山时，鲍里斯郑重地宣布：我的心在布鲁伦堡跳动。我由衷地笑了，这是说这话的一个多么有趣的方式：他的思想是一心一意在布鲁伦堡。他的祖先曾经拥有隆戈巴群岛的领土范围一直延伸到梅伊亚，世界的那一部分，因此梅拉诺应是我们的定居之所。

但我已经没有时间追随他的梦想了。我手上因孩子和祖母而忙碌。我在恳求别人帮忙。有一天，鲍里斯与一位英俊的意大利小伙子一起胜利般地出现，他跪下亲吻了我的裙子下摆："公主，你卑微的仆人！"

我相当生气，但气的时间不长。"我需要一个女人来洗床单和尿布，而不是另一个男人！"那时有鲍里斯和他的弟弟伊戈尔，以及我的表弟彼得在，有坐在轮椅上的婴儿以及祖母，还有独自待在厨房里洗涤盆后面的我。

"我可以做任何事情，洗衣、做饭、扫地——包食宿。"

这难以抗拒。他的名字也是皮莱德·索夫。他是盖斯站的站长。在玛丽亚希梅尔法赫特，为了纪念上帝的母亲，他曾发放免费的火车票。铁路局不甚喜欢这主意。

我转向祖母。她对有一个男仆的想法很满意。人们在爱达荷州有男仆。她喜欢皮莱德·索夫，他能烤面包，能做绝对好吃的土豆面粉团子，他还在一个星期内花光了我一个月赚的钱。他的精力和想象力是无限的，仿佛城堡后面的森林还不够似的，他在我们大门入口前种了十几棵杉树作为惊喜。我们几乎不能出门，由于林业法的规定，我们不得不要求他再把它们移走。

兴奋并没有持续很长时间。一个富有的寡妇显然在报纸上回答了他"孤独的心"广告，他回家了。

在这次经历之后，我很高兴再次回归到没有佣人的状态中。鲍里斯和伊戈尔被任命负责供水。我们搬入之后的第一次霜冻，喷泉中的细流停滞了。房客说这以前就发生过，除了去河里取水外别无他法。一条冰冻的小溪，一条结冰的小路，雪橇上的两个水桶，还有一把斧头用来把冰从边上砍下来。我不得不在供水上十分节俭。 鲍里斯和伊戈尔是在城市里长大的，比起拓荒，他们对埃及象形文字和中国激进分子更感兴趣。作为家长来和我们一起生活并学习意大利语的表哥彼得更乐于助人也更善良，他砍木头搬木头，点火把，倒灰烬。

那是一个非常艰难的冬天。圣诞节后不久，祖母中风了。我很难做到让她吃饭。妈妈的预兆成真了。没人来帮我照顾她。医生确实来过好几次，但他几乎毫无办法。大约在她去世前一周，牧师也来过一次，她似乎很高兴见到他。我让他们单独在一起。第二天早上，她几乎兴奋起来，说："荷马昨晚来找了我，他叫我放弃吧。"然后就如同对此下了决心一般，她陷入昏迷，再也没有醒来。2月9日，她去世了，享年八十八岁。

爸爸给我们拿来了棺材，但他不想走进她的房间，我们不得不自己埋葬她；他们不能亲自把她埋在神圣的土地里。母亲来了。我们把祖母放置在一条珍贵的羊绒披肩上。她看起来非常庄严和宁静。房客帮我们在教堂前挖好坟墓。土壤实在冰冻得厉害，我们不得不满足于一个浅坑，房客帮三个男孩抬来棺材。彼得背诵了主的祷告。我们没有响铃。

父亲希望巴赫尔先生为祖母的坟墓做一个凹雕，并为此寄去了图纸和文字。我筋疲力尽了。泰迪叔叔在英国接待了我们，彼得带我和婴儿一起回家。

*　*　*

在英国两个月后，我没有回到盖斯，而是回到了提洛尔。很显然，我们永远也买不起纽豪斯，城堡配有一片农场、一块地和一片树林。而且，鲍里斯更偏爱布鲁伦堡，尽管这个城堡根本不能住人。作为一片废墟，它有一个优点：我们买得起。当然这是青少年的鲁莽：我们几乎从未考虑过，多年后我们会忧虑，需要翻新，在金钱上也会付出不少代价。但是在当时我们有了自己的塔楼，我们自己的罗马塔楼。那之上能看见两个开阔的山谷和绵延不绝的山脉的壮丽景色。气候也温和得多，不会被冰雪逼入冬眠然后被搞成残疾。

在村里的旅馆住了几个星期后，我们得以在塔的最高处的房间露宿。村里的木匠和他的儿子带着他们所有的工具搬进底层一个房间，修理起了门、地板和天花板。一位那不勒斯的工程师给我们提建议并指导工作，作为交换，他可以在美妙的山间空气里逗留：那时他正是我们需要的人，一个能建造、修补、移位和发号施令的专家。旅游热潮还尚未开始，劳动力丰富又廉价。而打动我们的精神是——给我一个站立的地方，我就将移动宇宙。我们的信仰和欢愉传递给了村里的年轻人。所有的女孩都想照顾我们的儿子，而男孩们渴望帮我们打理那些他们上学时曾在自己假想的征战中冲锋陷阵的地方。一位眼睛闪闪发光的老妇人感谢我把一些光亮带回已经黑暗了如此之久的地方。我想所有迷信的农民们都松了一口气，因为这个地方不再那么阴森和灵异了。从村子里往下看着我们亮灯的窗户，这令人感到安心。

鲍里斯的外表和他德语口语的贫乏带有某种异国情调。关于他与沙皇和保加利亚国王关系的传闻开始传开：做鲍里斯的重要性。就我而言，由于我的方言，我很容易被农民和工人理解。他们喜欢我，并给我讲他们的南纳尔斯——所有的哈布斯堡王子似乎都对农民的美丽女儿情有独钟，有时他们甚至会娶她们，就如在马林邮政局长女儿的爱情故事里一般。因为我来自普斯特塔尔，我不得已成了一个霍尔辛德勒的女儿：对于拥有葡萄园和苹果的伯格里弗来说，普斯特塔尔意味着木材和土豆。好吧，家族的财富和金钱曾经都是靠伐木积累起来的。

多夫蒂罗尔似乎渴望有自己的格拉芬。它鲜少对奥匈帝国的伯爵、男爵与那些据说住在奥伯麦司穷困潦倒的贫贱妻子们抱有同情；他们没有参加村庄的射击活动，就像弗朗茨·约瑟夫那样；没有像伊丽莎白皇后一样来里梅勒喝茶。事实上，自第一次世界大战结束以来，射击活动已经停止，里梅勒也已经关闭……任何与提洛尔城堡有关的细节都不可忽视——这个曾为所有提洛尔人命名的旧都——它也曾为弗里德里希·米德·利伦·塔什和玛格丽特·莫塔奇的后代命名……

在城里，他们开始散布谣言。不久之后，当地报纸的头条新闻便是："玛格丽特·莫塔奇的影子在卡斯特喷泉的大厅里漫游。"丑陋的公爵夫人的鬼魂在布鲁伦堡的大厅里游走——它还说我们睡在稻草上，这实在有点夸张。我们对此一笑，并不停地忙碌，擦洗，混好油漆，在废铁中找门把手和铰链；以平方米计算玻璃、木材和石膏的量，熟悉这些事，在谷仓和阁楼周围闲逛，找蒂罗尔式家具。

在我生日那天，鲍里斯在旅馆订了晚餐。晚餐将近结束时，主人的孩子们拉着一车鲜花进来了，他们身后是三位带着古琴、拉弗和吉他的老人，音乐一传出去，就有了更多的人来，我们快乐地跳舞，喝葡萄酒。这三位音乐家碰巧是三个大农民。在接下来的十年里，庆祝活动逐渐宏大起来，他们点亮过堡垒，点亮过从村庄到施洛斯蒂罗尔的道路。多夫蒂罗尔的居民当时是一个富于闲暇的民族，或者至少在我们看来如此，他们年轻又充满渴望：

> 啊，回到那黄金时代
> 到那被遗弃的土地
> 如果没有了想象
> 在梦里，梦想着幸福。
>
> 不是那甜蜜的状态，
> 没有逃离也没有梦幻
> 听到每一个无辜的人
> 在它的宁静之中。
>
> 黄金时代，我恳请你到来
> 到这片土地，你往昔的家！
> 黄金时代，假使你曾在此
> 也不仅是被荒废的梦幻！

你没有逃跑；也不是在梦中；

如今也不仅是被捏造的幻象。

每颗淳朴的心都了然：

你仍是如此纯洁的存在。

事实是，在第一个冬天快结束时，因为敲门声太吵也持续
得太久，我不得不逃跑：水管工和电工都想得到报酬。我们有
着明智的鲁莽——安好了供水和光照。我们的聋哑邻居在他的
田里给我们展示了一个按理讲属于城堡的泉水口，我们前往奎
伦法森取泉水，然后建了一个小水库提供水压。主要工作由城
里的公司承担。

鲍里斯在罗马的比利库姆学校上课，试图筹集到一些资金。

这是 1948 年，博林根奖授予埃兹拉·庞德的时刻，母亲也
去了罗马，与一些老朋友相聚。父亲似乎随时可能被释放。我被
卷入风波中，但我记得的主要是对美国文人某些不宽容的言论的
痛苦与愤怒，还有我自己的忧虑：我那本该成为他宫殿的家要怎
么办？公公给了我一些钱回到布鲁伦堡。带着一个来自联合国善
后救济署的种子包裹，我布置出了一个菜园。墙内有几块地，还
有一棵白樱桃树和一些长着美味水果的梅树。

唯一能谋生的方式还是接待付钱的游客，而又是父亲把游客
送过来。第一位是玛丽·巴纳德，一位年轻的女诗人，在战前曾

与父亲通信，并曾到圣伊丽莎白医院看望他。她带着《诗章》来到欧洲。然后是西格奥拉·阿格里斯蒂·罗塞蒂，她表达了对自己养侄女肺部问题的担忧。父亲写信给她，说她应该把那女孩带到我这儿来呼吸新鲜的山间空气并为此掏钱。

我们几乎没有给别人什么安慰，除了美——被善良的人们回应和不断增长的美好。西格诺拉·阿涅斯蒂，一个当时在我看来很老的太太，由于没有椅子而坐在我们阳台的树桩上，她手里拿着一枝玫瑰花，平静地凝视着穆特，这是我永远也不会忘记的景象。

然后帕特里齐亚·芭芭拉·辛齐亚·弗拉维亚出生了。这一次没怎么费力。我跑下山来到马丁斯布伦，两个小时后，她就在那里了。在圣灰星期三，2月的新月带来了她。第二天早上，我们被大雪覆盖了，她的小手和小脚像不断飘落的雪花一样细腻而完美，有许多棕红色发丝，还有安宁、满足和缄默。

我一直开玩笑说：我想要的是12个男孩，但是有一个小女孩的快乐似乎能弥补11个男孩。两年后，我们领养了一个没有父母的女婴格拉齐拉，她快乐又善良。我们家里有足够的空间、能量、食物和温暖。

* * *

1953年3月1日，我前往美国。母亲照顾着在圣安布罗吉奥的孩子们。正是由于她的努力，我拿到了一本美国护照，也是她为出国旅行筹到了资金。

"你不想非常受欢迎吗？"这听起来就像好些年前政府军队说的"松口气"那么陌生。

我有注意到坐在我们桌旁的那两个年轻女人被调到了舱内吗？一个强壮的大汉似乎不愿和羞怯的我坐在一起，愤然去了另一张桌子。我被独自留下，看着一大群平凡而丑陋的人。我吃不下自己的食物，所以我只能待在床上，忍受病理性的晕船。三个喋喋不休的更年期妇人对此感到厌烦，她们正在从以色列旅行回家的路上，和我共享着一个小房间。起初，她们试图讲述人们在纽约可以买到的各种华丽东西以让我高兴起来。纽约，纽约，很久以前的梦想——

我的城市，我的爱人，我的白色！

我往哪里去？一个旧货店，然后是精神病院？我在海上晕着船又无所事事，只能让我的思绪来回往复，来回往复，回到那另一个梦里："一个小屋里／我的头发，像你的头发一般，将变成白色／当他来到……"我二十岁时写的许多烂诗之一。来回往复，回到1948年的英国——在一个雾蒙蒙的春日下午，我在泰晤士河畔漫步时想，这对诗人来说可真是个适宜居住的地方，那时为了知道父亲的消息，我正在拜访艾略特先生的路上。他拜访了在圣伊丽莎白医院的父亲，在他的朋友中他是最知情也最有权威的一个。

他高而瘦，弓着腰，带着一个悲伤而又神秘的微笑打开门，然后领我进入他的书房："……你得原谅……一个更好的欢迎……我刚刚出院……只有我们在房子里。"我为房间的简朴而惊诧。他坐在一张书桌后面，一个堵塞住的壁炉在他后面。一个小小的电炉——或许是煤气炉，在烧火。我感到敬畏，也为他遗憾，他应该一直坐在熊熊烈火前，我想，那才是他需要的。房间和他的话语让人感到冰冷。过了一会儿，他去拿了些茶来："哦，让我……""不，不，请坐下。"然后他弯着腰带着一个小托盘回来了，还有两个杯子和一小盘非常薄、非常干燥的饼干。我想：我真希望自己能给他一些面包和黄油……然后他说话了，轻轻地、不间断地说话。有两次我斗胆提出了问题，他举起手说："我们之后再来讨论这个。"我们再也没有"之后"。是离开的时候了。根据礼节，他递给我一个潘多拉的盒子，里面放着给我儿子的吉安蒂娅巧克力。

当我们朝门走去时，一封信被塞到了书房的门下。我立刻把它捡了起来——他也想捡起——然后我把信递给他。他脸红了，低声说："这是给你的吗？"我有把自己的眉头皱成一个问号吗？我匆忙地离开了。一个人待在房子里？那不重要。我遇到了一个伟大的人和"孤独"。

……现在，在公海上，他的话语挥之不去："我担心你父亲不想接受任何可能有的自由。大家觉得应该派你去说服他签署一份声明，来声称他已疯了，这想法是种嘲讽。"是一种嘲讽——那么，即使这就是唯一的出路，我也比别的任何人更该提议这么做吗？

自由女神像和看见曼哈顿天际线的兴奋驱散了我的各种预感，而我对于美国的阴暗怨恨几乎消失了。

《怀疑》的编辑蒂芙尼·泰耶和他美丽的妻子在码头上，他们带我去了他们在萨顿广场的公寓。我茫然了，为这旅途，也为这惊喜；为这轻松、舒适与雅致；为东江景色之美，也为在一家日本餐厅的晚餐，他们在东方式碗中盛最清的汤，汤底放着菜花；也为我开车去百老汇街上，百老汇在变幻的霓虹灯下闪耀。我不敢相信我的眼睛：我的城市，我的爱人，还是一个幻影？蒂芙尼笑了："你还没看到白天呢，但这也是美国。"美国，我的国家——我记得我的小儿子，当我在一年后带他回盖斯看望时，他从我的怀里挣脱，跑向同样张开双臂向他跑来的妈妈，尽管他都不认识她，却充满了信任和快乐。

但我下了坚定决心，要把父亲从这个国家带走，要带他回家，回到意大利。詹姆斯·劳克林来到萨顿广场，我们讨论了各种方式和手段。"你是唯一能影响他的人……如果你能让他签署一些文件……"啊，这嘲讽又来了。不，我不能那样做，我也不会成功。

劳克林安排我与父亲的律师朱利安·康奈尔会面，然后康奈尔带我与亚瑟·加菲尔德·海斯和奥斯蒙德·弗伦克尔在银行家俱乐部共进午餐，他们俩是美国公民自由联盟的律师和助理律师。

我完全不知道我们到底住在城里的哪一部分。从地铁到摩天大楼，纽约甚至在白天也迷住了我。每当我抬起眼睛，就能看到林立的高楼在天空中跳着舞并向我鞠躬。电梯的飞速移动让我头晕目眩。我很高兴自己是和康奈尔在一起，我喜欢他的保守。虽然起初我有过不耐烦，甚至是责备，但我很快意识到他已尽了自己的一切力量，一个优秀而清醒的律师的全部力量。但我对采取行动的渴望超越了法律推理和职业准则。他向另外两名律师做了清晰明了的情况简述，然后就保持了沉默。我对围坐桌旁的面孔没有印象了，但气氛感觉很友好。"他没有背叛美国。他试图去阻止战争。一个人这么越过自己的职责可能很疯狂，但他知道自己在做什么。为什么他要因自己的见解和勇气高过大多数美国公民而受到惩罚？……1939 年，他来到这里，然后对国会议员说了一遍他曾在收音机里重复过的事情。他一听说自己被指控叛国，就在给总检察长的信中解释了他在意大利电台上讲话的动机，并做了一些区分。无论一个人相不相信诗人是未来的预见者，他的成就，以及他在欧洲特别是意大利的长久逗留，都确实使他'有资格'表达自己的意见。而不能自由进行广播讲话的言论自由相当于没有言论自由。好吧，那的确是一家意大利电台，但他的广播却是自己的宣传。而至于技术上的失误，那些试图回国却没有生意可做的政府官员，和对他施加各种不人道待遇的军官怎么办？——他们都受到自己的官方地位和匿名身份的保护，而他却喊道：这是埃兹拉·庞德在说话——每一个有信仰的人都必须明白，一些怪异的话语是由于紧张和愤怒而产生的。为什么他被剥夺了人身权利，为什么他会被单独监禁起来？为什么？"

这就是我一次次重复的那些主题，比起理性，我更多是怀有激情。我认为我已经说服了海斯先生；当我们离开房间时，他用他的手臂搂着我的肩膀，而我把这个动作理解为他承诺会来帮忙。康奈尔先生似乎也认为他们能把案子继续处理下去，于是我带着一丝希望去了华盛顿。

卡莉丝·克罗斯比，我第一周在她那里做客，她开着一辆出租车把我送到了圣伊丽莎白医院。她风趣地说："你好，埃兹拉，我要去欧洲啦。"然后当我边整理被她大力的熊抱弄歪的帽子，边擤着鼻涕的时候，她把我们丢下，独自走了。

所以我们终于到了这里。两天以来他没有任何访客。他没料想到我会在纽约停留，也对康奈尔和加菲尔德·海斯不感兴趣。不论怎么说，我感觉很不好，我本应该下船后直接去找他。"对不起是没用的。""是的，我知道。"我记起了他上的课程，一切都还不错。然后，他想让我来填补这个空白：除去对比萨监狱那段短暂的拜访外，十年的空白。我知道他为成为一个"外祖父"而感到自豪和有趣，他的善良和好奇心简直无穷无尽。当我告诉他，是他的手带来了"神圣的庇佑之力"而使我得以离开医院时，他看起来像是最幸福的人。"感谢上帝让你花时间建立起一个家庭，并过上正常的生活。"他丝毫不觉厌烦地听我讲述着鲍里斯、孩子们和我们为城堡而付出的种种。可每当我试图引导谈话回到"我们能做些什么把你弄出去？"时，他就会变得紧张而不耐烦："让布鲁伦堡变成个有那么点教化的地方，这就是你能做的全部了。"

随着时间的流逝，黯淡的前景逐渐明晰起来。我带着他在意大利的老朋友佩利齐、维拉里和西戈拉·阿格雷斯蒂的介绍信过来，并带给他们在美国可能具有一些影响力或是能提供一些建议的朋友。但父亲摇摇头：这没用。那好吧："如果你愿意签署一些文件……"我对这事有清楚的概念吗？"不，不清楚，我有一个大概，用这个方式——一旦你恢复自由并回到意大利，就可以否认这个计划。"但他锐利的眼神让我感到羞愧。不——不能仅仅因为没有耐心而假装有罪或丧失能力——这不符合一个注重责任心的人所有的准则。"接受审判吧，然后你会被无罪释放！"可加菲尔德·海斯出的价格太高了吗？"如果连整个家庭都得破产，人都得靠乞讨为生，那即使我自由了，又有什么意义呢？"

卡莉丝·克罗斯比的律师在司法部门为我争取了一个约见。可我很快就被打发走了："如果你想听一条好建议，那你最好别坚持要重新审理这个案子，你可能会把他送上死刑电椅。"我感到和好些年前一样的寒意："小姐，你干吗非得和那头猪有什么牵扯！"——所以是真的了。他们恨他。

在社交场合，只要我还是意大利童话城堡中迷人的小公主，一切都还好。但这个角色让我过多地想到了把自己裹在大衣里的日本舞蹈……像一个可以在其中和"美丽世界"见面的便利斗篷，但一旦遇到任何我认为可以帮助父亲的人，我就会对各式陷阱和搭讪失去耐心。这不可饶恕地违反了礼节。著名的女作家说着"对，对，我知道"，然后便不耐烦地转向她另一边的伴侣。还有弗朗西斯·比德尔，前司法部部长——正如在我感谢各位明星的到来时所说的那样，他肯定比任何人都懂得多——"……你知道在博林根颁奖典礼上……""是的，但那是四年前的事了，而现在他还是……"他带着一个卸下防备的微笑："让我来给你拿杯饮料吧。"幸好我那时并不想来上一杯，因为在那之后我就再没见过他了。然后在圣伊丽莎白医院时，我跑去见医院的主任欧弗霍尔瑟医生，但他那不在。几天后他打着借父亲一本书的旗号来了，并说道："很抱歉上次我没见到你，你只要什么时候想来都可以来。"在他离开后，父亲说："打扰他也没用，他已经过度劳累了。从他身上你也学不到什么。"

每天，他从窗口注视着我到来，而每次开门时他都刚好在门后，准备去外面的草坪，或是带我走过长长的门廊，然后像他过去在威尼斯和圣安布罗乔时开玩笑地重重靠在我身上。他自豪地把我介绍给服务员，而如果他们说了什么好话，他会像听见"那菩提树"一样鞠躬微笑。他似乎对挂在链铐末端的那串沉重的钥匙浑然不觉，对空洞地凝视着喧闹的电视机并在它前面摇摆的那些可怜而破烂的空壳浑然不觉，对更年轻的阴影那令人恐惧的注视浑然不觉。

在我去的第二天后，多萝西通常会来，有时也会是奥马尔，第一周后，他常来的那些访客又回来了，我的角色变成一个旁观者。我将会接受进一步的教育。一开始我很好奇，然后愤怒，然后沮丧，最后变得不再有固定的情绪。我记得有人说，"……庞德先生在这里是人类学家"，并认为他只是在满足自己的好奇心。对我来说，那时来看他的年轻人无论外表和行为上都是一种全新的人：他们既懒散又无知。"他在与无知做斗争"——"他们都需要上幼儿园"——但这是对他美好思想的浪费。在我看来，没有人读过或见过任何东西，当然也没有读过多少庞德的作品。没有对话。他们带来的是政治信息和种族偏见，就像流浪汉从垃圾桶里捡东西一样。乏味的笑话。如果父亲给他们起了个新名字，他们就会像疯狗带着骨头一样带着这个名字跑掉，因为他们嘴里只有这个名字，就自称是德尔马、阿加西、本顿研究专家。我并不否认这些人的重要性，而是希望正确看待他们。当我质问他或试图温和地规劝他时，他说："在战争时期……"是的，是的，孔子曾说过："三人行，必有我师。"

可悲的事实是，没有其他人愿意或能够经常陪伴他，他需要一个外部观众，就像犯人需要矫正的方法。上流社会用这群"滑稽的人"作为不常去的借口，但事实上，圣伊丽莎白是个令人讨厌的地方，而庞德还不是一个时髦的话题。此外，当时的形势也不容乐观。一场强大的政治迫害正席卷全国。麦卡锡主义盛行。阿尔杰·希斯被判有罪，这宗叛国罪将会被国务院审理。但这一切都没能对父亲有所帮助。他似乎对麦卡锡持怀疑态度。那些可能为他辩护的人都很低调。公民自由的捍卫者和宪法的捍卫者——在无知的我看来，这些应该支持同样价值观的人们——却站在对立面。

唯一得救的希望在一群天主教大学的教授们，其中最著名的是克莱格·拉·德瑞尔和乔万尼·乔万尼尼，他们不仅在他们的大学时代阅读过庞德的作品，战争之前，他们也有足够的耐心和智慧去熟悉广播的事实与情况，以便能够在不同的场合清楚地陈述自己的观点。他们并不是最终为庞德的获释而邀功的那群人中的一员，但我知道他们应该得到的感谢远不止这些。他们是受过教育且行为得体的人。但是，在外面的草坪上，或者在这条闷热走廊的玻璃后面，那些"信徒"的人数远远超过了这些绅士们，并且常常取笑后者在政治上和种族上的不作为。"他们的恶行"仍然让父亲觉得好笑。他自己并无恶意。可是他为什么要让这场闹剧在他面前继续下去呢？他为什么不教这些年轻人礼貌呢？然后，我看到了被关在笼子里的黑豹，看到了那个被历史彻底摧毁的人的厌倦和疲惫。

像坟墓一样深的疲惫。

那些称他为"大师"的人，怎么能理解"文化"所带来的负担，或者理解它的缺失？我自己也对美国和新一代一无所知，他们懒散地坐在那里，大口吃着从午餐中省下来的煮鸡蛋，或者大嚼着给松鼠准备的花生。我想，他们都应该绝食抗议，并呼吁人们注意到这个把国家最伟大的诗人关进疯人院的丑行——如果他们喜欢煽动群众，就让他们为正义的事业而煽动吧！但在我看来，对他们许多人来说，最重要的是让他们待在原地，以证明他们的观点，作为他们个人琐碎目的的例证。甚至一些仁慈、善意的教授也说："回到意大利会让他面临危险。"危险吗？在意大利，没有人害怕，人们畅所欲言，关心自己的事情。就这件事而言，即使在战争之前和战争期间，在我年轻的时候——我也从未目睹过 1953 年华盛顿弥漫的那种毫无意义的恐惧。所有的诽谤都指向意大利法西斯主义，我直到现在才感觉到，在华盛顿，在高利贷的控制下，他们禁止最高级的文化的交流与传播。

所以我只是坐在那里看着：父亲的体重增加了，但他仍然很有活力，动作敏捷。他的五官似乎失去了锐利的轮廓，我不喜欢他三分式的胡须，虽然这让他看起来像一个古老的中国圣人——这并不是他的样子，一点式的胡子更适合他。

最初的温暖而潮湿的日子里，迟钝感在增加。因为惰性没有去工作，慢慢地让我的积极变得消极。长途汽车和到处响起的轻柔的催眠曲使我心烦意乱。在我和一位迷人的中国姑娘一起居住的韦伯斯特街和圣伊丽莎白医院之间，在司法部附近的列克星敦大道上，我换了公交车，在一家位置便利的便利店里吃了一个午餐三明治，喝了杯牛奶。当我向父亲提到这件日常琐事时，他说他可以给我比任何便利店都好的三明治。我看到他很想给我一些经济上的帮助，而我无法拒绝。我也很缺钱。父亲有一个小钱包，里面放着一些硬币，用来买花生喂松鼠。"他们只给我这些。"他说着，把里面的东西给我看。我努力地咬着嘴唇，微笑着不让自己哭出来，直到我离开那里。谁会想到这位带着高傲姿态的先生拿出一把硬币让我给乞丐，把零钱给我放在美国和意大利的银行里的人，现在在用这样一个可笑的小钱包，一个女人用的小钱包。

为了克服这种沉闷，我意识到唯一的办法就是专注于诗歌、历史和经济——这些离他的日常生活越远越好的东西。我没有勇气提任何实际的事情，也没有勇气谈论让他获得释放的方法。我认为他有必要忘记这件事，否则他会发疯的。除了脑海里的想象，我从未见过餐厅，我站在队伍里嚼着三明治，或者和那些用潮湿的手狂热地抓着食物，而没牙的嘴还流着口水的疯子坐在一张桌子上。而他喜欢洗手盅里的西番莲，会仔细选择吃的东西，甚至当他只能提供几个烤栗子的时候，也好像它们是和糖渍紫罗兰一起烤过的——这个生命力顽强的男人与他的整个思想，坐在，或者说站在罪犯和疯子中间。

我不得不把他留在那里。该回家了。十个星期就像过了一辈子，但是我什么也没有做成。当我离开时，父亲似乎主要关心的是《论语》。我在纽约停留，只是为了"把对上帝的恐惧带入亚斯，让他尽快推出合适的三种语言版本"。

我困惑而沮丧地离开了美国。父亲所陷入的法律和身体上的困境就像一场噩梦。当这艘船——一艘意大利船——驶入大海时，我不禁松了口气。

* * *

推动父亲被释放的力量一定会来自意大利，这是我的坚定信念。当我忙于"建立家园"和抚养孩子时，母亲一直在坚持不懈地为之努力。她从1948年开始收集拉帕洛市民的签名，证明自1923年起就居住在拉帕洛的埃兹拉·庞德从未参与过法西斯活动，从未出席过聚会，尽管他公开同情社会经济的某些方面，但他的活动完全是文化活动。从他在战争期间的生活方式来看，他显然没有享受到任何特权，而是吃尽了苦头。他的行为一直是模范式的，从未冤枉过任何犹太人，因此他受到所有认识他的人的尊敬，甚至包括那些不认同他政治观点的人。

签名的人从市长到医生，从镇上的商店老板到山里的农民。

无论母亲在锡耶纳的音乐学院的工作中能抽出多少时间，她都会给老朋友写信，而且常常是用这样的语气：不管你在做什么，想想埃兹拉！如果他们正过得愉快，这就会让他们不高兴。

当我去圣伊丽莎白医院的时候，父亲收到了他以前的出版人、米兰的朋友乔瓦尼·赛维勒的十七岁儿子的一封信。他打算继承父亲的"爱好"——迷你书，并想以出版埃兹拉·庞德的作品开始。父亲很高兴，并让我调查一下，"培养"这个男孩。从现在起，我就成了他在意大利的文学代理人。这样，这个米兰—

维罗纳—布鲁伦堡的三角就形成了。在维罗纳的斯坦帕托利王子、乔瓦尼·马德施泰西的帮助下，大大小小的庞德作品开始源源不断地出现，但不是流入市场，而是进入朋友、敌人、收藏家和评论家的家中。这是个跌宕起伏的开端：《工作和高利贷》，一本极厚的书，对银行家来说是一个不同寻常的话题。

> 霍普利先生寄了一本小册子到瑞士
>
> 他的银行家朋友"急切地"答道：
>
> "毁掉它，让它消失。"

乔瓦尼·赛维勒从他父亲的叔叔霍普利，一个大出版商那里受到了指责。庞德是个不安全的冒险。但我们继续干着，一年以后，父亲把手稿交给了我们：《凿岩机》(*Rock-Dril*)，然后是《权力》(*Thrones*)，一种对"灵"的神化，感性；《笔业》(*PEN YEH*)，关于家业；以及《凯蒂》，人的天堂即他的善良。鲍里斯翻译了古埃及格言和情诗，开辟了新的来源。我们都和希拉日特斯出版社一起工作。在圣伊丽莎白，父亲喋喋不休地谈着希拉日特斯。

他的精神在布鲁伦堡上空盘旋，但我们不能忘记，他的身体被锁在遥远的地方，我们所做的一切都是为了把他救出来。

1954 年春，鲍里斯对梵蒂冈发起了"猛攻"，罗马大学的葡萄牙语教授何塞·V. 德·皮娜·马蒂斯通过梵蒂冈电台发表了演讲——"庞德：被束缚的普罗米修斯"，呼吁美国释放他们的这位诗人。不久，所有的意大利作家，从巴切利到扎瓦蒂尼、摩拉维亚、萨巴、西隆、蒙塔莱、卡西莫多、昂加雷蒂、瓦莱里，都随之向美国大使卢斯夫人发出了呼吁。乔瓦尼·帕皮尼和当时著名的佛罗伦萨的辛达科，佛罗伦萨市长拉皮拉，进一步向公共教育部和国会提出请求，要求美国把庞德和不幸的卢恰诺送回意大利。1956年，《生活》杂志发表了一篇社论，主张应该认真考虑撤销对埃兹拉·庞德的起诉。这篇社论指出："我们的欧洲评论家用庞德的例子来论证美国文明对自己的诗人漠不关心……"在意大利，这种呼声最响亮，大使卢斯夫人听得最清楚。在德国，伊娃·黑塞孜孜不倦地翻译着庞德的诗歌，并通过广播和报刊工作。在英国，越来越多的庞德支持者们签署请愿书，给编辑们写小册子和信件，并且无奈之下"纠缠"艾略特先生，要求他采取更多行动，甚至连达格·哈马舍尔德也呼吁关注"这位先知"。

慢慢地，主要是在父亲的推荐或邀请下，"埃兹拉部落"来到了布鲁伦堡。有些人做了几年的租客，有些人做了几个月的客人，有些人来度假，有些人来过夜。布鲁伦堡已经"出了名"，我们为父亲敞开了大门。卡西莫多称它为"没有门的房子"。

* * *

从我们在塔顶的第一个房间开始，我们慢慢地扩展到二十个房间，分别在六层，或者更确切地说是六层楼上不同的公寓。罗马塔耸立在最高的岩石上。南边较低的一层是一座 11 世纪城堡的外墙，是用来保卫其首都提洛尔城堡的。（丑陋的公主参加的每一场战争大部分都是针对她前夫。在战争中——这位可怜的公爵夫人在十二岁时第一次出嫁——城墙被拆除了，布鲁伦堡还赢得了"提洛尔防御者"的称号。）军队驻扎在那里。在 19 世纪末，一个来自莱茵兰的疯狂的共济会成员试图把它变成一个酒店，为此，他还为城堡添加了角楼、摇摆的露台和水泥阳台，把整座山都围了起来。从我们在墙上看到的标志和格言来看，他似乎想在这里建立一个共济会的据点。他花了一大笔钱买了花岗岩和钢材，花光了幸运与财富。第一次世界大战后，这块土地被意大利政府没收，又恢复了原来的破败状态。他被允许住在那里，1925年贫穷孤独地死去。1904 年，他把他的妻子从阳台上推了下去。对此，有两种说法："玛丽亚太太在浇花的时候，忽然头晕，从一个高高的阳台上摔了下来。"或者是，"卡尔先生使她堕落，并把一个年轻的侄女带到他身边。"这都是最近的说法。还有更早的传说，说有个巨人守护着巨大的宝藏——脖子上系着红色丝带的金牛犊、祖母绿圆柱的庙宇、九个装满黄金的碗（地下河流的沉积物），等等。

* * *

圣灵降临节，是在帕特里齐亚的第一次圣餐。这是能见度极好的一天，在盛开的樱桃树下的绿色草地上，蓝色的山脊上点缀着雪，小女孩们穿着长长的、满是白色花边的衣服，卷发蓬松着。在她们中间有一个高大英俊的黑人妇女，正咔嚓咔嚓地对着所有盯着她看的白人拍照。母亲是和一位美国黑人作曲家朋友一起来的。那天，我去见了阿奇博尔德·麦克利什。我本来希望他会到城堡来的。我想，如果他在每年的这个时候都能看到这个地方和这些孩子们，他会竭尽全力帮助父亲到这里来的。但他的时间很短，他请我和他及他的妻子在希尔摩尼共进晚餐。

希尔摩尼在诗歌传统和人脉方面比布鲁伦堡更有优势，有柔和的空气，柔和的香味，柔和的流水声。一位高个子绅士站在旅馆的花园里，有着优雅的举止和亲切的声音。我既兴奋又害怕。他的妻子加入了我们，使我感到安心。

我说话了吗？直到麦克利什太太说"你知道，我丈夫是个律师，而且是个很好的律师"时，我才意识到自己在做什么。我没有想到这一点——我看到的只是诗人。这个人在战争期间在政府担任重要职位时遭遇了挑战，他抛弃了政治，在困难时站在他的老朋友一边，他对诗歌充满了尊敬和赞赏。我有一个奇怪的想法：这是一个头上有一把金钥匙的人。

母亲正在敦促第二次去华盛顿。我说："让鲍里斯和孩子们和我一起去。""这是一个艰巨的任务！"在我上次失败之后，我对鲍里斯和孩子们的说服力和魅力比对我自己更有信心。

到那时，不少学者已经得到美国基金会的研究资助，前往布鲁伦堡。我的勇气在于：我有几本已出版的译本，并且正在翻译《诗章》——父亲给我的阐述可能会对学者们有所帮助。但是，如果没有适当的资格，如何申请资助呢？福特拒绝了我。我转向求助于诺曼·福尔摩斯·皮尔森。他写道："试着搭好这些线。"并给我寄来了旅行的钱。但是父亲说："圣伊丽莎白医院不适合孩子们去看望他们的外祖父。还有传言说，外祖父可能会太激动。"

这不只是谣言，有些事情开始启动了，父亲的脑子也开始运作。我准备把钱还给诺曼……他写道："在城堡里可以用，你可以在你父亲在的时候用，让他舒适些。"我们屏住了呼吸，我还记得我们到达城堡时父亲的第一个愿望：为他的绘画和雕塑准备一个房间。石匠和油漆工也来了。一个长期博物馆，我想。我们在米兰和梅拉诺组织了展览：我知道把所有的绘画和雕塑集中在一个房间里看起来该是多么的美。为了把父亲的头像雕塑放在花园里，我在花园里种了一棵橄榄树、一棵月桂树和一棵木兰树。只有橄榄树幸存下来，但它似乎没有长高。几年后，我们的一位房客在纪念碑的基座周围种上了郁金香和水仙花——她认为这样看起来非常美丽和欢快。这让我想起了提洛尔的坟墓。

现在已经很清楚了：父亲要回来了。他在担心这个地方的后勤问题，而我以为我已经解决了。从 1954 年起，这座城堡就成了他的家：我被告知要从马尔萨拉大道和切里索拉别墅搬来所有的东西，我的祖父母曾住在那里。他得拥有所有的美丽、空间和舒适，来补偿他在比萨笼子、地狱和圣伊丽莎白医院受的苦。

后来，有一天晚上，我偶然从收音机里听到了晚间新闻：美国诗人埃兹拉·庞德……起诉书被驳回。天啊，这不可能！我等待着最新新闻广播。是的，这是真的，但我又说了一遍：这不可能！慢慢地，我脑子里反复念叨着：他们在给他绳子让他上吊！他所接受的条件不是自由，而是监禁，这是一个巨大的震惊。《怀疑》杂志评论道："这看起来像是诗人的胜利，事实却并不是那么令人欢欣鼓舞。埃兹拉本可以在五年前就按照他现在接受的条件离开圣伊丽莎白医院……有人相信他不会后悔。"和往常一样，新闻条目的形式过于简化。

在法律上，情况变得更糟糕。改变的是父亲的感觉和公众的意见。在这方面，他自己做出了最大的贡献，他无视所有的喋喋不休、眼泪、恳求和威胁，对自己的处境没有气馁，也不浪费心思去思考如何改变，而是继续自己的工作——写出《诗章》里的《颂歌》《沙棘》《凿岩机》和《权力》这些主要的成果。这一切证明了他神志清晰。理智者试图达到其终极目标，而不是与之抗争。

至于《白牡鹿：名声》和它背后的力量，它总是让人想起能剧的情节："在多吉，一个女孩爱上了一个牧师，他从她身边逃开，躲在一个巨大的青铜大钟下，大钟落在他身上。她的欲望把她变成了一条龙，她咬钟的顶部，绕着钟转七圈，从她的嘴里喷出火焰，用尾巴抽打青铜。那时，在她身下的钟必熔化，她所爱的牧师必在熔炉中死亡。"

父亲是否真能在更早的时候被释放仍是一个悬而未决的问

题，而能促使委员会在 1948 年人身保护令程序中放弃上诉的动机也同样未知。在他的信中，父亲听起来并不生气，他似乎控制了局面，所以我认为我的预感是没有价值的。毕竟，就连我在 1953 年也曾说过：你可以拒绝纯粹的手续。我开始处理事务：家务和园艺，这些对经常做事的人来说很正常，在不做这些事的人看来毫无意义。沃尔特在放学后被送到盖斯去换换环境，并学习在田里干活儿。就在父亲踏上纽约的克里斯托弗·哥伦布大街的那一天，这个孩子被一辆摩托车碾过，并被送到了布鲁内克医院。我在得知沃尔特被撞后立即跳了起来，抱住他撕裂的大腿，跑向摩托车下的那个人，问他是否受伤后得到了一点安慰——他没有受伤。

但是，当父亲到家的时候，沃尔特一瘸一拐地迎上前去，得到了个熊抱，高兴得哭了起来。多少年来，我一直为这次会面祈祷……父亲沿着小路过来了！我们都欣喜若狂。只有帕尔提萨至少在外表上是超然的，她用眼睛的余光和害羞的微笑看着。她摆好了桌子，写好了菜单，用猫和花来装饰，做了其他她该做的事。

第一天晚上和伟大的欢迎派对后，村民们带来了鲜花、音乐、火把和鼓，当每个人都回到自己的房间后，父亲在餐厅坐了下来，在他祖母的照片下，和我谈了几个小时，好像现在应该由他来"填补缺口"——在圣伊丽莎白医院的这些年。听他谈论他自己，我感觉很奇怪，近乎可怕，我很感激，但是被他的荣耀蒙蔽，我没有看到他所有的需求。这家人已经受过有一个英雄人物的训练，英雄人物现在来了。还有他的妻子多萝西和秘书马赛拉、委员会和保镖。

我去维罗纳接他们。我们在布雷萨诺的格里夫餐馆吃完午饭时，我意识到我和父亲无法控制的事情硬碰硬。他希望我帮助他，就是那么一个可爱的人来对待他，一个需要庇护和温柔的人，这样他就可以写天堂了。

在这美好的一天里，有一种宁静。

啊，那些美好的日子不止一天，后来所有的痛苦都被遗忘了。但有些地方出了问题。这房子里不再住着一家人。我们变成了不该在一起吃饭的一个个团体。

我开始相信我应该坚持我最初的后勤计划。根据他的明确划分原则，把布鲁伦堡分成独立的、自治的公寓，这样使各自的行踪变得容易。

但怎么把感性与效率捆绑在一起？

慢慢地，幻想枯萎了，一切崇高的规范和诗歌变成了死信条。这封信杀死了……并且扼杀了它所做的每一件事的价值。我觉得自己的皮肤就像一个装满石头的袋子，这是一种像死去一样的疲惫。父亲说："我以为你是我可以依靠的坚实的岩石。""我

也这么想过，但是积水腐蚀了地基，水滴石穿。"［德语：静水可以流（侵蚀石头）得很深。］

我的大胆没有变成刚毅。在希尔摩尼，我曾对麦克利什先生说："他有权做他喜欢做的任何事，任何使他高兴的事。他想带谁来都欢迎。他制定自己的规则，我接受这些规则。"他一直对我很诚实，但我们在什么是"对他有益"的问题上看法不一。严格地说，这不关我的事。唉！唉！他并不高兴。

在圣诞节的早晨，我发现圣诞树躺在地板上。我觉得这是个不祥之兆。父亲说这里的高度让他很难受。"而一个先祖的首要职责就是活下去。"真够了。他们搬到了拉帕洛。但到了第二年10月，他写道："我想回到布鲁伦堡，去死。"

有一段时间，他相当强壮和活跃，尽管饱受各种悔恨的折磨。艾略特先生就是其中之一："我应该听博苏姆的话。"我们都得读《奇怪的上帝之后》。我写信给艾略特先生，恳求他来看父亲。他发了一封生日电报，上面写着："你是世界上最伟大的诗人，我的一切都归功于你。"然后他担心我们没有足够的食物和燃料，于是阿奇博尔德·麦克利什寄了一张支票以让父亲的取暖得到保障。

* * *

我们仍然谈了很多，我想他一定是想让我不断地向他引用他的《诗章》。

最后他用希腊语总结了我的沮丧："ou tauta pros kakoisi deilian echei.""你说希腊语干什么？我不明白。"他说：伊莱克特拉。

我后来找到了英文：难道我们在所有的罪恶中还要加上懦弱吗？

但到目前为止，我们已经受够了希腊悲剧，甚至鲍里斯也不例外，他很机智，待人很灵活很得体。他刚到不久，父亲就叫了起来："真是松了一口气！终于有一对真正的夫妇：费利克斯的婚礼，结束了！"

但我们正在接近一个不同的结局。爱消逝得像闪电一样快，如果这屋里没有爱，那就什么也没有了。

我们想，父亲应该改变一下，对他的精神状态有好处，男人而非女人的陪伴对他有好处，因此他和鲍里斯的一个老朋友（一个勇敢的人，但他的头脑里仍然充满了"战争的呐喊"精神）一起去了罗马，这起了点作用，他们去旅行，去听音乐会，参加聚会。但是对父亲来说，社交生活太紧张了，他病倒了，这次病得很严重。我去了罗马，我很恐惧。我写信叫母亲来——父亲想见她。她来帮我开车送他回家——去马丁·伯恩，他病了很久。但他最终恢复了。当我儿子出生时我看到的盛开的木兰花又一次绽放时，他走了出来，走进了花园。我决定，等他一恢复体力，我就带他回圣安布罗乔去看望母亲。从那以后，他和母亲相依为命。

亨利·米希尔《中国的形意文字》的封面

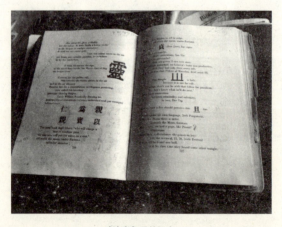

《诗章》里的汉字

庞德学习中文的书籍及他中国古诗英译本《中国》的封面

布鲁伦堡

书架上庞德的中文书

玛丽和本书译者

译后记

在世人眼中，庞德是一个颇有争议的人物。一方面他是被公认的西方现代主义文学运动的领军人、意象派运动的主要发起人，在艺术创作及批评理论方面对西方文学界有着重大的影响。而另一方面，在"二战"期间他公开支持法西斯主义和墨索里尼政府，反对美国罗斯福政府的经济和政治政策，他的反犹情结和亲法西斯主义意识形态和激进行为导致了他被捕后在华盛顿伊丽莎白精神病院被囚禁了十三年的悲剧（先被指控为叛国罪被降，后被诊断为神经错乱）。

2015年，在意大利北部的一座城堡里，我和庞德的女儿玛丽结识（玛丽是庞德和其小提琴家情人奥尔加·拉奇的私生女）。那次的意大利之行开启了我对庞德《诗章》的好奇和研究，我渐渐发现世人对庞德的了解还是很片面的。得知玛丽写过一本有关庞德的回忆录，想到中国文化和古典诗词对庞德开拓意象主义诗歌流派的影响，并想通过这本书让人们了解庞德在生活中作为父亲和伴侣的有血有肉的一面。我便和玛丽建议将她的回忆录翻译成中文，她欣然答应且非常兴奋。此书本该去年（2020 年）出版，一场席卷世界的瘟疫的到来推迟了进展。玛丽在给我的信中迫不及待地问："我是一个求生的幸存者，但是我越来越没耐心了。《慎重：庞德——父亲和师长》什么时候能出版呢？我能否在我有生之年看到书的中文版在中国降生呢？"

玛丽的回忆录中处处浮现出一个慈祥和充满爱心的父亲形象，他活力四射，知识渊博，与人为善，并为人类经济和政治地位的不平等焦虑不安。且不说庞德在诗歌与文学上的造诣和对西方现代文学的重要性（相关论著已经汗牛充栋），最使我感叹的是庞德对女儿的教育方式，堪称楷模，在当今网络时代处理复杂的社会关系中也非常值得借鉴。他给玛丽立下规矩，其中包括：一、不许说谎、欺骗或偷盗。二、如果问了别人不方便回答的问题，应该理解各国习俗不同。三、如果感到痛苦，那是因为自己不谙世事。痛苦的存在是为了让人们思考，人不吃点苦头是不会思考的。四、除非有特殊情况，没资格评论他人的行为。五、如遇不顺心之事，要么是命运的安排，要么归咎于自己。

书中还提到一个买弥撒书的事件，使玛丽终生难忘。庞德因学校允许玛丽买了一本极其昂贵的德语版《弥撒书》（其他人都买了意大利版）写信给主事修女："孩子们自然想要漂亮的东西，但是不把话说清楚而把这和虔诚混为一谈，这对道德的打击更大。谈到虔诚，诚实无论如何都是第一位的。模棱两可没有美感可言。当神学家们表达最清晰的时候，教堂才是最神圣的……如果宗教或宗教事务在孩子心中与不诚实的行为相关联，你将摧毁孩子对宗教的尊重。拐弯抹角或闪烁其词，无论从你的角度出发还是从我的观点来看，都不是一件小事。"

玛丽的城堡如今是一个文学博物馆，里面保留并展出庞德以及那个时代他周围众多文学巨匠的珍贵历史资料，其中包括他和叶芝、艾略特、乔伊斯、海明威等的通信和照片。书架上、桌子上最抓人眼球的是他对中国历史和古典诗词研究的书籍和笔记。玛丽从一整套法语版的《中国通史》中拿出一本，翻开一看，到处是她父亲阅读时做的笔记。如此认真严谨的治学态度，让我油然生出赞叹和敬仰。

这本书能与中国读者见面，要感谢广西师范大学出版社的多马老师和编辑们。当今网络时代信息的碎片化和诗歌的边缘化令人担忧，在这个大背景下，广西师范大学出版社对纯文学、对好诗歌的推广和支持更是难能可贵。

凯岚

2021 年 4 月 10 日写于伦敦

慎重 庞德——父亲和师长

SHENZHONG PANGDE——FUQIN HE SHIZHANG

著作权合同登记号桂图登字：20-2022-218号

出版统筹：多 马	书籍设计：鲁明静
策 划：多 马	篆 刻：张 军
责任编辑：吴义红	张泽南
产品经理：多 加	责任技编：伍先林

图书在版编目（CIP）数据

慎重：庞德——父亲和师长／（意）玛丽·德·拉赫维尔茨著；（英）凯岚译．--桂林：广西师范大学出版社，2022.12

ISBN 978-7-5598-5482-7

Ⅰ．①慎…　Ⅱ．①玛…②凯…　Ⅲ．①散文集－意大利－现代　Ⅳ．①I546.65

中国版本图书馆CIP数据核字（2022）第185624号

广西师范大学出版社出版发行

广西桂林市五里店路9号　邮政编码：541004

网址：http://www.bbtpress.com

出版人：黄轩庄

全国新华书店经销

湛江南华印务有限公司印刷

广东省湛江市霞山区绿塘路61号　邮政编码：524002

开本：787 mm × 1092 mm　1/32

印张：12　字数：216千

2022年12月第1版　2022年12月第1次印刷

印数：0 001~8 000册　定价：76.00元